Hélène Lapointe

Femmes à 50 ans

Ce livre
a été initialement publié dans la collection
LIBRE À ELLES
dirigée par Monique Cahen.

Michèle Thiriet
Suzanne Képès

Femmes à 50 ans

Éditions du Seuil

Merci aux femmes dont il est question dans ce livre. Merci de la confiance qu'elles nous ont témoignée à toutes deux en nous livrant leurs pensées. Merci aussi à celles de tous âges qui ont lu et critiqué le manuscrit de façon constructive : Monique, Anne-Marie, Marie-Françoise, Anne, Yolande, Marise.

Des remerciements particuliers à Nicole Simondet qui a grandement contribué à la mise au point des mouvements de gymnastique quotidienne.

Merci enfin à Jacques, témoin patient, lecteur critique et dactylographe de ce travail.

EN COUVERTURE :
illustration Catherine Alexandre

ISBN 2-02-009386-3
(ISBN 1re publication : 2-02-005991-6)

© ÉDITIONS DU SEUIL, 1981

La loi du 11 mars 1957 interdit les copies ou reproductions destinées à une utilisation collective. Toute représentation ou reproduction intégrale ou partielle faite par quelque procédé que ce soit, sans le consentement de l'auteur ou de ses ayants cause, est illicite et constitue une contrefaçon sanctionnée par les articles 425 et suivants du Code pénal.

Préface
à l'édition de 1986

Qu'est-il advenu pour les femmes, depuis la première parution de ce livre, qui vienne infléchir leur cinquantaine ?

Dans leur vie sociale et professionnelle elles rencontrent des difficultés croissantes dues à la crise économique : pour trouver, retrouver un emploi, s'y maintenir... Les pressions s'exercent sur elles comme sur les hommes : il faut céder la place, anticiper sur l'âge normal de la retraite ou s'effacer des postes de responsabilité. Tenir le coup, tenir à sa dignité demande du courage, de la confiance en soi, mais aussi la volonté de passer par des recyclages professionnels : la formation permanente est encore trop souvent négligée par les aînés.

A nous et à vous, lectrices de cet ouvrage, d'œuvrer pour que les femmes à la cinquantaine occupent les postes qu'elles sont aptes à tenir, réalisent les travaux que leur expérience leur rend accessibles. Cela passe par une juste appréciation de soi par soi-même, par un éveil et une confiance dans nos capacités profondes à avoir encore pour longtemps un sens pour les autres.

Sur le plan de la santé, en quelques années, les articles, les livres, les émissions se sont multipliés. De nouveaux centres spécialisés dans les problèmes de la ménopause se sont ouverts. Les interrogations des femmes et des hommes sur ce sujet sortent de la clandestinité. Mais les intéressées disent ne pas toujours y trouver leur compte : l'excès de médicalisation qui entoure la cinquantaine les font se sentir « objets » de soins obligatoires, « patientes » de moins en moins patientes, consommatrices de produits onéreux et mythiques vantés par la publicité.

Depuis la première édition de ce livre, il y a eu une importante diffusion des traitements hormonaux pour les femmes à la cinquantaine, diffusion caractérisée par l'apparition de nouveaux produits, nombreux, sur le marché des médicaments, et par une insistance marquée des laboratoires auprès des médecins afin qu'ils prescrivent ces produits. Produits dont nous avons reconnu l'efficacité dans ce livre, mais dont nous avons essayé de bien faire apparaître les contre-indications : nous conseillons toujours aux femmes, à la cinquantaine, de bien réfléchir avant de choisir la voie du traitement hormonal.

Il y a eu diffusion aussi par l'augmentation certaine, bien qu'encore insuffisante, du nombre des médecins généralistes et spécialistes expérimentés dans ce type de prescriptions : beaucoup restent encore réticents pour des raisons dont une bonne part sont scientifiques, mais dont une autre part, non négligeable, sont affectives et sont liées à des tabous concernant le rôle des femmes.

Encore une fois, comme lors de la lutte pour la contraception, les évolutions techniques et médicales précèdent le changement des mentalités.

Par ailleurs les médecines dites « alternatives » foisonnent, provoquent attirances, effervescences parfois passionnelles... Elles nécessitent un regard à la fois disponible et critique. Certaines peuvent compléter, voire remplacer les traitements classiques des troubles de la ménopause, mais avec d'autres limites et d'autres inconvénients. Faut-il faire de ces médecines « douces » des religions ? Cela nous semble être une bien grande confusion des plans, encore que bien souvent ce soit la foi qui sauve !

PRÉFACE

Ce livre reste aujourd'hui, pour nous, un outil d'information et de réflexion dont le temps et la rencontre avec de nombreuses femmes nous ont confirmé l'opportunité et l'intérêt. Réactualisé, nous souhaitons qu'il facilite les choix, encourage et dynamise toutes celles pour qui nous l'avons écrit.

SUZANNE KÉPÈS, MICHÈLE THIRIET

Janvier 1986

Introduction

Il court, il court le temps, avec le travail, les amours, les naissances, les chagrins, les vacances et les ans. Un jour surgit la cinquantaine... rompant le galop.

Pour les femmes, plus qu'un anniversaire, c'est un seuil, un face à face avec l'âge et une réalité sévère : la ménopause. Un avant-goût de retraite avant l'heure...

La ménopause, c'est un mot qui ne se prononce qu'entre femmes... Cela porte un nom de rides, de vapeurs, de stérilité obligatoire et d'abandons. Une affaire de « ventre », de « nerfs » et de ridicules !

Tel était le tableau pour nombre de nos mères et grands-mères. Peut-être est-il encore un peu vrai ? Qu'est-ce à vivre pour nous, femmes, aujourd'hui ? Dans notre peau, en quelques semaines, se glissent insidieusement des ondes étranges, des malaises diffus, des signes nouveaux qui touchent notre équilibre. Cela menace notre manière d'habiter notre corps et de compter sur lui.

Que dit le miroir ? Rien de particulier que nous ne sachions déjà, si ce n'est que le temps dépose sur nos traits, notre tour de taille, ses traces au jour le jour. « A bas bruit », comme disent les médecins.

Nous passons donc du côté des femmes dont on dit qu'elles sont au « mauvais âge », avec des mots apitoyés ou sarcastiques. Serait-ce à mon tour de devenir une caricature de femme, avec une place incertaine et inconfortable entre jeunesse et vieillesse ? En attendant de disparaître pudiquement de la scène ! Est-ce vraiment de moi qu'il s'agit ?

Parler de déclin quand la vie bat son plein, sachant que « sera long le chemin qui va de la force de l'âge à l'âge où les forces vous manquent », n'est-ce pas inacceptable ?

Pourtant, les indices sont là... Confirmés par les résultats de laboratoire. Mon corps m'échappe-t-il ? Ce changement qui me trouble, qu'en faire ?

Le nier : « je ne m'aperçois de rien, la ménopause, connais pas » ? S'abandonner à la force des choses : « laissons faire la nature, cela fait partie de notre lot de souffrir de notre condition de femme » ?

Non, je refuse, et je sais, nous savons que d'autres se révoltent et luttent, parce que c'est possible. L'important pour moi, pour nous, c'est de voir clair, de faire le point, de savoir où et comment continuer sa route, quels bagages embarquer à bord pour le voyage vers ces longs horizons promis.

C'est au cœur de ces questions qu'est née la rencontre des deux femmes que nous sommes à écrire ce livre. L'une de nous deux, contrainte par la réalité des ans, à se les poser ; l'autre, par son métier et son âge, à y répondre.

Pourquoi répondre, comment agir ? — « Moi, médecin, j'ai toujours eu envie de lutter contre les injustices de la maladie, les injustices commises contre ceux dont le corps défaille ou change. Cela me révolte de voir d'innombrables femmes, pleines de vie, " mises au rancart " en pleine santé, regardées comme inutilisables, perdant alors toute confiance en elles-mêmes. »

C'est ainsi qu'au-delà d'une rencontre à deux pour traiter ce poids de l'âge s'est imposée la présence de toutes les femmes de notre âge que nos deux métiers de médecin et de psycho-sociologue nous font rencontrer dans la vérité d'un entretien médical ou d'un travail de formation de groupe.

INTRODUCTION

Le cœur nous serre de voir leurs difficultés, leur solitude, leur impuissance parce que nul ne les aide, alors que la source de leur vitalité n'est nullement tarie, leur place toujours nécessaire, leur expérience précieuse.

C'est avec violence que nous refusons le discrédit jeté contre la cinquantaine des femmes, avec vigueur que nous refusons la démission morose et honteuse d'un trop grand nombre d'entre elles.

D'où vient que notre monde occidental gaspille si vite ce qu'il a construit, façonné avec peine : une femme adulte. N'est-ce pas qu'indirectement la ménopause nous parle de la vieillesse, de la mort ? Dans une civilisation qui a de plus en plus peur de la mort, alors que la médecine en recule de plus en plus l'échéance, tout pousse à refuser ce signal précurseur du terme de la vie (même s'il est encore très lointain) que donne le corps de la femme à cinquante ans.

Pour fuir cette idée insupportable, le regard de l'homme, la mode se fixent sur l'image idole de la femme éternellement jeune et belle, donc désirable, qui donne lieu à un gigantesque culte public et privé : la menace est sérieuse pour les femmes marquées quotidiennement par ce modèle idéal qui les fuit. Les chemins sont vite tracés vers cette culpabilité si familière aux femmes, cette inquiétude de ne pas être ce qu'il faut, où il faut, quand il faut, pour répondre à ce qu'on attend d'elles.

Malgré ce coup de rappel de l'âge, et, plus lointainement, de la mort, les femmes savent que vingt-cinq ans de vie s'offrent à elles. Du temps qu'elles ne veulent ni gaspiller, ni vivre « en marge », ni encombrer de mille malaises à cacher de son mieux !

Cette autre page de vie peut être écrite avec d'autres plaisirs, d'autres ferveurs, d'autres fécondités. Loin d'avoir à se sentir terminées, inutiles, les femmes ont d'autres appels stimulants qu'elles peuvent écouter.

INTRODUCTION

En écrivant ces lignes, nous sommes conscientes que certaines femmes ne peuvent pas accéder à ce projet, nous savons que nos chances de femmes sont inégales, et que la cinquantaine, comme plus tard la retraite, met cruellement en évidence les inégalités sociales : les lignes entretenues du corps des unes ne peuvent se comparer à celles des corps usés par le travail ou le surnombre des maternités des autres. Certaines vivent au faîte de leur carrière, les autres n'en finissent pas de répéter les mêmes gestes qui engourdissent leurs dons et leurs désirs. Y a-t-il un programme politique qui ait vraiment dénoncé cette injustice-là ?

Modestes ou célèbres, un jour ou l'autre nous sommes toutes atteintes par les sarcasmes ou les rejets indirects d'une opinion publique qui orchestre négativement l'âge « critique » des femmes. Nous sommes renvoyées à l'un de ces miroirs déformants nommés « sorcières » qui reflètent une image grotesque du visage qui s'y cherche. Alors viennent les craintes diffuses... la tristesse... l'incertitude du lendemain.

Cela aussi nous a révoltées, et nous avons voulu par ce livre refuser avec violence d'être le jouet qu'on jette après l'avoir exploité, dévoré comme objet éphémère de consommation. Nous souhaitons encourager les femmes à garder leur vie en main, parce que nous sommes persuadées et témoins que certaines d'entre nous y réussissent.

Nous savons que, pendant plusieurs décennies encore, nous pourrons disposer de toute une santé, d'une puissance, d'un capital d'expérience, si rien ne vient étouffer, détourner, interdire notre énergie vitale. Les difficultés, les épreuves peuvent être porteuses de surprenantes fécondités, d'évolutions bénéfiques. Ce ne sont pas les plus jeunes qui gèrent le mieux ces situations de vie. L'âge donne d'autres courages, d'autres ressources.

Pourquoi ne pas saisir l'occasion de cette étape pour sortir des routines ? La venue de l'âge peut devenir un obstacle, mais aussi un nouveau tremplin. A âge égal, nous n'avons pas la « vieillesse » de nos grands-mères, *a fortiori* leur cinquantaine. Profitons-en...

Ne nous méprenons cependant pas. Notre projet, par ce livre, n'est pas de leurrer qui que ce soit sur la réalité du vieillissement et sur le coup d'accélération que risque d'être la ménopause. Nous ne pouvons nier qu'elle entraîne des effets encombrants pour notre physique et notre moral. Et ses manifestations peuvent surgir chez les femmes les plus fortes, les moins prédisposées à s'abandonner. Toute une littérature, ou une rumeur, a pourtant réservé les « bouffées de chaleur » aux douillettes ou aux hystériques ! Ce n'est pas vrai, et que veut-on mettre au juste sous ces termes méprisants ?

Quoi qu'il en soit, les moyens existent aujourd'hui pour aider toutes les femmes. Si la cinquantaine approche, est là, commençons par jeter un regard sérieux, responsable, sur le fonctionnement actuel de notre corps, notre « outil à vivre ».

Regardons en face son état après toutes ces années d'usage, si ce n'est d'usure, pour lui réserver un entretien adapté aux mutations de la ménopause. Trop d'entre nous ignorent ou redoutent la médecine et ses progrès, ou, au contraire, se livrent paresseusement à toutes les recettes ou à toutes les mains, fussent-elles médicales.

Nous avons besoin d'être accompagnées par un médecin compétent et chaleureux, mais nous avons surtout à prendre en charge l'adaptation de ses prescriptions à notre réceptivité personnelle et à lui en faire part, car il a besoin de notre collaboration. Il dépendra de notre conviction, de notre énergie, des moyens que nous saurons choisir de modifier nos déterminismes de femme.

La ménopause n'est pas la première révolution hormonale de notre vie de femme : en son temps, la puberté a modifié notre organisme et installé en nous un ordre différent. La première grossesse, elle aussi, a été une importante innovation, avec ses mutations internes, ses joies et ses dépressions. Et ce qui nous est encore plus familier, c'est le rythme discontinu de notre cycle menstruel et de ses variations hormonales, avec lesquelles nous savons généralement compter.

Ainsi, nous, femmes, sommes-nous habituées à être en secrètes et constantes mutations : des dons d'adaptation ont mûri en nous, et sont aujourd'hui un atout qui peut nous donner confiance pour aborder cette nouvelle aventure.

PREMIÈRE PARTIE

Bilan et constats

I. Un bilan

Nous sommes aujourd'hui en France huit millions de femmes touchées par la cinquantaine. Nous appartenons à la vague de celles qui ont passé leur première jeunesse ou leur adolescence pendant la guerre. Nous n'en sommes plus aux découvertes ni aux premières difficultés de la vie...

Malgré le nombre de nos contemporaines qui partagent notre nouveau sort, pour chacune de nous c'est une aventure singulière, trop souvent solitaire, que d'aborder cette nouvelle page de notre histoire. Cela ne va pas de soi que d'être femme et atteinte par la limite d'âge des cinquante ans !

Il n'est pas acceptable non plus que ce soit un drame, et pourtant...

Derrière nous « bas âge », « âge ingrat », c'était hier encore. « Age adulte », tout juste là. « Age critique », déjà ? « Age mûr », est-ce moi ? Pourquoi pas « avancé » comme marchandise que l'on ne consomme plus ? Se profile le « grand âge » : « malgré son grand âge »... Laissez-moi souffler et vivre ! J'ai à peine cinquante ans ! Ces cinq décennies, ce demi-siècle ont passé si vite, de plus en plus vite au fil des agendas !

Certaines d'entre nous se sentent flouées d'avoir vu s'envoler leur jeunesse sans y avoir goûté vraiment, ne la reconnaissant que derrière elles. Trop tard ? Celles qui ont pu en jouir ne peuvent que rêver de s'y attarder...

Flouées, frustrées, comblées, résignées, nous voilà toutes ensemble, grimpant ou perchées en haut d'un toit pentu, un peu essoufflées, n'ayant aucune envie d'en redescendre trop vite, ni de nous casser la figure.

De là-haut, si nous ne sommes pas prises de vertige, on peut voir du paysage. Juchées plus ou moins confortablement sur notre faîtière, nous pouvons faire halte et scruter tous les horizons, même les plus lointains.

De là-haut, nous verrons d'où nous venons, où nous en sommes, et reconnaîtrons pour demain les chemins à prendre ou à laisser.

Le paysage du passé est le premier à explorer pour comprendre d'où vient cette disgrâce qui touche, à cinquante ans, les femmes plus que les hommes. En a-t-il toujours été ainsi ?

Notre place « historique » de femmes vivant dans cette deuxième partie du XXe siècle n'est d'emblée pas comparable à celle de nos ancêtres encore proches, dont un grand nombre mourait en couches et n'atteignait pas « nos âges ». A ce risque des accouchements s'ajoutaient tous les autres, malnutrition, épidémies, devant lesquels médecins et monarques étaient impuissants.

Cela conférait aux rescapées le droit au respect qu'on accorde à ceux qui ont réussi à échapper à de grands périls et dont on pense qu'ils ont gardé de leur approche de l'Au-delà quelque pouvoir magique. Riches de leur expérience du danger, ces « matrones » savaient s'y prendre pour aider à naître et à mourir. La communauté dépendait de leur savoir et de leur sagesse et redoutait leur autorité. Une autorité qui, à l'époque, venait toujours d'en haut... L'âge de ces femmes les y juchait.

Pour leur échapper, lorsqu'ils n'en avaient pas besoin, les hommes et les femmes usaient contre elles du ridicule, et traitaient les plus marginales de sorcières...

Que reste-t-il en nous de ces lointaines grands-mères ? Quelles images d'elles traînent encore dans nos esprits ?

Rapprochons-nous maintenant de notre époque. Portons notre regard sur la fin du XIXe siècle, il y a cent ans. Souvenons-nous que nos sœurs d'alors étaient dès leur trentaine presque des vieillardes. Il était dès lors décent qu'elles se rangent sous des vêtements sombres et pudiques et qu'elles endossent le personnage de la mère ou de la vieille fille fanée mais « admirable ». Malgré les profondes différences sociales, sous ce masque se ressemblaient paysannes, ouvrières et bourgeoises. Éphémère jeunesse, précaire et courte maturité, rare et morose vieillesse, tel était leur lot.

Puis, dans ces mêmes années, un fait capital pour nous, femmes, est advenu : la découverte des vertus de l'hygiène lors des accouchements ! Un médecin viennois a observé certaines sages-femmes qui avaient tout simplement l'intuition de se laver les mains avant d'opérer et a constaté une mortalité nettement plus faible chez leurs accouchées... Quelle banalité ! Mais qui dès lors a sauvé beaucoup d'entre nous...

Beaucoup d'autres trouvailles, d'autres progrès de la médecine et de l'hygiène sont depuis venus accroître considérablement la longévité humaine. Nous pouvons maintenant, au-delà de nos cinquante ans, durer plus de vingt-cinq ans encore en moyenne...

Si nous découpons, en gros, notre vie en étapes successives, nous nous apercevons que nous passons douze ans à être modelées par notre enfance, six à huit ans à accueillir et dépasser la puberté qui déclenche l'adolescence, sans forcément la conclure. Puis une vingtaine d'années à exploiter nos capacités productives en travail professionnel et ménager, et en maternités. Ces dernières, de plus en plus facilement programmées et concentrées, permettent, comme disaient nos grands-mères, de mettre tôt « le métier au grenier » et de s'adonner à d'autres productions, d'autres tâches, d'autres fécondités.

Faisant le total, et en comptant sur une espérance de vie

moyenne de soixante-quinze ans, cela permet à chacune d'entre nous de découvrir que la période qui s'ouvre maintenant sera sans doute l'étape la plus longue de notre existence...

Ce constat serait satisfaisant si nous n'avions en tête que quantité ne vaut pas forcément qualité. Il y a, pour encombrer cet avenir, la peur de l'inconnu, du vide, et surtout des images qui traînent au fond de nous, images toutes faites, photographies affligeantes de femmes ménopausées que tout un passé pourtant bien dépassé nous brandit comme une menace.

Nous savons pourtant qu'alors que nos perspectives de vie s'allongent, les moyens de la maintenir active et tonique sont mieux connus et devraient être à la portée d'un nombre croissant de femmes. Et nous sommes de plus en plus nombreuses à ne pas être ou nous sentir vieilles pour notre âge, ni physiquement ni moralement, malgré le poids de la vie qui pèse plus ou moins sur nous toutes.

Ne sommes-nous pas les nouvelles aventurières de la cinquantaine qui expérimentons une autre façon de vivre cet âge des femmes, ne sommes-nous pas, comme telles, encore méconnues ? Si les mentalités de nos contemporains n'ont pas encore pu s'adapter à cette réalité nouvelle et s'attardent aux anciens préjugés, c'est à nous d'être des témoins convaincants de ce changement positif des femmes de cinquante ans.

Ce que nous vivons tous les jours nous dit que, loin d'être « hors jeu », nous sommes au contraire au « coup de feu » de la vie.

Nous cumulons bien souvent de multiples responsabilités matérielles, affectives, morales, même si nous ne détenons pas des postes de pouvoir prestigieux. Et toute cette charge est à porter dans des conditions sociales à la fois protégées et de plus en plus difficiles.

Il nous reste à peine, à nous, femmes, le temps de penser à nous. Penser aux reconversions, à la post-maternité, à l'entrée dans la vie professionnelle et collective éventuellement, à un avant-projet de retraite pour notre conjoint, ou, plus lointainement, pour nous-mêmes. Et, pendant ce temps-là, le corps suit ses raisons que nous ne comprenons pas. Il prend la tangente pour une destination inconnue. Une vraie trahison au plus fort de la bataille ! Loin de nous-mêmes, nous le sommes au cœur même de notre condition féminine.

Il est frappant de parcourir des dizaines de livres, de manifestes, militants ou ronronnants, sur les femmes, ou plutôt sur *la* femme, et de nous voir décrites comme un tout compact et définitif allant de sept à soixante-dix-sept ans ! Si ce n'est un persiflage, venant des hommes, sur une prétendue inconstance des femmes : « Souvent femme varie, bien fol qui s'y fie... » Mais ils nous rêvent inaltérables...

On parle de la femme comme si elle commençait petite et coulait comme un fleuve uniforme qui se perd un jour dans les sables.

On en parle comme si le temps posait sur elle des touches régulières et invisibles.

On en parle comme si elle était une de ces statues charnues et immobiles qui s'ennuient sur leur stèle dans les jardins publics et regardent de leurs yeux de pierre jouer des enfants hors du temps.

Si nous changeons, et qu'on le reconnaisse, nous troublons l'ordre des rêves !

Qu'adviendra-t-il de la « femme éternelle », éternellement semblable, prête à remplir sagement les tâches de séduction, production, reproduction.

Tant pis pour ces illusions que nous ne voulons pas ou plus faire nôtres, nous n'avons jamais été des êtres figés. Notre réalité est différente, elle peut aujourd'hui particulièrement nous servir...

Et toute notre vie de femme est là, qui nous le rappelle...

Parce que nous nous sentons changement permanent à l'intérieur de notre unité, et non tracé linéaire, c'est là notre paradoxe. Parce que le rythme de notre corps et ses variations nous entraînent dans une constante adaptation à ce qu'il sécrète, fabrique ou cesse de produire. Parce que nous nous sentons comme les phases de la lune, les marées, les saisons, comme la terre qui change de visages et de fécondités sans que nulle métamorphose ne compromette la venue de la moisson suivante.

C'est en tout cela que réside notre différence, c'est de nous regarder et de nous reconnaître dans notre originalité, de miser sur elle.

Cinquante ans, la ménopause sont des changements de très loin préparés par toutes les petites étapes successives que sont nos flux et reflux de chaque mois, ce mouvement de vie qui monte et redescend, nous chauffe et nous refroidit, et fait danser en nous un vrai ballet d'hormones. Etant femmes, nous sommes naturellement adaptées aux transitions. Il y a donc sur la route d'autres obstacles que « la nature » pour que tout n'aille pas simplement. Certes, nous savons que toutes les femmes ne vivent pas ce « mauvais âge » comme une calamité. Il est parfaitement possible de dépasser ce stade intermédiaire sans trop de dégâts et de découvrir au-delà la nouveauté d'une période plus stable. Mais nous ne pouvons prendre ce problème comme s'il était résolu pour toutes, et risquer ainsi de culpabiliser celles qui en souffrent profondément. Leurs vies nous parlent trop fort et trop vrai pour que nous les fassions taire... et, à des degrés moindres sans doute, nous nous retrouvons toutes dans ce qu'elles nous disent.

Rencontrons-les...

Elles sont cachées sous de faux noms, vous ne les reconnaîtrez pas... Mais peut-être vous reconnaîtrez-vous un peu en elles ?

Elles viennent en consultation médicale ou en entretien, elles viennent avec leurs corps et leurs cœurs à ausculter. Elles apportent avec elles leurs questions, leur « déprime », leur attente.

Monique. 51 ans. Pas d'enfants, mais elle a élevé ceux de son mari. Sa ménopause a commencé à 46 ans. Elle vient consulter quand elle en a 51... Elle se plaint de rapports douloureux et a entendu dire qu'à son âge cela arrivait parfois. Elle a déjà vu un médecin mais n'a pas osé lui dire la véritable raison de sa visite : « On n'ose pas dire ces choses-là à un homme... » Même pudeur avec son mari. Le couple vivait en crise. Lui était attiré par les filles jeunes et avait des liaisons. Et, pour s'en expliquer, il lui chantait des chansons de Claveau ou d'Aznavour : *Un jour je partirai, Je ne finirai pas ma vie avec une vieille peau.*

Découragée, elle s'était laissé empâter physiquement. Sa vie sexuelle gâchée par ses problèmes et ses tabous vis-à-vis des hommes, médecin ou mari, elle se sentait impuissante et livrée à la fatalité de l'âge.

Catherine. 54 ans. A eu cinq enfants. Il n'en reste qu'un à la maison. Elle a fait de solides études mais n'a exercé aucun métier. Elle finit d'élever son dernier fils en le maternant et en le surveillant beaucoup. Elle prend très souvent en charge ses petits-enfants. Mais ils lui sont souvent « collés » à l'improviste, ce qui l'empêche de s'organiser pour elle-même une activité suivie. Ses propres parents et beaux-parents, très âgés, lui sont une charge supplémentaire. Elle a laissé son corps se déformer : « A quoi bon, pour servir de bonne... » Elle semble prendre la vie avec un fatalisme triste, quelque peu masochiste... Elle ne lit plus, ne sait parler que de problèmes ménagers, refuse de fréquenter ses amies qui ont une vie professionnelle ou de suivre son mari dans des activités intéressantes. Elle semble s'être vieillie, rétrécie avant l'âge et avoir renoncé à toute vie sociale, mais elle en éprouve au fond une grande amertume.

Claudia. 55 ans. Agricultrice. Le fils aîné, qui aide à l'exploitation, vient de se marier et habite tout près. Elle vient de subir une hystérectomie. « On m'a tout enlevé », dit-elle. Très fatiguée et un peu déprimée, elle a du mal à reprendre sa part de travail à la ferme et elle voit avec inquiétude sa jeune belle-fille prendre sa place. Son mari court de plus en plus souvent les foires et sans doute les filles... « Cela » va donc lui être aussi ôté, peut-être n'est-elle plus vraiment une femme depuis son opération. Elle se révolte et s'inquiète de son avenir.

Sa mère lui dit qu'elle a plutôt de la chance de pouvoir se mettre à la retraite à son âge, parce qu'elle a dû « trimer et subir le père bien trop longtemps »...

Claudia dit que personne ne semble la comprendre et que c'est insupportable de se sentir « de trop » avant d'être vieille...

Ces quelques cas, choisis parmi beaucoup d'autres, peuvent paraître un peu extrêmes et péniblement dramatiques.

La masse d'entre nous, femmes de cinquante ans, se situe sans doute encore ailleurs et autrement. Mais, par petites touches, d'autres manières, ce sont les mêmes phénomènes, les mêmes questions qui sont présents dans notre histoire personnelle.

Que faisons-nous lorsque la conscience plus aiguë de notre âge s'ajoute à la peur de perdre injustement ce que la vie nous avait peut-être progressivement accordé ?

Lorsque notre entourage nous renvoie avec plus ou moins de ménagements nos kilos, notre tête ou notre caractère ?

UN BILAN

Lorsque notre corps proteste, déraille, appelle ?

Lorsque nous ne nous sentons plus nous-mêmes dans notre peau et pensons que la ménopause y est pour quelque chose ?

Il devrait être simple et évident de nous occuper sérieusement de nous. Mais penser à soigner notre corps plus attentivement, observer et reconnaître nos changements de comportement vis-à-vis des autres, décider de voir préventivement un médecin pour faire le point et éclaircir quelques petits ou gros malaises, tout cela est le plus souvent reporté à plus tard.

Le nombre d'heures que les femmes s'accordent à elles-mêmes, par nécessité ou par plaisir, est infime, surtout si elles ont une vie professionnelle. Et même quand nous nous sentons vraiment mal, ce n'est pas toujours suffisant pour nous décider à agir, parce que nous n'avons pas toujours tendance à « nous écouter »... En fait, un certain nombre d'obstacles nous empêchent de nous occuper sérieusement de nous et nous font reculer la décision. Pourquoi ?

Parce que, à la ménopause, consulter un médecin, tant que ce n'est pas urgent, c'est s'avouer la réalité du problème, c'est en quelque sorte le faire exister, puisqu'on le prend en compte. C'est entrer dans un processus d'analyses, d'examens médicaux fastidieux. C'est recevoir, que nous les cherchions ou non, des informations compliquées et parfois contradictoires sur la façon de traiter la ménopause. C'est la défiance vis-à-vis des traitements hormonaux dont on parle... (Ce n'est pas nouveau, il y a déjà eu la pilule pour nous faire peur et envie !)

Tout cela représente du temps, de l'argent, que certaines d'entre nous ne peuvent ou ne veulent s'accorder.

C'est aussi chercher à qui se fier si nous n'avons pas déjà un contact bon et confiant avec notre médecin. C'est encore redouter qu'à l'occasion d'investigations approfondies, on ne découvre, tapi quelque part, un cancer, une tare, que nous préférons ignorer.

C'est hésiter à consulter seule, à se prendre en charge sans déranger personne. C'est, pour certaines d'entre nous, le désir de parler mais aussi la pudeur d'avouer nos problèmes, notre désarroi ou notre solitude.

C'est enfin l'ignorance ou le fatalisme qui n'attendent aucune explication, aucune réponse possible, aucun soulagement aux difficultés du vieillissement.

Qui d'entre nous ne se retrouve peu ou prou derrière ces résistances ? Se dire ouvertement son âge et en tenir compte demande un certain courage. Le calcul des profits et pertes fait peur d'avance, et surtout à celles qui, jusque-là, ont été les plus nanties dans l'existence. La quarantaine à peine dépassée, Simone de Beauvoir nous avoue : « Ma vieillesse couvait. Elle me guettait au fond du miroir. Cela me stupéfiait qu'elle marchât vers moi d'un pas si sûr alors qu'en moi rien ne s'accordait avec elle [1]. »

Mais, au bout du compte, malgré les reculs, les atermoiements, même des plus décidées, si l'âge nous tourmente vraiment d'une façon ou de l'autre, nous finissons par entreprendre les premières démarches pour mesurer où nous en sommes, pour comprendre et pour agir.

Faisons, pour commencer, le bilan des changements, des handicaps et des ressources de notre corps.

---

1. Simone de Beauvoir, *La Force des choses*, Gallimard, Paris, 1963.

II. Les événements physiologiques

Dans nos temps actuels, saturées d'informations à propos des choses les plus futiles, les plus éphémères ou les plus lointaines, nous négligeons de nous renseigner sur ce qui se passe dans notre propre corps de femme. Bien peu savent comment il fonctionne, évolue, et ce qu'il peut réclamer à sa manière aux environs de nos cinquante ans.

Comment ne pas être démunies devant nos mutations et leurs conséquences, si nous sommes sous-informées ou mal informées sur nous-mêmes ?

Que nous fassions partie des 80 % des femmes qui sentiront passer physiquement les effets de l'événement en elles, ou des 20 % plus fortunées qui n'auront à se plaindre de rien, nous avons toutes le plus grand intérêt à comprendre ce qu'est notre nouvelle réalité physiologique, car, tôt ou tard, aucune d'entre nous ne manquera à l'appel de cette évolution.

Micheline. 47 ans. Couturière. A eu trois enfants. Vit en province. Elle vient consulter pour des angoisses, des crises de larmes. Elle a des vertiges quand elle est allongée. Tête lourde, bouche sèche. Elle se demande si c'est l'âge. Elle a auprès d'elle un mari avec lequel elle s'ennuie. « Il ne cause pas. » Il a été trépané à la suite d'un accident du travail.

Elle finit par dire qu'elle a eu un choc à la mort de sa mère, il y a deux ans et que, depuis, elle est déréglée. Des disputes autour de l'héritage (modeste pourtant !) l'opposent à ses frères et sœurs avec lesquels elle est en procès...

Au début de la consultation, elle ne sait par quel bout d'elle-même commencer... sa vie, son corps qui lui fait mal, son âge, son passé ? Tout cela lui semble disparate et sans liens apparents...

L'histoire de Micheline ne ressemble-t-elle pas quelque peu à la nôtre : troubles dont nous ne savons pas s'ils sont liés à la ménopause, complexité de la relation à un médecin, hésitations devant les décisions à prendre...

Beaucoup de femmes de notre génération sont demeurées très ignorantes de leur corps. Elles ont fait des enfants, sans doute pris des contraceptifs, joui de l'amour sans très bien savoir comment tout cela fonctionnait physiologiquement : nous gardons souvent une distance pudique ou négligente avec cette « mécanique » quand tout marche normalement. Aujourd'hui, où notre rôle de reproductrice est définitivement clos, nous pouvons être tentées de continuer à tout ignorer de ce domaine obscur et dans une certaine mesure désaffecté.

C'est lui qui va se rappeler à nous. Il aurait pourtant été bien souvent important de savoir et prévoir...

Mais qui a envie de penser d'avance à sa ménopause ou de se renseigner avec précision sur les manifestations et les déboires qui lui sont liés ? Bien peu d'entre nous sans doute, même si c'est à tort. Aussi sommes-nous généralement surprises lorsque arrive notre tour... Nous constatons sans trop y croire que nos règles se dérèglent en trop ou en pas assez, s'absentent un mois, reviennent, s'amenuisent, et puis plus rien...

Dans d'autres cas, elles nous quittent tout d'un coup, sans retour, et, naïves, nous nous croyons enceintes. Une façon d'oublier son âge ! Mais les facéties de l'âge ne nous oublient pas.

Au cours d'une banale nuit, nous nous réveillons soudain en sueur, comme après un cauchemar, et nous rejetons nos draps en cherchant la fraîcheur, pour nous retrouver quelques instants après bizarrement normales. Puis viennent d'autres nuits, avec des sueurs à répétition qui nous hachent et nous gâchent le sommeil.

De jour, c'est le bref et brûlant coup de sirocco qui s'abat sur nous et nous parcourt de la tête aux pieds, nous laissant moites et un peu molles. C'est donc cela, ces fameuses bouffées de chaleur que nous notons au passage comme cartes de visite du « mauvais âge ».

Heureusement que tout cela passe inaperçu de notre entourage qui n'a cure de nos manies nouvelles d'ouvrir soudain les fenêtres, notre col, de remonter nos manches, de quitter notre pull, pour inverser peu après le mouvement.

Mais, en revanche, il va bien falloir prendre rendez-vous et s'en expliquer avec son médecin. Dès que nous sentons sourdre en nous cette insolite effervescence, qui n'a eu d'égale que celle de notre lointaine puberté, il y a plusieurs raisons d'aller consulter un médecin :

D'abord comprendre l'événement, saisir les mécanismes en mouvement et leur travail, afin de pouvoir collaborer avec le médecin pour rechercher un nouvel équilibre satisfaisant.

Savoir ensuite que l'on peut aider son corps à passer ce cap difficile, mais que tout traitement de la ménopause, si l'on en souhaite un, nécessite un bilan de santé, une surveillance médicale régulière et un choix de médicaments, hormonaux ou non, approprié au cas particulier de chacune. Savoir aussi que, trop optimistes ou insouciantes, nombre de femmes attribuent tous leurs maux à la ménopause : celle-ci n'est pas un fourre-tout qui explique tout ce qui ne va pas et que le temps finira bien par arranger... Le médecin fera le tri et pourra traiter avec discernement les maux liés à l'âge et les autres.

Enfin parce qu'un bon examen est fait non pour nous déclarer malade (même de l'âge) mais pour reconnaître nos zones faibles et nos zones fortes : c'est en connaissant nos atouts que nous pourrons surmonter nos fragilités.

Nos mécanismes hormonaux avant la ménopause.

Pour comprendre ce qui, à la ménopause, va se modifier chez une femme, il est nécessaire de revenir en arrière et de reprendre l'histoire à ses débuts.

A sa naissance, une petite fille apporte avec elle son capital d'ovules, nichés dans les ovaires, dont quelque quatre cents arriveront à maturité au cours de la vie et seront dépensés au fil des mois après la puberté, prêts alors pour une fécondation éventuelle. Si celle-ci ne se produit pas, l'organisme élimine l'ovule inemployé, et, le mois suivant, retourne puiser dans les réserves.

Tout ne se déroule pas au niveau des ovaires et de l'utérus : c'est bien là, certes, qu'il y a fabrication, livraison et reception, mais les commandes passent par le haut du cerveau qui, grâce à une glande, l'hypophyse, transmet ses ordres et déclenche toute une chaîne de processus. Le moyen de transmission, ce seront des hormones, substances qui sont fabriquées par diverses glandes, déversées dans la circulation générale, et qui viennent déclencher des relais qui, à leur tour, vont sécréter d'autres hormones pour atteindre finalement l'organe cible qu'il s'agit de faire entrer en action.

Le cycle ovarien est donc sous la dépendance de l'hypophyse, petite glande logée à la base du cerveau, grosse comme une noisette (figure 1), mais d'une importance capitale car elle commande de très nombreuses fonctions endocriniennes.

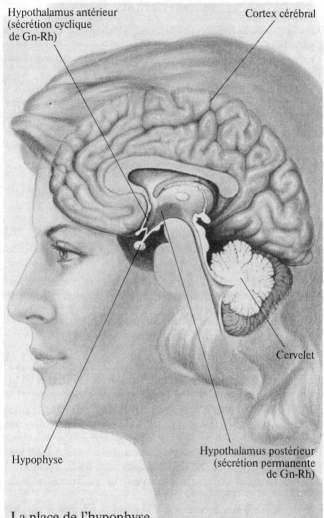

La place de l'hypophyse et de l'hypothalamus dans le cerveau.

Figure 1

Dans le cas de la fonction ovarienne, l'hypophyse commande la sécrétion des hormones de l'ovaire :

1. *Les œstrogènes*, sécrétés par le follicule, sorte d'enveloppe qui entoure l'ovule, et qui ont pour rôle de faire proliférer chaque mois la muqueuse utérine, l'endomètre. Il y a deux œstrogènes principaux, l'œstradiol (plus exactement 17 ß œstradiol) et l'œstrone. (A noter que, pendant longtemps, pensant qu'il n'y avait qu'une hormone œstrogène, on l'a appelée « folliculine ». Aujourd'hui, ce terme désigne plus spécifiquement l'œstrone.)

2. *La progestérone*, sécrétée par le corps jaune *(corpus luteus)* après l'ovulation, et qui a pour rôle de régulariser l'effet des œstrogènes en ralentissant la croissance de l'endomètre et en le rendant apte à la nidation de l'œuf.

Pour commander la sécrétion par l'ovaire des œstrogènes et de la progestérone, l'hypophyse met en œuvre deux autres hormones, que l'on nomme les gonadotrophines ou gonadostimulines (figure 2). Ces deux hormones hypophysaires sont :
— FSH, initiales de Follicle Stimulating Hormone,
— LH, initiales de Luteinizing Hormone.

FSH a pour rôle essentiel de stimuler la croissance du follicule, jusqu'au moment où celui-ci se rompt, vers le quatorzième jour du cycle, en expulsant l'ovule qu'il contenait.

LH stimule la sécrétion d'hormones par le follicule, et il semble que ce soit l'élévation brutale du taux de LH qui soit responsable de la rupture du follicule et de l'ovulation.

Mais les choses sont, à vrai dire, encore plus complexes, puisque si l'ovaire dépend de l'hypophyse, celle-ci, à son tour, reçoit des ordres d'un centre nerveux de petite taille, situé au-dessus d'elle, l'hypothalamus (cf. figure 1).

On connaît encore très mal l'hypothalamus, mais on sait cependant qu'il est composé de différents noyaux (ou aires, ou

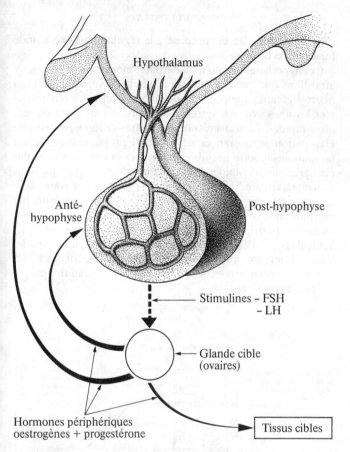

Les deux hormones secrétées par l'ovaire, oestrogènes
et progestérone ont une double action :
1) elles agissent sur les tissus cibles (sein, vagin, utérus, os, peau)
par une stimulation sélective ;
2) elles possèdent un effet de rétroaction sur la sécrétion
de la stimuline correspondante. Cette action est frénatrice.

Hypophyse et ses interactions. Figure 2

zones) dont chacun est préposé à la régulation d'une grande fonction de la vie.

Cet hypothalamus, au nom barbare, mérite que nous nous y attardions quelque peu. C'est, en effet, un véritable cerveau neurovégétatif, composé de cellules nerveuses interconnectées les unes avec les autres et se transmettant des messages ultra-rapides. La transmission des ordres se fait aussi par une élaboration de substances actives qui se propagent sous forme de granules le long des fibres nerveuses et envoient ainsi des messages moins rapides mais plus durables. L'hypothalamus centralise (figure 3) aussi bien les informations provenant du monde extérieur par ses connexions nerveuses (douleur, par exemple) que celles qui proviennent de notre monde intérieur (notre bien-être, notre mal-être, notre faim, notre sommeil...) véhiculées par l'ensemble de notre trafic chimique et circulatoire. Il intègre toutes ces informations, les compare, les synthétise, pour arriver à une décision qui se traduira par un ordre d'exécution.

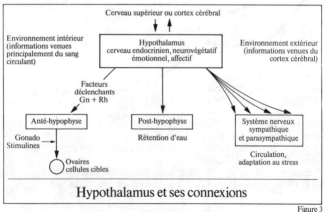

Figure 3

LES ÉVÉNEMENTS PHYSIOLOGIQUES

C'est un cerveau neurovégétatif car les informations qu'il reçoit et les ordres qu'il émet sont inconscients et régissent le système végétatif, c'est-à-dire tout ce qui fonctionne hors de notre contrôle volontaire et a pour but d'assurer l'entretien de notre vie et de notre croissance.

Parmi les éléments qu'analyse l'hypothalamus, il y a la teneur du sang en sucre, la glycémie, qui le renseigne sur la faim ou la satiété, la teneur du sang en gaz carbonique, qui lui permet de régler la respiration, la pression sanguine, le tonus musculaire, et nombre d'autres éléments connus ou inconnus.

Et, sur la base de ces informations, l'hypothalamus va commander l'état de veille ou de sommeil, les pulsions de faim et de soif, les sécrétions des glandes (sucs gastriques, bile, salive...), et beaucoup d'autres fonctions locales.

Comment l'hypothalamus va-t-il commander, moduler, ces différentes fonctions ?

En agissant sur la circulation sanguine : les artères, les veines, les plus petits vaisseaux (les capillaires) ont une régulation nerveuse qui dépend de l'hypothalamus : il s'agit du système nerveux végétatif. Celui-ci commande constriction ou dilatation, et par conséquent débit sanguin au niveau d'un territoire.

En agissant sur toute une série de relais nerveux qui commandent le sommeil, la faim, la soif, la douleur, la combustion des graisses, la répartition des liquides dans l'organisme, etc.

En actionnant certains de ses noyaux qui sont dits « neuro-endocriniens » parce qu'ils stimulent la sécrétion de diverses substances hypophysaires qui vont, à leur tour, stimuler la sécrétion de glandes endocrines telles que les surrénales, la thyroïde, les ovaires.

Et l'hypothalamus n'est pas seulement un cerveau neuro-végétatif, c'est aussi un carrefour émotionnel et affectif, carrefour entre les messages de notre cerveau conscient et ceux de notre système neurovégétatif, lieu d'actions et de réactions comme nous le montre la figure 3.

Une émotion extérieure, peur par exemple en face d'un événement imprévu, nous fera pâlir, blêmir, rougir, transpirer, à cause de cette interconnexion étroite au niveau de l'hypothalamus. C'est à lui que vont parvenir les émotions agréables et désagréables résultant des événements de notre vie, de nos relations avec notre entourage, de notre contexte socioculturel...

Revenons-en maintenant au cas précis qui nous préoccupe, celui du cycle ovarien. Une des zones de l'hypothalamus agit sur l'hypophyse et va commander la sécrétion de FSH et de LH par l'intermédiaire d'un *facteur déclenchant spécifique appelé LH-RH (ou Gn-RH)* qui actionne tantôt LH, tantôt FSH ou les deux à la fois.

Il existe, croit-on, chez l'être humain, deux centres hypothalamiques sécréteurs de Gn-RH (cf. figure 1) : un centre *postérieur* fondamental situé dans la zone nommée éminence médiane, qui assure la *sécrétion de base* de FSH et LH, et un centre *antérieur* situé dans une autre zone nommée aire préoptique *à fonctionnement intermittent*, responsable de la décharge des mêmes stimulines FSH et LH avant l'ovulation.

Entre hypothalamus, hypophyse et ovaire il y a un circuit de régulation complexe et très organisé :

L'hypothalamus commande l'hypophyse par l'intermédiaire de LH-RH. L'hypophyse augmente la sécrétion de FSH et de LH dont nous avons vu les effets (accélération de la croissance du follicule et augmentation de la production d'hormones ovariennes par chaque cellule de ce follicule). Mais ces sécrétions de l'ovaire, outre leur action sur les organes-cibles comme l'utérus, vont à leur tour, par un effet de rétroaction, agir sur l'hypothalamus et l'hypophyse, freiner leurs propres sécrétions... d'où, rapidement, diminution des sécrétions de l'ovaire. Et le cycle recommencera, du moins

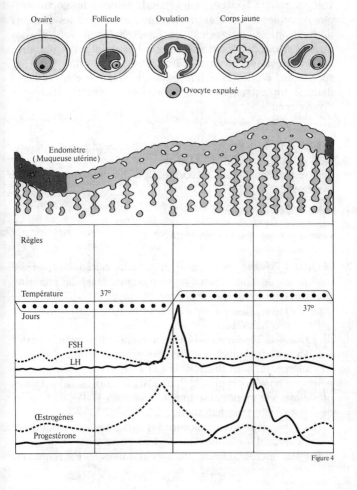

Figure 4 — Action sur l'ovaire et l'endomètre des hormones hypophysaires et ovariennes au cours du cycle.

jusqu'à la ménopause... La figure 2 (p. 31) montre ces interactions.

Toutes ces actions et rétroactions sont commandées par la voie sanguine : la circulation générale véhicule les gonadotrophines et les hormones ovariennes, alors que les facteurs déclenchants se propagent de l'hypothalamus vers l'hypophyse par des petits circuits locaux. Les cellules destinataires possèdent, pour chaque sorte de message, un récepteur spécifique, d'une sensibilité extrême, qui capte le message dans le torrent circulatoire et va leur permettre d'obéir à l'ordre reçu...

La figure 4 (page précédente) montre les variations du taux dans le sang de FSH et LH d'une part, de la progestérone et des œstrogènes d'autre part, selon le moment du cycle ovarien.

Que se passe-t-il à la ménopause ?

Quand l'ovaire, selon son programme héréditaire, arrive aux jours de son repos, vers cinquante ans, la sécrétion d'œstrogènes et de progestérone diminue, leur taux dans le sang s'abaisse, jusqu'à des chiffres très bas, quasi nuls.

Et l'hypothalamus réagit en sécrétant des doses excessives du facteur déclenchant LH-RH, comme s'il voulait fouetter les ovaires déficients... Le taux des gonadotrophines FSH et LH augmente, sous l'action de LH-RH, mais l'ovaire ménopausique ne répond plus... Pour FSH le taux est 10 à 15 fois plus élevé à la ménopause que le taux normal. Pour LH il est de 3 à 4 fois le taux habituel.

(Le tableau ci-contre montre les quantités extraordinairement faibles d'hormones qui règlent notre cycle ovarien : il s'agit de microgrammes, de picogrammes... Et rappelons

LES ÉVÉNEMENTS PHYSIOLOGIQUES

	DOSAGE DES HORMONES DANS LE SANG (par millilitre de sang)	
	Au cours d'un cycle menstruel normal (21e jour du cycle)	Après la ménopause
Progestérone	8 à 15 nanogrammes	traces
Œstrogènes		
Œstradiol	100 à 200 picogrammes	15 picogrammes (dix fois moins)
Œstrone	50 à 100 picogrammes	20 picogrammes (cinq fois moins)
FSH	2 à 5 mUI (milliunités internationales)	15 à 30 mUI et plus
LH	2 à 4 mUI	8 à 20 mUI et plus

que 1 milligramme = 1 000 microgrammes = 1 000 000 nanogrammes = 1 000 000 000 picogrammes !)

Il y a déséquilibre, le système de régulation que nous avons décrit ne fonctionne plus, l'intégration des données ne se fait plus.

Cet emballement de la production des gonadotrophines suffit-il, à lui seul, à expliquer tous les symptômes de la ménopause. Certes non mais la crise peut s'étendre au-delà des deux noyaux secréteurs de Gn-Rh et peut toucher selon les cas tous les centres hypothalamiques environnants comme en témoigne la variété des symtômes observés.

Le mécanisme de ces bouleversements n'est pas connu dans le détail, mais les résultats sont là : toute une série de dérèglements neurovégétatifs, bouffées de chaleur, transpirations abondantes, vertiges, sensations étranges de lourdeur, de fatigue (on se sent « comme du plomb »), tendance à l'embonpoint, boulimie, variations brusques de poids, rétention d'eau, gonflements et autres malaises...

Mais, nous l'avons vu, l'hypothalamus n'est pas seulement

un cerveau neurovégétatif, c'est aussi un carrefour émotionnel et affectif.

Les émotions agréables et désagréables résultant des événements de la vie et des conditions socioculturelles, des relations avec l'entourage, sont enregistrées et intégrées dans l'hypothalamus.

Or, ces conditions sont souvent défavorables pour les femmes qui atteignent la cinquantaine, et cela justement au moment où l'hypothalamus traverse la crise de régime endocrinien que nous venons de décrire.

On peut se demander si cette conjonction entre crise socioculturelle et crise endocrinienne ne vient pas expliquer, dans les ménopauses les plus mal vécues, la sensation d'étrangeté, de tête vide ou trop pleine, la coloration noire de l'humeur, les tendances dépressives, les pertes de mémoire, le sentiment que tout est difficile, décourageant, insurmontable...

Et, à l'inverse, une situation affective favorable pourra permettre de rééquilibrer cette instabilité...

C'est cette connaissance d'une interaction complexe entre psychologique et physique qui permettra d'agir, selon les cas, sur le régime endocrinien, ou sur le « moral », ou encore sur les deux à la fois.

Comparaison entre puberté et ménopause.

Ce sont deux étapes de la vie féminine, marquées par les règles : lors de la puberté, les règles arrivent ; à la ménopause, les règles disparaissent.

Dans ces deux étapes, l'hypothalamus et l'hypophyse jouent un rôle prédominant.

A la puberté, l'hypophyse entre en jeu et commence à secréter FSH et LH sous l'impulsion programmée génétiquement de la sonnerie LH-RH. D'où apparition du cycle menstruel et de l'ovulation. La programmation part de l'hypothalamus.

A la ménopause, il y a aussi sécrétion de FSH et LH, mais faute de réponse de l'ovaire elle devient hypersécrétion. La programmation part de l'ovaire qui cesse de produire des ovules.

A la puberté, l'activité des œstrogènes va commander l'apparition des caractères sexuels secondaires. Ce développement va se faire en un temps relativement court, huit à vingt mois, et un an après environ apparaîtront les règles.

A la ménopause, l'activité des œstrogènes va cesser assez brusquement, mais la régression des caractères sexuels secondaires sera partielle et s'étendra sur plusieurs années.

A la puberté comme à la ménopause, on voit des différences importantes d'une femme à l'autre. A la puberté comme à la ménopause, les femmes ont à faire face et à s'adapter à un changement hormonal qui entraîne des modifications dans leur corps.

Elles doivent s'adapter à des transformations physiques, psychiques, qui leur demandent une acceptation en même temps qu'une intégration. Elles doivent se dire : « ce corps nouveau est à moi »... Toutes les femmes ne font pas cette gymnastique mentale avec la même souplesse, le même bonheur. Il y en a pour lesquelles c'est assez facile, il y en a au contraire pour lesquelles c'est douloureux, étrange, perturbant.

Mais quand elles ont surmonté l'épreuve, elles en sortent plus fortes. Elles ont acquis une nouvelle dimension...

Les différentes étapes de la ménopause et leur durée.

La ménopause survient un mois précis puisque c'est l'arrêt définitif des règles. En général autour de cinquante ans.

Bien évidemment, on ne peut employer ce mot à juste titre que plusieurs mois après, lorsqu'on est certain de l'arrêt définitif. C'est pourquoi, actuellement, on utilise le terme de « périménopause » qui englobe les quelques mois précédant la ménopause où surviennent des irrégularités menstruelles et où on ne sait pas encore si la ménopause est définitivement installée.

Avant l'arrêt des règles, il y a eu une longue période qui parfois peut s'étendre sur plusieurs années et où la femme qui approche de la ménopause souffre de toutes sortes de malaises, de petites (ou de grandes) misères qui prennent d'autant plus d'importance qu'elle n'est pas prévenue et qu'elle se demande à tout instant où elle en est, ce qui va lui arriver, ce qu'elle devrait faire et qu'elle ne sait pas. Et cette incertitude, ce manque de renseignements, d'informations peut la préoccuper, la miner. A qui demander ? Comment reconnaître où elle en est du changement de son corps ?

— *Sur le plan des règles*, les signes avant-coureurs sont les irrégularités du cycle, les variations dans la quantité, les alternances entre des règles trop rapprochées et l'absence de règles pendant deux, trois, quatre mois. Parfois aussi des caillots dans le sang des règles.

— *Sur le plan du corps*, les seins sont souvent tendus, désagréablement sensibles au toucher, voire douloureux, le ventre est plus ballonné à l'approche des règles, il y a une fatigue nouvelle, dans la deuxième partie du cycle surtout, un état d'irritabilité, des troubles du sommeil ou de l'anxiété, des crises de diarrhée ou de constipation, un peu de mal à la gorge : tous ces signes varient d'une femmes à l'autre.

Et cette période peut s'étendre sur quelques années.

Beaucoup de changements peuvent se produire. Mais ceux-ci ne sont pas tous à imputer à la ménopause, et, chez la même femme, ils ne surviendront ni forcément tous, ni tous en même temps, loin de là ! Tous ces mouvements biologiques profonds s'effectuent à des vitesses différentes selon les femmes. Chez certaines, le mouvement sera rapide : quelques mois, voire quelques semaines, surtout après un choc, une surcharge de fatigue ou de soucis. Chez d'autres, il durera plusieurs années. On peut supposer que, plus intense et plus condensé dans le temps est le processus de changement, plus nous avons besoin d'énergie pour y faire face.

Certes, pour certaines femmes, tout ce nouveau régime intérieur s'organise sans entraîner de perturbations notables. Là encore à chacune son histoire : toutes les pubertés n'ont pas été houleuses, toutes les adolescences en crise...

Mais les autres, celles qui à des degrés divers se trouvent bousculées, elles font partie des huit Françaises sur dix qui éprouvent des malaises physiologiques directement provoqués par la ménopause, que ces malaises soient des « vapeurs », de la fatigue, des migraines ou telles autres incommodités ou disgrâces du corps qui précèdent ou suivent l'arrêt inéluctable de l'ovulation et des règles. Il n'y a pas que les mauviettes dilettantes pour s'y complaire.

Certains auteurs ont pourtant dit que ces malaises bien concrets, qui nous laissent en eau, vannées, ou blanches d'insomnie, sont « subjectifs », c'est-à-dire invérifiables par autrui. Oui, bien sûr, une bouffée de chaleur peut ne pas surgir opportunément sous les mains du praticien exerçant son art !

En nous montrant du doigt comme des douillettes, ces moralistes ajoutent que nos sœurs africaines, qui « s'écoutent moins », n'ont pas ces troubles... Ceci reste à prouver sérieusement ! Peut-on réellement comparer ? Sauf en de rares pays, relativement peu de femmes du « tiers monde » atteignent la cinquantaine, et hélas, le problème ne se pose pas...

Ce que l'on sait en revanche statistiquement, c'est que ce sont les femmes des milieux les plus défavorisés matériellement ou intellectuellement qui souffrent le plus durement du vieillissement et de la ménopause, et qui, de surcroît, manquent le plus d'information sur les moyens d'atténuer leurs difficultés.

Qui est donc en cause ? La femme qui s'abandonnerait à ses maux, ou plutôt la société qui crée les conditions les plus défavorables pour affronter cette période critique...

Sur le plan biologique, il existe une prédisposition endocrinienne personnelle à sécréter avec plus ou moins de violence ou d'anarchie telle ou telle substance qui entraînera fatalement des désordres : nous pouvons y être peu ou très réceptives, nous ne pouvons les annuler. Il n'est pas question pour nous de passer d'un conformisme de victime à un conformisme spartiate !

Certes, il y a celles qui orchestrent à plaisir leurs malheurs physiques... Une sorte de gloire ? Peut-être le seul langage qu'elles osent employer pour exister !

Il y a celles pour qui le mauvais âge tombe sur un fond d'existence déjà difficile et vient y ajouter ses problèmes.

Celles qui s'écoutent parce que personne ne les écoute...

Nous avons mille et une façons d'être en travail de ménopause : en discrètes, en pudiques, en hystériques, en triomphantes, en ignorantes, en houleuses et déprimées, en courageuses, en lâches, ou en rien de tout cela... quotidiennes, comme avant, comme après. Tout un échantillonnage à l'image de nos différences, à propos d'une réalité parfaitement objective.

Mais le plus grand nombre d'entre nous vivent ce nuage gris avec une grande pudeur, peu de confort et pas de réconfort ! Et c'est pour cela que nous avons eu envie de partager ce moment délicat de la condition féminine...

III. Image sociale
de la femme de cinquante ans

Notre corps change, nous ne pouvons le nier. Mais bien plus dans nos profondeurs internes qu'en surface, et très partiellement si l'on considère l'ensemble de nos rouages physiologiques. Cela pourrait rester invisible et discret, et nos vies quotidiennes suivre leur cours... Pour certaines d'entre nous cela se peut...

Mais l'opinion courante est qu'il n'est pas agréable pour une femme d'avoir cinquante ans. La ménopause est supposée être un handicap, un mauvais cap. On ne sait plus que faire d'elle, que faire avec elle, que faire pour elle, comme si son changement partiel devait remettre en question la totalité de ses rôles et de sa place affective et sociale. Tout en déplorant peut-être qu'elle quitte la place rituelle que la société attribue aux femmes : maternité, servage et séduction, on lui organise son destin de « vieille femme » à l'occidentale : déchue, remisée ou mal définie dans l'organigramme d'une société de production et reproduction à court terme.

C'est ainsi qu'on efface notre avenir proche. L'histoire de Jeanine, parmi d'autres que vous devez connaître, en illustre quelques aspects...

> *Jeanine*. 49 ans. Divorcée, elle a élevé seule deux enfants. Jolie femme souriante et très soignée, elle est hôtesse d'accueil au siège d'une grande entreprise.

Elle accompagne parfois certains visiteurs comme interprète. Son métier lui plaît par ses contacts nombreux et variés, elle aime bien ses collègues de travail.

Le chef du personnel vient lui dire « qu'un autre poste conviendrait mieux à son âge »... Elle proteste de sa bonne santé, mais comprend vite qu'il s'agit de l'éloigner d'un public censé préférer les « minettes ». Pour elle, c'est un effondrement, une conscience subite de l'injustice vis-à-vis de l'âge, alors qu'elle abordait la ménopause avec optimisme et sans gêne physique marquante.

C'est ainsi qu'on vient orchestrer nos petits ennuis, s'ils existent, et qu'on en crée d'autres, et de taille !

Plus fort que ce qui se passe en nous, c'est l'écho défavorable que nous en renvoie le monde extérieur qui nous blesse, nous décourage.

Nous ne sommes pas libres, autonomes, pour gérer à notre guise cette nouvelle phase de notre vie. En tant qu'êtres sociaux nous sommes liées au destin de la collectivité humaine qui vient se mêler, à notre insu ou non, de nos affaires les plus privées. Ceux qui nous ont précédées, ceux qui nous entourent, à quelque distance soient-ils, exercent un énorme pouvoir sur nous. De mille manières...

Nous sommes encombrées d'un fatras d'images et d'idées préconçues sur notre sort, sur nos rôles, plus menaçantes que le face à face avec quelques « mauvais cas » de ménopausées affligeantes qui viennent confirmer les préjugés ambiants.

A ce rendez-vous de notre histoire personnelle nous devenons symbole de quelque chose qui dépasse les remous de notre territoire intime. Nous sommes soudain craintes, évitées ou annulées par le corps social. Même si nos proches nous acceptent. Quel mauvais message porte donc alentour la ménopause d'une femme pour déclencher une telle aversion, une telle peur ?

Nos rides, nos corps qui se défraîchissent, nos cheveux gris sont-ils si différents de ceux des hommes de notre âge ? Pourquoi l'opinion les trouve-t-elle plus rebutants ?

Et, souvent même, cette dégradation est plus supposée que réelle et visible. Beaucoup de femmes aujourd'hui ne trahissent ni physiquement ni moralement leur âge. Leur vitalité est évidente, leur charme certain, la qualité de leur relation aux autres développée par la maturité. Mais, dès que l'on *sait* leur cinquantaine, le regard vraiment n'est plus le même.

Le scandale, c'est que nous révélons, en plein cours de cette maturité, la précarité de la durée d'une vie humaine. « Toute société tend à vivre, à survivre, elle exalte la vigueur, la fécondité liée à la jeunesse, elle redoute l'usure et la stérilité de la vieillesse [1]. » En l'occurrence, la vieillesse est encore lointaine, mais cependant la ménopause est l'événement biologique précis, irréversible, qui signale l'impuissance à transmettre la vie.

N'y a-t-il pas une répulsion archaïque, un réflexe collectif d'autodéfense vis-à-vis de celles d'entre nous qui cessent cette énorme lutte contre la mort que représente la fécondité féminine ? Toute une attente et une crainte magique tournent depuis la nuit des temps autour de cette puissance impudente des femmes. N'est-on pas tenté, désormais, lorsque cette aptitude cesse, de se retourner sans risque contre cette femme au pouvoir déchu ? Contradiction des hommes jaloux mais dépendants du ventre des femmes. Et, de notre côté, une éducation bien menée a su nous faire rentrer jusqu'à l'os dans la peau du personnage maternel et de ses rôles quasi exclusifs. La nature a eu bon dos pour justifier ce qu'un système social mis en place depuis des siècles a su maintenir jusqu'à nos jours.

---

1. Simone de Beauvoir, *La Force des choses*, *op. cit.*

Encore aujourd'hui, si les femmes ont quelque place dans la vie sociale ou professionnelle, cette place est presque toujours subalterne : leur « pouvoir » est prudemment canalisé sur la famille...

Si nous sommes confondues avec notre fécondité physique, stériles que sommes-nous ? A quoi servons-nous ? Et stériles, à cinquante ans, nous le devenons toutes, sortant ainsi de notre finalité essentielle aux yeux de la société. Même si ce changement n'est que symbolique, même si depuis longtemps nous avons cessé de vouloir faire un enfant, nous sortons du circuit de production lié à la maternité.

Il est à peine nécessaire de revenir ici sur la force des stéréotypes concernant les rôles de la femme. Les études, les déclarations contradictoires abondent sur ce sujet sans avoir encore entamé les citadelles du conformisme. Non seulement pour exister il nous faut mettre des enfants au monde, mais ensuite nous avons à les materner, non seulement pour eux, mais aussi pour prouver que nous servons à quelque chose. Mais, lorsqu'ils nous quittent, l'édifice de notre raison d'être risque de s'effondrer, sans pour autant que nous soit porté secours ! Les conséquences en sont pour certaines un vieillissement prématuré : on constate que la ménopause se manifeste plus tôt chez les femmes dont les enfants ont quitté la maison...

Va-t-on nous le faire payer en exploitant habilement notre peur d'entrer dans le clan des vieilles ? En déclenchant chez nous une course à la consommation bien orchestrée par les médias ?

Nous serons une proie d'autant plus facile que, tout au long de notre vie de femme, nous avons été harcelées par le culte de la beauté utopique. On attend que nous continuions à galoper après ces modes qui nous ont voulues tantôt minces, tantôt rondes, ou plus blanches ou plus hâlées, capiteuses derrière notre machine à écrire, troublantes en faisant notre vaisselle, filiformes en étant enceintes. On espère de notre conformisme que nous ne cesserons de courir après cette « norme » irréelle présentée par les magazines féminins : oisives, éthérées comme ces mannequins qui batifolent dans des cadres incongrus pour nous convaincre de changer encore une fois de tête, de fringues et d'accessoires, pour plaire, plaire, plaire ou... moins se déplaire !

Bien entendu, nous ne devons qu'être éternellement jeunes, puisque jeunesse et beauté sont le couplé gagnant du bonheur ! Et on nous démontre ensuite que beauté et jeunesse peuvent s'acheter. Et les slogans abondent pour dramatiser d'avance le moindre changement : « Avoir l'air plus jeune que son âge est un art qu'il faut commencer à pratiquer tôt », ou bien encore : « Évitez d'être brutalement compétitive, une femme excitée est ridée plus vite [1]. »

Dans un tel contexte, comment, nous sentant vieillir, ne pas ressentir « la honte d'être plus ou moins abîmée et de nous éloigner inexorablement du type idéal d'humanité [2] ». Il est facile d'utiliser notre anxiété d'être conforme à cet idéal pour tendre un filet et récupérer les bénéfices de l'opération.

Par martèlement publicitaire, on nous répète que tel régime, telle recette, tel achat nous permettent de nous couler dans une peau de rêve. Le mirage de ces promesses magiques nous met « dans le vent » de ce rêve, tout en faisant appel à nos efforts nécessaires et obligatoires pour obtenir les *bons* résultats. Si cela rate, ce ne peut être que notre faute... Nous voilà coupables de vieillir...

Et oui, nous sommes une proie facile, au moment où notre corps familier nous paraît menacé. Les profiteurs de cette propagande ne s'y trompent pas. Ils vont débusquer l'argent là où il est, et savent le faire sortir de toutes les poches ! Ce sont les entreprises de cosmétologie, qui, en ces temps de crise économique, restent les plus florissantes !

---

1. *Votre beauté*, cité par Anne-Marie Dardigna dans *La Presse féminine*, Petite Collection Maspero, Paris, 1978.
2. Simone de Beauvoir, *La Force des choses, op. cit.*

Aux bourgeoises, les crèmes de beauté, les liftings, les cures mirobolantes et les journaux spécialisés qui vendent l'espoir via de coûteux remèdes miracles !

Aux femmes plus modestes, qui se méfient, ou qui s'interdisent ce type de dépense, les problèmes de poids auxquels va s'en prendre la presse féminine : « Être mince, c'est être jeune. » Il faudra se nourrir « mieux », ce qui bien sûr coûte plus cher, mais la morale populaire tolérera mieux cette dépense supplémentaire pour la nourriture que pour des onguents de luxe. Mais allez donc suivre un régime-minceur à la cantine de l'usine ou de l'entreprise, si vous travaillez ! Ayez le courage, lorsque vous êtes fatiguée, vidée de corps et de tête, de renoncer à ce supplément de vin, de charcuterie ou de sucrerie qui vient compenser affectivement et musculairement la dépense de vous-même !

L'âge accroît la lassitude et surtout le temps de récupération de l'effort. Adieu la ligne ! Ces quelques kilos « de trop » dont se plaignent la majorité des femmes après la ménopause rendent le simple fait de se vêtir compliqué et déprimant : nous sommes nombreuses à courir après un 44 ou un 46 qui se fait rare. Les couleurs proposées deviennent tristes, les formes austères et moins pratiques.

Et qu'on ne vienne pas nous reprocher, à nous, femmes, notre futilité ou notre « narcissisme » : on a tout mis en œuvre pour les réveiller, les exploiter, les retourner contre nous-mêmes en mauvaise conscience.

Nous n'avons certes pas le projet, dans ces lignes, de dire qu'il est aussi agréable (ou indifférent) d'être vieille et moche que d'être jeune et jolie. Alternative simpliste ! Nous sommes d'accord pour penser que la beauté est une source merveilleuse de plaisir : l'art et l'amour y puisent depuis toujours une grande part de leurs émotions et de leur inspiration.

Et la jeunesse, quant à elle, porte une espérance dont nous ne pouvons nous passer.

Quel que soit l'agrément que nous ayons de les rencontrer et de les admirer, en ces deux qualités ne peuvent se réduire notre raison et notre goût de vivre. Ce qui nous révolte, c'est l'inflation faite autour d'elles. C'est leur exploitation abusive par tous les moyens modernes de pression. De motifs d'admiration, jeunesse et beauté deviennent objets de convoitise, objets à vendre. Pire, objets qu'il faut obligatoirement posséder pour avoir sa place au soleil !

Tant que nous sommes en santé mentale et physique nous recherchons légitimement un plaisir de vivre. « L'aptitude au plaisir et la capacité à aménager des situations qui rendent possible un tel plaisir est un critère de normalité... Mais si l'environnement empêche la possibilité d'aménager de telles situations, qu'en est-il et que faut-il en conclure ? Il faudrait en somme prendre en considération à la fois l'individu et la société dans laquelle il vit. On en vient alors à essayer de définir les critères de maladie d'une société [1]. »

Nous voilà piégées par cette société dans des normes illusoires, et la lente évolution de l'âge peut rendre dramatique pour certaines d'entre nous cette course folle à l'impossible : comment peuvent-elles supporter qu'échappe cette perfection mythique à l'abri du temps, si elles y ont accroché toute l'image d'elles-mêmes ?

Obsédées par le spécimen type qu'il faut imiter pour être aimées, acceptées, elles ne peuvent, au mieux, que « faire semblant », ou, de désespoir, s'acharner contre elles-mêmes, se prendre en dégoût.

C'est grande pitié et grand gâchis !

« Il faudrait déjà que les magazines qui s'adressent aux femmes, c'est-à-dire créés en principe pour nous faire du bien et non du mal, ne soient plus complices résignés de cette désolante idéologie [2]. »

---

1. *Cahiers de la Fondation nationale de gérontologie*, n° 4, 1976 (29, rue Wilhem, 75016 Paris).
2. Benoîte Groult, « Encore belle », *F Magazine*, mai 1979.

Les annonceurs se rendent-ils compte, quant à eux, qu'ils vendent de la tristesse et de la déroute ?

Où tracer pour nous toutes les limites entre la nécessité, le plaisir de s'occuper de soi, de son corps, de son apparence et le début de l'aliénation secrète ? Quand les bornes du paisible, du banal, de l'amusant sont-elles dépassées pour devenir inquiétude, agacement, hantise, si ce n'est cauchemar ?

Pas nées d'hier pourtant, nous nous laissons manipuler comme des débutantes. Contre tout cela, comment résister ? Comment garder notre réserve et un humour sceptique ? Peut-être en nous disant que nous sommes trop nombreuses à en pâtir pour continuer à nous laisser faire. En nous convainquant que nous n'avons rien à faire du modèle impérialiste de la Minette Super Sexy qui est censée peupler notre environnement idéal.

Si ce modèle, un jour, a pu nous impressionner, aujourd'hui c'est vers un autre, plus conforme à notre réalité, que nous aimerions aller chercher nos références. Quelle femme allons-nous devenir dans notre changement ? Où trouver des représentations sympathiques de femmes de cinquante ans dans le monde omniprésent de l'image ?

Elles n'encombrent ni les écrans, ni les affiches, ni la pub, ni les photos d'art ! L'entre-deux âges ne plaît pas... Rares exceptions, deux actrices, Simone Signoret et Ingrid Bergman, ont osé enfreindre ce tabou et montrer en gros plan la réalité de leur âge et de leurs traits, et avec quelle présence, quel impact humain !

A l'opposé, pourquoi avoir enluminé de fond de teint hâlé la mature beauté de la candidate Simone Veil sur ses affiches électorales ? Pourquoi ce « ravalement de façade » outré ? Par quel levier de séduction voulait-on orienter politiquement les foules ? Bichonne-t-on ainsi nos candidats quinquagénaires ? Faut-il nous rendre « baisables » pour que nous inspirions confiance ?

Ne font donc pas partie de la beauté des femmes « de belles rides signant l'intelligence ou l'humour, des gueules intéressantes, des laideurs pleines de charme », comme le dit Benoîte Groult [1]. (Il faut d'ailleurs noter qu'il n'en était pas ainsi autrefois. Les musées nous montrent des portraits de femmes de tous âges, sans camouflage des marques du temps, et qui pourtant ont orné des murs.)

Non seulement nous n'existons pas en tant que visages, silhouettes, sourires, regards, mais nous sommes aussi absentes des représentations amoureuses. Interdit indirect qui suggère pour nous l'incongruité, l'indécence de notre envie d'être désirables et désirées, et le ridicule pour les hommes touchés par nos charmes d'automne.

Il en est pour preuve le tollé soulevé par le film *Corps à cœur* montrant des scènes d'amour réalistes entre une femme d'âge mûr et un jeune homme. On a parlé de « choses indécentes, dégoûtantes... ». Quelle soudaine pudibonderie !

Faute de pouvoir nous comparer aux modèles actuels, publicitaires ou romanesques, puisque les femmes de notre âge en sont absentes ou y sont ridiculisées, comment pourrons-nous nous représenter nous-mêmes, nous définir, nous affirmer ?

C'est la vie quotidienne qui nous offre un miroir : amis, famille, métro, travail nous font croiser des femmes de notre âge.

Comment les vivons-nous ? Si nous entrons dans le jeu cruel qui réduit les femmes à leur seule façade, nous serons parfois inquiètes, réticentes devant ce miroir, de peur d'y découvrir une réalité en contradiction avec le rêve poursuivi...

Le spectacle de notre propre vieillissement sur le corps de l'autre n'est pas toujours facile à supporter, puisque toute marque du temps est presque une faute, un amoindrissement

---

1. Benoîte Groult, « Encore belle », *op. cit.*

vis-à-vis de la collectivité ambiante. Ne sommes-nous pas tentées de fuir ce reflet d'un visage qui n'est plus de mise et n'a guère le droit d'apparaître tel qu'il est ? Ou bien savons-nous regarder avec amitié et tendresse chez une autre ces marques du poids de la vie et lire les ressources qui les accompagnent ?

Malgré l'énorme crédit donné à l'apparence des êtres et des choses dans une civilisation occidentale du paraître et du toc, nous n'avons pas à nous réduire à une devanture, nous existons dans d'autres dimensions plus profondes que celles d'une vitrine d'autant plus dérisoire qu'elle est artificielle. Les modèles féminins au milieu desquels nous avons vécu dans notre enfance et notre jeunesse ont laissé en nous des traces autrement plus marquantes.

Quelles impressions avons-nous gardées de ces femmes « sur le retour » qui meublent nos souvenirs ? Peut-être un visage, mais aussi des mots, une manière d'être présente et de parler ou de se taire, de souffrir ou de sourire, de nous faire exister ou non dans leur sillage... Et comment se comportait-on à leur égard ? Nous avons ainsi été imprégnées par des manières de vivre, de penser, par des « valeurs » portées par notre milieu d'origine, lui-même partie prenante d'un groupe social plus large inséré dans un moment de l'Histoire.

L'époque historique à laquelle appartiennent celles d'entre nous qui abordent la cinquantaine mérite quelque attention si nous voulons comprendre les interrogations qui peuvent se présenter à nous aujourd'hui.

Nous avons vécu notre enfance avant la guerre de 39-45 et, dès la fin de celle-ci, nous avons basculé vers d'autres horizons économiques, politiques et culturels. Nous avions, pour la plupart d'entre nous, été éduquées selon des principes et dans des conditions aujourd'hui profondément bouleversées.

Nous avons été actrices ou témoins de changements que

nous n'avons pas toujours pu mesurer et dont nous n'avons pas forcément su tirer les bénéfices. Partenaires d'une époque de transition, nous balançons parfois entre deux mondes, deux systèmes de valeurs souvent contradictoires.

En tant que femmes, sans doute plus vulnérables aujourd'hui dans notre ménopause, comment vivons-nous ces mutations qui vont peut-être venir ajouter au désarroi qu'amènent nos propres mutations corporelles ?

Parfois déconcertées par les libertés revendiquées par nos filles, nous contestons la soumission encore proche de nos mères et grands-mères, et déplorons éventuellement la nôtre !

Avant, il fallait accepter une sexualité brève et discrète. Aujourd'hui, elle se clame avec ses libertés, ses performances et ses misères.

Pour justifier sa féminité, il fallait faire des enfants. De nos jours, la pilule donne droit à la gratuité de l'amour, et les femmes veulent trouver leur sens hors maternité.

Il fallait s'incliner devant la suprématie des hommes. Aujourd'hui, on en démystifie le bien-fondé et on cherche une relation entre les sexes qui ne soit plus basée sur l'allégeance et l'inégalité. C'est une lutte, ou une recherche, à laquelle les « vieux couples » ne sont pas toujours accoutumés. Même si les jeunes n'ont guère plus évolué sur ces sujets, du moins s'attendent-ils à y être confrontés.

Il fallait se soumettre au pouvoir des anciens : mères, belles-mères et autres patronnes toutes-puissantes. Il faut maintenant remettre en cause les droits hiérarchiques traditionnels dans un rapport de forces qui s'inverse, et parfois se défendre contre un « terrorisme de la jeunesse », si ce n'est contre un terrorisme des jeunes pris en particulier.

Il fallait assurer la continuité et reproduire le savoir et les valeurs éprouvées. Il faut désormais mettre en doute, innover et savoir s'adapter aux changements.

Il fallait se résoudre à la vieillesse, à la maladie, à la mort, ou leur trouver un sens. On tend aujourd'hui à les nier, à les fuir, à les travestir, et la durée de la vie elle-même se prolonge dans un nouveau sursis. Les grands-mères modernes ont d'autres visages et d'autres rôles que ceux de notre enfance, qu'elles cèdent désormais aux arrière-grands-mères.

Et chacune d'entre nous peut à son gré allonger cette liste de comparaisons entre notre passé et notre présent. Sommes-nous gagnantes, sommes-nous perdantes ? Sans doute souvent tiraillées dans les articulations de ces deux mondes qui se chevauchent, s'annulent, se stimulent... A chacune d'entre nous d'y trouver ou non son compte.

La perspective nous reste ouverte de redéfinir nos choix d'avenir pour ne pas nous laisser surprendre, manipuler et duper dans ces changements comme la pauvre victime de ce petit conte :

L'histoire se passe il y a une quarantaine d'années dans le modeste couvent d'une province un peu perdue. Tout coule pour les nonnes dans une benoîte quotidienneté, jusqu'au jour où Monseigneur l'Évêque annonce sa visite. Émotion et grands préparatifs. La supérieure définit à chacune sa place : « Les anciennes religieuses, pour leur fidélité et leur longue piété, seront à l'honneur et présentées à Monseigneur. » Petite sœur Jeanne, elle, un peu déçue mais obéissante, préparera dévotement le repas dans les cuisines, songeant qu'un jour peut-être son tour viendra...

Beaucoup d'années passent, le petit couvent est si sage, si discret, que nul ne songe à l'évêché à venir le visiter.

Puis un jeune et dynamique évêque arrive dans le diocèse et décide de relancer les vocations. Il annonce sa visite au couvent qui vient justement de recevoir quelques novices. Émotion et grands préparatifs. La supérieure définit à chacune sa place : « Bien entendu, les dernières venues, tout l'espoir de notre ordre, méritent l'encouragement de Monseigneur et lui seront présentées. » Vieille petite sœur Jeanne ne sera pas de la fête. Flouée, mais obéissante, elle ira dévotement préparer le repas dans les cuisines, avec un soupir... (dont elle ira peut-être se confesser !).

Puissions-nous ne pas « nous faire avoir » comme cette femme ! Nous sommes dans un monde où l'évolution peut enfin jouer en notre faveur. Il dépend beaucoup de nous de la ralentir ou de l'accélérer, mais il n'est pas facile pour les femmes de notre génération d'oublier notre éducation ancienne, et aussi de supporter le poids de l'opposition actuelle aux changements auxquels nous aspirons toutes plus ou moins.

Bousculées dans notre mode de vie sans que pour autant soient modifiées les structures traditionnelles et les mentalités, nous, femmes, sommes trop souvent prises au piège de nos rôles, de notre image idéalisée et figée, alors même que nous savons que, peu ou prou, la page se tourne de l'infériorisation des femmes.

Et la cinquantaine est une confrontation presque inéluctable avec ces contradictions qui viennent mettre en cause notre identité elle-même. Ainsi le cas d'Irène :

> *Irène*. 51 ans. Mari cadre supérieur. Cinq garçons dont deux encore adolescents. Elle est tellement déprimée que c'est sa sœur qui l'amène la première fois. Regard éteint, incertain comme celui de ceux qui ne savent plus qui ils sont... Sa sœur parle d'abord. Elle exprime sa révolte de voir comment son beau-frère traite sa femme : ton méprisant, lui parle à peine depuis qu'elle a grossi, vieilli, s'est laissée aller. Les fils imitent leur père... Elle écoute, passive, mortifiée.
>
> Médicalement, peu de chose à dire. Mais Irène a surtout besoin de parler à quelqu'un qui l'écoute. Elle pense, n'ayant pas de métier, avoir servi d'éleveuse et d'outil : « Mes parents m'ont dit que je n'aurais qu'à me marier et à faire des enfants. Mais, une fois ce

boulot fini, à quoi servir ? » « Mon mari, je lui en veux, mais il a des excuses, il a été idolâtré par ses parents... »

Elle ajoute que la tradition et l'honneur des hommes dans la famille de son mari sont que les femmes puissent (et doivent) rester à la maison...

IV. Une identité renouvelée

Notre identité est un bien auquel nous tenons de toutes nos fibres. Elle va de notre image physique à notre structure psychologique la plus profonde, de ce qui se voit et s'exprime à ce qui se tait mais évolue sans cesse secrètement autour d'un noyau permanent. Ce sont nos grandes mutations corporelles et existentielles et les chocs des ruptures qu'elles provoquent qui peuvent déclencher des crises d'identité. Telles que la puberté, la ménopause ici présente, ou le chômage, un deuil, un divorce, la retraite...

Une crise est un moment aigu et pénible dans une phase d'évolution, mais elle implique aussi un mouvement dynamique vers une autre situation plus paisible.

Cette précieuse identité est un puzzle aux mille pièces assemblées non sans peine, mais à notre insu, depuis l'enfance. Les morceaux en sont dessinés à l'image des personnages de notre vie affective (qu'ils aient été choisis ou rejetés), modelés par les expériences, les souvenirs heureux ou tristes que nous avons « archivés » dans notre inconscient, triés ou reconstitués à notre convenance, non moins inconsciemment. De ce travail sans fin est constitué l'ensemble original, précieux, fragile de notre personne.

Le corps y a sa place. Le milieu, familial et social, sa parole. Et il nous reste la liberté incertaine d'y ajouter le dernier mot, c'est-à-dire d'en faire quelque chose qui nous soit propre ! Si, dans ce tout unique, dont la santé est dans la cohérence, quelque élément saute, se perd, se décolore, on ne peut plus reconstituer l'image. Avec le sentiment de s'égarer soi-même, ne serait-ce qu'un peu ou par quelque parcelle, émerge l'inquiétude, voire le désarroi.

Si aujourd'hui nous sommes hésitantes entre nos nostalgies et nos craintes, avec l'impression d'être étrangères à nous-mêmes, cela nous donne un sentiment de solitude et d'abandon. Comment garder un goût de l'instant ou de l'avenir dans un soi-même imprécis dont on perd ou désavoue les contours !

Et c'est ainsi que deux femmes sur trois ressentent des troubles psychologiques au moment de leur ménopause.

Certaines peuvent les supporter discrètement et les surmonter seules. D'autres en souffrent si sérieusement qu'il faut leur porter aide :

> *Lucienne.* 51 ans. Pianiste professionnelle. Est venue à la suite d'un article dans la revue du Planning familial, qui conseillait d'arrêter la pilule avant la ménopause. Elle a des bouffées de chaleur, qui lui laissent un malaise d'ordre mental.
>
> Elle se réveille en sursaut la nuit, après des cauchemars, avec des sensations physiques pénibles, inexplicables, totalement inconnues, qui déclenchent des crises d'angoisse et la tiennent éveillée plusieurs heures durant. Elle éprouve alors un sentiment de confusion, de dispersion. Et dans la journée elle se sent mal chez elle, étrangère ; il lui semble que tout le monde lui est hostile. Elle se demande si elle ne va pas faire une dépression, mais est prise de panique à la seule idée de rencontrer un spécialiste... Et il lui faudra plusieurs mois, terribles pour elle, avant qu'elle ne se décide à demander une aide à son médecin habituel...

Nous connaissons toutes des moments un peu pénibles où

UNE IDENTITÉ RENOUVELÉE

quelque nuage plus ou moins passager et sombre nous rend pesante la venue de l'âge. Cela nous permet de comprendre le mal des plus éprouvées et attire notre attention sur la nécessité de nous préoccuper de ce qui peut contribuer à maintenir notre équilibre général dans cette période charnière de notre vie.

Les causes qui nous modifient et secouent notre équilibre sont subtiles et multiples, elles peuvent être internes ou extérieures à nous, anciennes ou récentes, s'additionner et proliférer si le terrain est propice. Nul déterminisme inflexible ne nous condamne aux malheurs du « mauvais âge », mais, pour rester en forme, il nous faudra peut-être lutter sur plusieurs fronts.

Vous n'êtes pas anormale si vous avez la chance d'être épargnée, pas plus que ne le sont nos sœurs d'âge qui souffrent et que nous ne pouvons ignorer.

Comme il est impossible ici d'être fidèle à l'histoire particulière de chacune, ces lignes peuvent vous sembler trop noires ou au contraire en deçà de vos propres problèmes... Elles peuvent aussi vous rappeler votre vécu et le replacer dans l'ensemble du contexte qui nous intéresse, vous permettant ainsi d'en mieux gérer les difficultés.

Parmi les difficultés extérieures à nous, nous avons vu la malveillance de nos sociétés occidentales pour le vieillissement en général, et pour celui des femmes en particulier.

Tout un courant insiste fort pour dire aussi que les malaises de la ménopause varient d'un pays à l'autre, qu'ils sont liés à l'idée que les femmes se font de leurs rôles et de leurs rides et aux avantages qu'elles y voient. Bien entendu, cette « idée qu'elles se font » étant conforme à l'idée de leur milieu culturel.

Mais, tout en mesurant l'oppression de nos sociétés, qui ajoutent un surcroît de tourment aux effets et méfaits réels de la nature, l'intéressée elle-même peut être encombrée par ce constat de sa dépendance au milieu : n'est-elle pas stupide d'en être victime ? Est-elle enfoncée dans de tels conditionnements qu'elle pourrait craindre de ne pouvoir leur échapper, même si elle est lucide ?

S'il est important au niveau collectif de s'insurger contre ce type de tyrannie culturelle, il est nécessaire aussi, à titre individuel, de comprendre où cela nous blesse, à quoi nous résistons, puis ensuite de prendre les moyens de tous ordres (comme nous le verrons dans la deuxième partie de ce livre) pour atténuer, assumer ou exploiter les conséquences de l'âge.

Le culturel n'est pas seul en cause pour bousculer notre identité et créer nos malaises éventuels. Des influences s'enchevêtrent en un carrefour qu'il va nous falloir traverser pour nous retrouver plus loin un peu la même, un peu une autre.

Les modifications hormonales, leurs « sautes de courant », leurs « surcharges » peuvent, à leur mesure, jouer un rôle dans ce changement de la perception de soi.

La ménopause fait régner en nous un certain désordre endocrinien. L'hypothalamus [1], qui est le siège de notre vie émotionnelle, subit et rediffuse des stimulations inhabituelles. Selon l'anarchie ou la discrétion de ces échanges neuro-endocriniens et la solidité de notre structure psychique qui en reçoit le contrecoup, nous réagissons avec plus ou moins de vivacité. Nous avons d'ailleurs probablement déjà expérimenté l'influence de notre vie hormonale sur notre caractère lors de nos règles ou après nos accouchements.

Cette disposition aux variations d'humeur, qui nous est propre lorsqu'elle est liée à notre système physiologique, peut nous donner, à nous, femmes, une souplesse affective, des points d'intensité de nos perceptions, de notre imagination, une familiarité avec une gamme étendue de sensations in-

1. Voir chapitre II.

UNE IDENTITÉ RENOUVELÉE

times. Ce sont là richesses de notre personnalité. Le monde masculin a pu être déconcerté par ce fonctionnement affectif différent du sien, lui être hostile et ne pas savoir suivre les irisations de notre nature féminine.

N'étant ni comprises ni acceptées, ces fluctuations des femmes se sont retournées contre elles. Elles ont dû les refouler et en subir les contrecoups intérieurs, ou, au contraire, les outrer puisque cela *devait* faire partie de leur personnage...

A la ménopause, où tout peut prendre une ampleur provisoirement accrue, ces comportements risquent de s'exagérer et de se traduire en mièvreries gémissantes ou en aggressivités insupportables à tous.

Pour éviter les reniements ou les caricatures, nous pouvons apprendre à repérer les signes précurseurs de nos états changeants. Trouver comment s'y prendre pour maintenir notre humeur dans les limites de notre confort mental (et de celui de notre entourage) sans bloquer ou détraquer nos oscillations. Sans redouter excessivement ce qui va nous arriver dans les années qui viennent.

Autre élément de dissonance d'ordre biologique propre à la situation présente : le thalamus, perturbé, est là en cause pour une part. Dans les noyaux gris qui s'y logent s'organise la représentation que nous avons de notre corps et qui nous permet de nous reconnaître avec une certaine exactitude et une certaine permanence. Cette faculté de symbolisation est une fonction mentale très importante. C'est là que se joue notre processus affectif d'identification, c'est-à-dire l'organisation globale de notre identité propre. Cela régit tous nos rapports à nous-mêmes et à autrui.

Outre ces effets sur notre vie relationnelle, si, du fait de ces mutations dans nos processus chimiques, nous perdons, même légèrement, le tracé exact de notre image, nos perceptions se défigurent. La plus légère différence d'aspect est traquée dans le miroir et vient aggraver les craintes de vieillir qui nous habitent insidieusement. Nous avons alors tendance à dramatiser les changements réels qui ne manqueront pas de se produire, qu'ils soient durables ou passagers. Causes physiques, causes morales, se confondent, se rejoignent...

Nous connaissons toutes depuis longtemps ces petits matins de lassitude devant la journée à entreprendre ou d'abattement désolé en se voyant l'œil bouffi, les traits fripés par une mauvaise nuit... Nous pouvions toujours espérer que les heures du jour, une eau fraîche, en effaceraient les traces...

Aujourd'hui, nous fixons l'image, n'attendons guère du temps qu'il arrange les choses et parlons de « déchéance physique ». Les risques de ces rencontres moroses avec soi-même sont de faire se rejoindre nos sombres fantasmes avec la réalité. Les traits et le corps se soumettent à cette triste idée de soi. On remise ses sourires, on abandonne ce corps à son sort, le laissant se figer dans un masque de raideur et de tristesse.

La vieillesse a été convoquée avant l'heure, elle est prête à s'installer si nous la laissons faire...

Quelles qu'en soient les raisons d'origine, si nous laissons ce corps se dévaloriser, cela risque de remettre en cause notre identité, faite de la relation solidaire de notre corps et de notre psychisme, et, dès lors, notre équilibre global peut changer.

Aurons-nous la même perception de nos raisons d'être ? Que vont devenir nos aptitudes à aimer et à être aimées ? Que nous demanderons-nous à nous-mêmes, qu'attendra-t-on de nous si nous ne sommes plus la même femme ? Toutes ces questions diffuses ou précises peuvent se poser. Selon l'orientation que nous aurons donnée au cours de notre vie à nos rôles, à nos désirs, selon le lieu d'investissement de notre pouvoir, nous serons plus ou moins prêtes à nous adapter.

Notre équilibre psychologique et nos rapports avec les autres sont en grande partie liés à la qualité de nos rapports avec nous-mêmes.

Or, les femmes de notre génération sont tiraillées entre le besoin d'être en accord ou en paix avec elles-mêmes et de se plaire, et l'interdit culturel, religieux de se plaire... On nous a appris qu'il faut « s'oublier » pour prouver qu'on aime les autres... Freud lui-même s'est interrogé pour savoir s'il n'y avait pas incompatibilité entre l'amour pour soi et l'amour pour les autres : « narcissisme » ou « altruisme » ?

Narcissisme fait partie de ces mots ambigus qui nous piègent entre le désir et la réprobation. Il est le plus souvent confondu avec l'égocentrisme, à sens unique. Mais l'estime de soi ne s'oppose pas, bien au contraire, à l'amour des autres, et nous avons besoin de nous aimer et de nous estimer nous-mêmes. Il est en fait impossible d'aller à l'autre en partant de nulle part, c'est-à-dire d'un Moi qui se renierait ou serait éclaté.

Narcissisme et identité sont intimement liés, ils suivent tout au long de la vie un « destin » commun, le narcissisme ayant un rôle capital pour la continuité de notre identité.

Ce qui va toucher notre narcissisme, c'est la peur ou le constat de notre dévalorisation physique ou sociale. C'est l'œil sur les rides et la place qu'on vous cède dans le métro, c'est le poste qu'on donne à une collègue plus jeune, c'est le démon de midi qui agite le conjoint.

C'est en revanche grâce à la sécurité que nous donnera notre narcissisme que nous pourrons croire et espérer être aimée, que nous pourrons jouer un rôle reconnu dans l'organisation sociale environnante et donc garder notre goût de vivre.

Si cela nous est contesté ou refusé, ou si nous en doutons, il y aura un retentissement profond sur l'image de nous-même et sur les projets que nous formons pour notre avenir immédiat ou lointain.

Mais nous pouvons apprendre à ne pas confondre tout et partie ; ne pas être effondrée par la perte ou le changement d'un certain aspect de nous-même. Nous avons un noyau permanent qui assure notre continuité pendant que s'effeuillent les formes, les rôles anciens et dépassés, et que s'élaborent les contours de notre avenir.

Une autre pièce du puzzle de notre identité, proche et solidaire de notre légitime narcissisme, c'est le projet sur soi, qui lui donne son dynamisme.

Nous avons en général bâti pour nous un projet idéal d'adulte jeune, intact, actif, auquel nous craignons peu à peu de ne plus pouvoir répondre. Comment projeter un Moi idéal futur si l'on est encore habité par un idéal de soi périmé ? Nous nous trouvons bien lorsque nous pouvons tolérer l'écart existant entre ce que nous rêvons être et ce que nous sommes, ou croyons être, réellement. Notre personnage physique et moral est sous le contrôle de nos attentes et de la conscience de nous-même. Cette coexistence, pas toujours pacifique, est soumise à un certain nombre de tensions que nous connaissons depuis l'enfance... Mais, aujourd'hui, quelles relations allons-nous avoir désormais avec ce corps aux métamorphoses visibles, sensibles ou clandestines ?

Tout changement corporel ou relationnel que nous pensons pouvoir attribuer au vieillissement touche à notre intégrité, et donc à notre identité. On peut comprendre que cela entraîne chez nous la perplexité, ou même une réaction dépressive : il est normal de prendre une position de repli lorsqu'il y a perte de sécurité. C'est en fait une aptitude à voir la réalité en face, à en prendre acte. Et, même si nous devons amorcer des « désengagements » vis-à-vis de nous-même ou des autres, cela nous permettra de nous engager à nouveau vers d'autres horizons, d'autres visions de nous-même.

Il s'agit donc d'une redistribution de l'énergie (tournée vers soi ou vers les autres) plutôt que d'une perte. La cinquantaine peut ainsi être une étape parmi d'autres dans le « cycle de vie ».

Une autre manière de réagir peut être de devenir agressive — signe de vitalité — et de nous surprendre à porter des jugements outrés et radicaux, très chargés d'émotion, vis-à-vis de soi ou de l'autre — tout bon ou tout mauvais — partenaire de la vie affective ou active. En oubliant le jeu nécessaire des nuances et des compromis, nous allons de toute façon nous sentir les victimes de ces clivages, nous croire mésestimées, persécutées, incomprises ou détestables, méprisables...

Et toute notre énergie se tourne alors en agressivité tous azimuts, nous autopunissant à plaisir ou faisant violence alentour avec tous les moyens du bord : nos armes, nos masques et tout notre matériel de chantage :

— exagération consciente de nos malaises pour faire pression sur l'entourage et l'inquiéter ;
— demandes affectives ou effectives qui dépassent les ressources de l'autre (sentimentales, sexuelles, etc.) ;
— utilisation des fragilités de nos partenaires pour les dominer ou les tourmenter et les rendre responsables de toutes nos difficultés...

Si nous cédons à ces tentations agressives, nous semons en nous et chez les autres la culpabilité, et récoltons malentendus et conflits. Ces attitudes sont signe de souffrance de notre psychisme malmené et nous en sommes les premières victimes. Plus que jamais, dans cette période instable, il nous est nécessaire de reconnaître l'ambivalence propre à tout être humain, les dispositions multiples et variables qui ne compromettent pas notre cohérence profonde. Notre maturité peut nous échapper au moment même où notre corps la souligne.

Plus fragiles, comme les animaux en cours de mue, nos défauts de caractère, nos « névroses » latentes, ces fragilités psychiques, enfouies dans notre inconscient, nées de nos luttes de prime enfance pour l'autonomie de nos désirs, ces conflits plus ou moins mal résolus, risquent d'être réactivés si ceux qui nous entourent n'ont pas patience et tendresse, si l'environnement ne nous donne pas une place reconnue et acceptable, et si toutes nos ressources propres sont épuisées ou inaccessibles, ou si enfin notre corps nous trahit.

Par une ironie du sort, et pour notre tourment, une réaction psychologique bien classique devant l'inquiétude, la tristesse ou l'ennui, c'est parfois de fumer, c'est de manger et de boire pour se consoler, se soutenir...

Et notre centre de l'appétit est justement, en ce moment même, soumis à des à-coups hormonaux, parfois à des excitations accrues. Nous voyons poindre de cette collusion l'irrépressible appétit qui va nous conduire aux kilos supplémentaires interdits par les lois de la mode et les recommandations de la médecine.

Voilà une nouvelle source d'anxiété ou de culpabilité, à oublier... dans la nourriture ou dans la boisson...

Et pourtant ce mouvement vers soi est bien normal, s'il permet d'attendre d'autres réassurances...

Nous avons plus que jamais à essayer de nous comprendre nous-mêmes, à nous situer dans notre contexte de vie. Chaque âge a ses limites, il nous faut connaître celles du nôtre. Chacune d'entre nous doit se poser la question : « Quelles sont maintenant mes limites ? »

Limite de mon pouvoir de séduction sexuelle... Là, mes sombres fantasmes, plus que la réalité objective, peuvent me jouer de mauvais tours. Je peux prendre la fin définitive des règles comme preuve de la perte de ma féminité, même si un traitement hormonal aboutit à des saignements épisodiques de substitution. Je peux craindre alors que n'en soient modifiés ma vie sexuelle et mes désirs. Et si cette conviction s'ancre en moi, la frigidité sera vite là, fruit amer de mon pessimisme...

Limites dues à une stérilité désormais sans appel. Cette réalité sera particulièrement pénible pour moi si, célibataire ou femme mariée, je n'ai pas eu d'enfant et ai vécu cette situation comme une cruelle frustration.

Limite de mes forces physiques, sous forme de douleurs musculaires, osseuses, viscérales...

Limite de l'âge, si je cherche un emploi, si je veux accéder à des responsabilités : on les confiera plus volontiers à des jeunes dont on attend plus d'idées...

Dans un autre registre, limite du temps. L'événement ménopausique est venu marquer un pas dans la chronologie de ma vie. L'existence usée par l'expérience va-t-elle perdre son caractère de nouveauté ? Vais-je avoir autant d'ardeur et d'attente pour construire cet avenir dont je vois mal les contours ?

Vais-je être tentée d'oublier qu'il me reste peut-être plus de trente ans encore à vivre, trente ans dont il va dépendre aussi de moi qu'ils soient actifs et satisfaisants. Il serait irréaliste d'abolir par défaitisme ces longues années d'âge mûr qui sont devant moi pour me projeter dans les craintes ou les misères de la lointaine grande vieillesse.

Cette ménopause, véritable rite d'initiation du corps et de l'âme avant une autre étape de la vie, peut parfois me faire douter de l'intérêt que peut avoir mon passé pour donner sens à l'avenir. Lorsque tout prend mauvaise couleur, je crains que ce que ma tête contient d'images, d'expériences, d'apprentissages, d'amours, ne serve à rien ni à personne pour continuer à participer au monde et à la vie. Alors, que faire de tout ce vécu à revendre ? Peut-être qu'en moi mon cœur, lui, ne « date » pas, malgré les ans d'usage. Nuls souvenirs bons ou douloureux n'ont pu encore tarir les attentes et les désirs, et je me retrouve habitée parfois par des élans hors de saison. Que faire de cette double identité, celle de mon état civil et celle de mes sensations subjectives avec leurs fantaisies. Un jour je me sens plus vieille que nature, l'autre en deçà de ma cinquantaine, le troisième je vis sans même y penser !

Que peuvent penser les témoins de mes doutes, de mes divagations ? Quelle importance puis-je attacher à ce qu'ils en pensent ? Cet entre-deux-âges est-il un entre-deux-chaises de notre vie affective ? La situation est inconfortable et nous contraint à un choix.

Ou je réagis, je me prends en main, et, si nécessaire, me fais aider. Ou je me laisse aller... Si mon entourage m'y pousse ou s'y prête, si mon corps déraille et si je consens à ses déséquilibres, je risque de vivre dans un état anxieux, dépressif et morose et de m'y détériorer. Aurais-je honte, ou peur, de rejoindre ces femmes qui constituent une part de la clientèle des psychologues, ou qui consomment somnifères et tranquillisants ?

Les hommes ont, certes, eux aussi leurs périodes de fragilité, qui ne sont pas les mêmes que les nôtres. Mais ils peuvent mieux y parer en prenant une plus grande part aux activités socio-professionnelles : beaucoup de femmes n'ont pas de vie professionnelle, ni militante, ni même sportive ou distrayante, et ne peuvent se « rabattre » sur leurs enfants s'ils sont déjà partis (et d'ailleurs tant mieux pour les enfants !).

Pour celles qui travaillent, combien d'emplois subalternes, dévalorisants, qui ne peuvent être une compensation et même alourdissent leur double rôle de femme. Tout au cours de leur vie les femmes doivent faire face non seulement aux exigences de la condition humaine mais à des tâches propres souvent écrasantes, disparates, contradictoires entre elles, qui expliquent leurs difficultés mieux qu'une faiblesse constitutionnelle supposée...

Traditionnellement, les milieux psycho-médicaux ont cru pouvoir tout expliquer sous l'étiquette simpliste d'hystérie de la femme, bien vite devenue péjorative dans le langage populaire. Et la ménopause ne peut qu'accroître cette tendance morbide. Les disciples de Freud ont longtemps hésité à prendre une lanterne pour éclairer les paysages de ce « continent noir ». Ainsi, les femmes n'ont pas été aidées dans leurs problèmes spécifiques : ceux-ci ne sont pas réductibles à une seule explication.

Il faut cependant reconnaître la responsabilité de certaines femmes qui acceptent avec masochisme d'accumuler les problèmes sans se révolter ou sans chercher à trouver les moyens de les résoudre elles-mêmes.

Lorsqu'elles sont malades, elles pensent que leurs symptômes sont uniques. Or, la singularité est souvent vécue avec culpabilité...

C'est donc leur faute : elles sont « névrosées », ruminent leur mal ou l'exploitent pour attirer la commisération sur elles. Ou encore entreprennent des soins thérapeutiques de façon désordonnée et épisodique, sans y croire, et ne peuvent qu'échouer.

Mais, de nos jours, il y a de moins en moins de tolérance, d'inertie, devant les maux physiques ou mentaux. Les progrès scientifiques et l'organisation de la Sécurité sociale ont fait naître dans l'esprit du public une nouvelle exigence, celle du droit à la santé et à la suppression de la douleur.

Plusieurs attitudes sont possibles vis-à-vis des médecins de l'âme et du corps et de leurs thérapeutiques.

L'une d'impatience : il faut des résultats immédiats, obtenus quasi magiquement. Ou de dépendance, qui pousse certaines femmes à s'abandonner passivement aux psychologues ou aux médecins, aux drogues, aux recettes à la mode, sans discernement et surtout sans croire à leur propre rôle dans la guérison ou le soulagement, ce qui compromet ou rend impossible l'efficacité des soins.

L'autre attitude est de participation, d'effort pour comprendre les causes des malaises, pour ne pas être à la merci des changements biologiques, pour être à même de discuter les propositions de traitement et d'aide. Cela demande de la constance, du discernement, de l'application, car ce qui se joue en nous n'est pas simple, pas toujours mesurable, régulier, prévisible. Cela dépasse une affaire privée, solitaire, mais peut aussi s'éclairer avec d'autres partenaires eux-mêmes concernés : conjoint, amis, médecins, autres femmes...

Il est à porter au crédit d'un très grand nombre de femmes le courage qu'elles ont à regarder en face les difficultés psychologiques et à en chercher les causes. On est frappé, « dans le métier », de constater que ce sont elles les plus nombreuses, soit à titre individuel, soit dans des groupes, qui osent s'interroger, prendre les risques de remises en cause profondes. Elles acceptent de mettre en péril leurs certitudes, leurs habitudes (peut-être moins volontiers les structures sociales, les institutions), pour aller à la découverte d'horizons neufs.

Elles ne refusent pas, ne serait-ce qu'un temps, de regarder en face leurs propres limites, de fouiller dans le passé ou d'espérer changer le présent.

Le sexe dit « faible » a moins de raisons que l'autre d'y laisser des privilèges ou de craindre de perdre la face, il gagne d'y progresser. Moins dépendantes qu'on ne le prétend de la protection et de la sécurité, les femmes qui avancent en âge connaissent leurs ressources et savent mieux se faire confiance.

Passé les incertitudes et les défaillances, si notre structure profonde est solide et notre instinct de vie ardent, après ce temps de questions et de crises peut s'amorcer une modification positive de notre façon de nous penser, de nous voir et d'agir dans la vie.

V. Le prix de la relation aux autres

Même si la société feint de nous ignorer ou tente de nous mettre discrètement « sur la touche », la plupart d'entre nous sommes à la charnière d'un réseau affectif, familial et amical qui tient fort à nous.

Nous vivons sans doute les années où il se passe dans notre entourage le plus de choses qui nous concernent, qu'elles soient heureuses ou pénibles, ou simplement quotidiennes. Nous y sommes mêlées, impliquées...

Nous restons généralement solidaires dans notre famille de plusieurs générations : de nos enfants, soit encore là soit toujours proches, de nos vieux parents qui comptent sur nous, de nos pairs, conjoint, frères, sœurs, amis, collègues qui sont peut-être plus souvent qu'avant frappés par des soucis, des chagrins qui nous atteignent par contrecoup. Le temps nous a arrachées de l'égocentrisme et de l'insouciance de la jeunesse, tout cela nous touche...

Ce sont les femmes de nos âges qui sont les premières informées de tous ces faits, qui écoutent, aident et organisent l'entraide familiale et amicale avec l'efficacité que donne l'expérience.

Ainsi la présence et la qualité des relations avec les personnes de l'entourage quotidien donnent sa couleur à la cinquantaine féminine. La stabilité de notre équilibre affectif dépend de notre sentiment d'être aimées, estimées, utiles.

On peut donc mesurer le désarroi de celles qui craignent que tout cela leur manque.

> *Marie-France.* 49 ans. Habite la grande banlieue parisienne (et ne conduit pas). Elle a deux fils qui ont quitté la maison : l'un est au service militaire ; l'autre, étudiant, a une chambre en ville et ne revient que pour faire laver son linge et soutirer de l'argent à sa mère qu'il traite d'ailleurs sans égards.
> Le mari voyage beaucoup et dit de sa femme « elle n'est pas marrante », « elle a toujours mal quelque part, voilà deux ans que ça dure », « c'est la ménopause », conclut-il, désabusé, et il repart...
> Marie-France est triste, a un sentiment de vide et de déception devant « l'ingratitude » des siens. Elle aimerait retravailler, mais sa timidité l'empêche d'entreprendre des démarches. Elle n'éprouve pas un véritable sentiment de vieillissement physique et sentirait encore beaucoup d'énergie en elle. Mais vers qui, vers quoi l'orienter ?

Ainsi c'est par rapport aux autres proches que nous sommes enclins à faire notre bilan de vie, comme ces tris et rangements qu'on fait en fin de saison, avec plaisir ou nostalgie...

C'est le temps de compter avec ou sans nos partenaires les plus proches pour envisager l'âge et l'avenir. Les autres sont-ils l'enfer ? Les autres sont-ils la raison d'être, l'amour ? Quoi qu'il en soit, notre « ménopause morale » va dépendre en grande partie de ce qui se passe entre eux et nous.

S'il y en a un, c'est au conjoint que va généralement s'adresser la plus forte demande affective de soutien. Si celle-ci prend une forme geignarde ou aggressive, le mari va se défendre, refuser d'entendre, répliquer à son tour devant ces exigences, ou plus simplement ne pas deviner ce que sa femme attend de lui : une remise en confiance. Et, comme suite à ces malentendus, viendront pour l'un et l'autre des déceptions, des agacements, si ce n'est plus.

Incompréhension, impuissance à répondre aux besoins de l'autre, divergence chaque jour plus grande de leurs caractères, peuvent, pour les époux, préparer les voies au divorce : 20 % d'entre eux surviennent à ce moment du couple. Certes, les femmes n'en sont que les co-responsables : outre les conflits liés à la dégradation de leurs relations inter-personnelles, ce moment de la pleine maturité correspond souvent pour l'un et l'autre à un ensemble de situations particulières qui viennent se téléscoper. Pour elle, il y a la ménopause. Pour lui, surtout s'il fait partie des classes sociales moyennes, le moment de sa carrière où il peut s'attendre à ce que les résultats de ses efforts soient reconnus et pris en considération.

Si l'une doit faire face à ses problèmes féminins, l'autre à des déceptions d'amour-propre, à une insécurité d'emploi, ou si, au contraire, il fuit dans une véritable frénésie professionnelle, il est aisé d'imaginer les conséquences néfastes de cette distance entre leurs soucis réciproques s'ils ne peuvent ou ne veulent les partager...

L'homme, qui vieillit lui aussi, peut faire de son côté des bilans de vie, ne plus supporter les frustrations répétitives de son existence, orienter ses intérêts hors de sa famille et chercher ailleurs d'autres horizons sociaux, sexuels ou sentimentaux.

L'usure de la relation peut être là pour tous les deux, et la femme l'accepter avec d'autant plus de patience ou de résignation qu'elle peut ou non envisager de se suffire à elle-même, par exemple par une vie professionnelle...

Heureusement, toutes les relations de couple ne se gâchent pas à la cinquantaine... Certaines même y trouvent un puissant appui face aux difficultés extérieures. C'est pourtant une mise à l'épreuve particulière, liée à la conjugaison de circonstances délicates, âge des parents, vie professionnelle, âge des enfants...

La façon dont le couple a déjà appris à régler ses conflits passés, à ne pas confondre vagues de surface et lames de fond, va permettre à chaque partenaire de surmonter ses difficultés personnelles sans en faire peser le poids sur l'autre. La chance de vieillir ensemble, c'est de tenter de le faire le mieux possible, avec humour, solidarité, tolérance.

Il y a aussi celles qui vivent seules, et tout spécialement les femmes célibataires. Elles sont 8 % des femmes qui ont entre 45 et 50 ans. On a pu dire par bravade « l'insécurité est l'épouvantail de ceux qui ont peur de la liberté [1] ». Mais, pour elles, la liberté qu'on leur prête, parfois qu'on leur envie, va se payer de plus en plus cher avec l'âge.

Voilà ce que dit l'une d'elles : « Il semble bien, à travers les exemples, que la femme sans mari ait à faire face à la fois aux problèmes classiques à cette période de l'existence et à des problèmes supplémentaires associés à la perte de confiance en soi momentanée, d'autant plus importante qu'elle n'est pas compensée par la présence régulière d'un compagnon de route qui a, lui aussi, en même temps vieilli. Sans doute aussi existe-t-il un fait pesant, la difficulté de ne pas partager ses problèmes avec un être cher qui vous connaît depuis longtemps. La femme seule doit peut-être davantage que la femme en puissance de mari veiller à faire face, à donner toujours l'impression d'être en pleine forme [2]. »

Une des relations que notre mode de vie familial rend très présente, et puissamment chargée d'émotions diverses, c'est celle qu'ont les femmes avec leurs enfants. Ce sont certes des sentiments qui se modifient avec le temps, mais ils leur tiennent au cœur à vie.

---

1. Germaine Greer, *La Femme eunuque,* Laffont, Paris, 1971.
2. Annie Vagogne, revue *AMEV,* ministère de la Santé, Paris. 1977.

A l'âge des mères qui nous intéressent ici, leurs plus jeunes abordent l'adolescence ou y sont déjà plongés. Les plus grands ont quitté la maison et souvent les ont rendues grands-mères.

La présence d'enfants encore au foyer a un certain effet sur la façon dont leur mère vit sa ménopause. Si cela ne supprime pas vraiment pour elle les troubles physiques, si elle en a, on a pu constater que cela vient très souvent en atténuer les répercussions nerveuses et psychologiques et peut même retarder le moment de l'arrêt des règles. Bénéfice tardif du poids des maternités ?

Espérons pour les femmes des générations qui nous suivent, qui font moins d'enfants et, souvent, les font plus tôt, qui seront donc plus jeunes séparées de leur progéniture, qu'elles auront trouvé d'autres raisons d'être que de se consacrer excessivement ou exclusivement à leur famille, et auront organisé ainsi leurs longues années de post-maternité...

Trop de femmes de l'actuelle génération des cinquante ans ont tout misé sur leur rôle maternel et souffrent d'un triste sentiment de vide, d'impuissance, d'inutilité après le départ de leurs enfants. Elles se sentent flouées de n'être payées de leurs sacrifices que par une distance que les jeunes rendent d'autant plus importante que leur mère a été plus possessive, totalitaire. On a trop souvent dans le passé, et peut-être encore maintenant, survalorisé le prix du « dévouement » et glorifié l'union sacrée de la famille fusionnelle. Lorsque tout éclate, ces mères abusives et abusées restent avec un sentiment douloureux d'injustice à leur égard, et pleurent sur l'ingratitude des leurs.

Pour les femmes qui ont encore à la maison de jeunes adolescents, ce peut être une grande chance. Avec eux, c'est un souffle de fraîcheur, de nouveauté qui circule. C'est le mouvement, la stimulante contestation. Les jeunes n'aiment pas voir leurs parents — leur mère — vieillir, et œuvrent à les en empêcher sur tous les fronts.

C'est aussi un apport culturel neuf, et si la maison est ouverte et les jeunes sociables, c'est le passage d'autres adolescents pour lesquels nous sommes souvent des amis qui tempèrent et complètent le rôle de leurs vrais parents.

Mais, d'autres fois, la relation est plus houleuse ! Notamment dans les rapports mère-fille, lorsque la puberté de l'une coïncide avec la ménopause de l'autre et qu'elles vivent intensément l'événement. Ce sont alors les hostilités, la guérilla familiale, le différend entre les parents à propos de l'éducation à donner, des conduites à tenir.

Il sera bien difficile de savoir qui, de la mère ou de la fille, est responsable de leur rivalité, de leurs sautes d'humeur, des débordements anarchiques de leurs énergies respectives, de leur obstination à refuser de comprendre le monde et les valeurs de l'autre. Plus grand sera l'écart d'âge entre elles, plus aigu sera le conflit et difficile l'acceptation de leurs différences.

La relation à un grand fils ou à une grande fille va peut-être se doubler de la présence, plus ou moins explicite selon la tolérance des parents, de leurs partenaires amoureux. La liberté sexuelle, surtout celle des filles, est le plus souvent une concession aux mœurs du temps faite par des parents qui n'en pensent pas toujours beaucoup de bien, ne veulent pas en reconnaître les bénéfices et ne savent quelle attitude adopter.

Pour des femmes qui redoutent la perte de leurs charmes ou qui n'ont même jamais pu ou souhaité s'accorder d'autre partenaire que leur légitime époux, ce spectacle du plaisir des jeunes (qu'elles croient facile) peut être irritant... Pour d'autres, au contraire, ce sera le moment de vivre par procuration les amours adolescentes envolées. Elles seront les complices de leur fille et les aideront à éviter la jalousie du père...

Mais sera-t-il toujours facile de faire monter ces amants, souvent de passage, à son bord, alors que la barque familiale vogue sous les regards critiques des voisins ou des grands-parents ?

Si, enfin, les enfants se marient tout classiquement, ce qui, malgré tout, arrive encore dans la grande majorité des cas, il va falloir devenir belle-mère avec élégance, discrétion, un sens suraigu des nuances entre les paroles et les silences qui doivent exister entre le jeune couple et soi.

Ainsi, selon la façon dont une mère prend les choses, elle peut avoir le sentiment que sa famille s'effrite, ou au contraire qu'elle s'enrichit et s'augmente, lorsque les enfants s'éloignent pour vivre leurs propres amours et avoir à leur tour des enfants.

Nous suivons, soutenons parfois, l'adaptation à la vie active de ces jeunes adultes et leurs débuts dans la vie de parents.

« L'assistance mutuelle entre générations constitue une part importante de la période post-parentale [1]. » Le plus souvent, ce sont les femmes qui assurent la liaison, liaison qui se déforme parfois pour certaines d'entre nous en une véritable exploitation. En cas de problèmes, « le couple parvenu à maturité devient celui auquel on se réfère comme un pivot, tant auprès de ses propres parents que de ses enfants mariés en difficulté [2] ».

Nous sommes les adultes charnières sur lesquels comptent souvent la génération qui nous précède et les deux qui nous suivent. Nous restons les filles des arrière-grands-mères encore vivantes, et sommes les grands-mères des enfants de nos fils et filles. Enrichissement des rôles ? Multiplication des tâches ?

Mais si nous voulons bien avec plaisir envisager notre rôle de grand-mère, c'est tel que nous le concevons pour nous :

1. Revue *L'École des parents,* Paris, mars 1974, p. 39.
2. *Ibid.*

nous ne voulons ni ne pouvons nous couler dans les modèles d'antan. Il circule encore des stéréotypes sur les grands-mères, notamment chez les jeunes enfants et les adolescents [1]. Stéréotypes qui ne correspondent plus aux femmes modernes que nous sommes. On nous rêve au coin du feu, chenues et tricoteuses, si ce n'est radoteuses et corvéables à merci... Dussions-nous décevoir ces attentes, la réalité est qu'un très grand nombre d'entre nous, par choix ou par obligation, sommes actives, insérées dans la vie professionnelle avec tout ce que cela suppose de hâte, de lutte et de fatigue, mais aussi de proximité avec la vie collective, ses questions et ses ouvertures.

Ce rêve, chez les jeunes, des aïeules à l'ancienne, correspond sans doute à une attente implicite de disponibilité et de tolérance sur laquelle leurs parents peuvent réfléchir !

Quant à nous, nous pouvons trouver des temps de choix pour établir des relations privilégiées avec nos petits-enfants, libérées que nous sommes, de notre côté, des nécessités éducatives, du leur, de l'agressivité des liens œdipiens réservée par nature à leurs parents...

En fin de compte, la présence fréquente et spontanée des petits-enfants chez leurs grands-parents est généralement l'indice d'une bonne relation actuelle entre parents et grands-parents.

Pourtant, à cette vision heureuse, il faut apporter quelques nuances de vérité : cette « bonne » relation « peut se fonder, dans certains cas, sur une grande dépendance affective des uns à l'égard des autres... où les petits-enfants servent de substituts aux parents et à innocenter ces jeunes parents de leur départ [2] ». C'est là que nous voyons de nouveau apparaître les séquelles de la famille fusionnelle et le pouvoir de certaines femmes, reines du chantage affectif, qui ne peuvent dételer de

---

1. Enquête publiée dans la revue *L'École des parents*, Paris, mars 1974.
2. Revue *L'École des parents*, Paris, mars 1972, p. 41.

leur rôle compulsif de mère poule ! Il ne s'agit sans doute pas de nous !

Bien des femmes en revanche sont heureuses, lorsqu'elles se sentent un peu lasses d'élever des enfants, et moins adaptées pour le faire, que chacun puisse se prendre en charge, signifiant ainsi que l'éducation à l'autonomie porte ses fruits. Libres, ou presque, elles peuvent penser à elles, penser plus loin que le cercle familial... sans pour autant le larguer. Tout cela se joue en nuances, et elles peuvent tendre à trouver la « bonne distance » qui conviendra à tous.

Une autre charge pourtant leur est souvent présente et s'alourdit à chaque jour qui passe : celle de leurs propres parents, le plus souvent de leur mère très âgée et qui vient leur donner le spectacle des drames ou de la dignité de la grande vieillesse.

Bien souvent, pour fuir leur vieillesse, ces femmes de grand âge tirent de l'ombre ce jeu très ancien d'identification entre elles et nous. Dans notre jeunesse, nous les avions comme référence, mais, aujourd'hui, c'est elles qui nous regardent. Elles admirent, même si elles les critiquent, ces femmes jeunes et dynamiques que nous sommes pour elles (tout est relatif !), elles nous envient ce plein de vie dont nous disposons et rêvent pathétiquement de nous imiter...

De notre côté, si nous n'avons pas pris une distance adulte avec notre père ou notre mère, progressivement, avec l'âge, nous retomberons sous leur influence, qu'ils soient vivants ou morts. Nous reprendrons leurs rituels, leur vision des choses, même si cela ne s'adapte plus à l'heure présente. Le passé sera plus attirant et plus fort que l'instant à vivre. Et on peut imaginer que nos relations avec nos contemporains et avec la jeunesse seront peu dynamiques...

Mais, de toute façon, lorsque nos parents ont disparu et que nous devenons la plus ancienne de la famille, c'est nous qui sommes le lien avec ce que le passé représente comme ancrage social. Nous détenons les souvenirs, les codes du clan familial. Nous pouvons parler de la « petite histoire » de ce passé tel que nous l'avons vécu, des attelages qui livraient vin et lait dans les villes jusqu'aux réalités quotidiennes de la guerre, en passant par le folklore familial. Tant pis si cela nous « date », les générations qui nous suivent auront tôt ou tard besoin aussi de savoir d'où elles viennent.

Si l'autonomie adulte vis-à-vis de nos propres parents a pu être prise, nous pourrons librement puiser dans leur expérience, leurs valeurs, ce qui nous convient aujourd'hui pour préparer notre avenir. Nous pourrons avoir une pensée tendre pour celles de nos mères (ou celles des autres) qui nous auront appris le goût de la vie, de la lutte contre l'adversité, et donné l'image d'une entrée dans le grand âge riche de courage, de gaieté et d'amour.

Revenons aux femmes de notre âge. Elles sont théoriquement les mieux placées pour se comprendre et s'entraider. Mais quelle sympathie y a-t-il entre elles ? Quelle solidarité ? Il semble bien que la misogynie sévisse aussi beaucoup chez les femmes ! Que le visage de la voisine puisse faire penser au sien avec pitié ou envie est trop souvent le prétexte à une basse rivalité munie de lunettes déformantes...

Il y a aussi parmi nous celles qui ne se sentent pas bien et ne l'avoueraient surtout pas à une autre femme. Et celles qui triomphent de passer allégrement les obstacles du temps et méprisent les autres du haut de leur sécurité ! « Si les symptômes (de la ménopause) apparaissent, elles les répriment et font semblant qu'ils n'existent pas. Elles se consacrent avec toute leur énergie à ce qu'elles considèrent comme leur devoir : leur famille, leur carrière, leur vie sociale, la politique, l'église, et se refusent à laisser les inconvénients physiques ou psychiques liés à la ménopause gêner leurs activités. Elles sont extrêmement dynamiques et ce sont souvent elles qui font prévaloir leur opinion parmi leurs compagnes. Elles n'ont aucune sympathie pour celles d'entre elles qui souffrent de la ménopause. Elles les accusent de trop s'écouter et parfois même s'offrent explicitement elles-mêmes en exemple [1]. »

Heureusement pour nous, ce type de « femmes fortes » ne semble représenter que 5 à 10 % d'entre nous ! Et, si nous en sommes, peut-être faut-il être attentives à modérer un triomphalisme écrasant pour nos sœurs d'âge...

Nous devons reconnaître que, malgré les efforts des mouvements féministes, la « sororité » est encore un mythe. « On s'aperçoit que la plupart des femmes, vivant en rivales face aux hommes, ne s'aiment pas les unes les autres et ne s'acceptent pas avec toute l'indulgence qu'elles accordent aux hommes [2]. »

Cette hostilité est parfois à son comble sur le terrain du travail professionnel où l'individualisme, bien favorisé par ceux que cela arrange, ne fait qu'aggraver les choses. Certaines jeunes employées de bureau, par exemple, font une méchante guerre aux « vieilles ». Certaines anciennes abusent de références à leur « expérience », ou cassent le travail de contestation (légitime ou non) des plus jeunes, par conformisme, pusillanimité ou fidélité à leurs habitudes de conscience professionnelle inconditionnelle.

Que viennent, pour les plus âgées, souffler sur ces conflits de génération un peu de déprime ou de réels malaises, il n'y a plus, pour se garder des moqueries ou pire, qu'à les cacher ou les somatiser en vraie maladie grave.

En animant des groupes de travail dans le cadre de la formation permanente, nous avons pu voir qu'il arrive pourtant que certaines jeunes, conscientes des difficultés de leurs collègues, peut-être parce qu'elles leur rappellent leur mère, demandent pour elles des stages d'adaptation à la cinquan-

---

1. Dr P. A. Van Keep, *Dossier AMEV,* Éditions Sandoz, Paris, 1977.
2. Catherine Valabrègue, revue *Secrétaire d'aujourd'hui,* Paris, juin 1978.

taine... Au-delà du côté un peu paternaliste de la démarche, il est intéressant de voir poindre chez ces jeunes une solidarité féminine qui dépasse les différences d'âge.

Dans toutes nos relations avec les jeunes femmes : filles, belles-filles, jeunes amies, collègues de travail, militantes engagées avec nous, ou même dans la rue, le métro, les magasins, soyons attentives à ne pas être supérieures ou arrogantes et à installer notre âge entre elles et nous comme un privilège.

Nous n'avons certes pas à en avoir honte, mais n'oublions pas que cet âge qui peut, à nous, sembler une infériorité, risque de leur paraître comme une supériorité menaçante. Certaines jeunes femmes disent elles-mêmes qu'elles redoutent les femmes de 50 ans.

L'une d'entre nous se souvient encore de ce qu'elle pensait de ces femmes mûres, lorsqu'elle-même était jeune : « Elles avaient l'air de tout savoir. Elles faisaient référence à des faits que j'ignorais. J'avais peur de leur pouvoir maléfique. Elles occupaient tout l'espace. J'avais peur qu'elles ne m'avalent, me récupèrent, comme si j'allais devenir elles plus tôt que prévu et contre ma volonté... »

Depuis 68 cependant, le rapport des forces entre les générations s'est un peu inversé, et la toute-puissance des adultes sur la jeunesse est bien moindre. Sans devenir des victimes passives, tendons désormais à une égalité dans les échanges et à une reconnaissance réciproque. Cela signifie de rester fidèles à nous-mêmes dans ce dialogue, sans rigidité et sans flagornerie. Les jeunes n'apprécient guère ces adultes « mûrs » qui cherchent à s'identifier à eux, tiennent avec conviction les mêmes propos provocants qu'eux, proches du canular, dans une sorte de mystification démagogique, mettent leurs fringues, épousent leurs modes. Ils sentent bien qu'il s'agit là moins de rejoindre les jeunes que de se fuir.

LE PRIX DE LA RELATION AUX AUTRES

Tout l'équilibre de notre relation aux autres est à préserver, à cultiver avec soin, si nous ne voulons pas, dans l'immédiat et à long terme, vivre dans l'isolement.

Meilleure sera notre intégration sociale et moins nous aurons à souffrir des maux et de la venue de l'âge. Et n'oublions pas que cela dépend en grande partie de nous. Pensons avec humour à ce petit proverbe : « L'hirondelle ne fait pas le printemps, mais le chameau fait le désert. »

> *Jeanne.* « Mère » dans un « Village d'enfants SOS » a élevé quinze enfants orphelins, de deux fratries différentes.
>
> Elle a 54 ans, visage et corps ronds, yeux pétillants, humour, gaieté et franc-parler... Elle dit apprécier vraiment sa cinquantaine, bien mieux que sa jeunesse de célibataire en quête d'une orientation de vie.
>
> Pour elle, aujourd'hui, un « bilan provisoire » lui montre le chemin parcouru : « ses » enfants ont pu dépasser leurs problèmes parfois graves liés à leurs difficultés de départ dans la vie.
>
> Les plus grands sont partis, ils ont trouvé du travail, de l'amour. « Pas mal ! » dit-elle. Pour elle un peu de répit et des projets... pour plus tard : elle a encore quatre enfants à élever...

VI. La relation aux médecins

Pourquoi tout un chapitre consacré à cette relation ? Il ne s'agit certes pas ici de pousser à une « médicalisation » de ce phénomène naturel qu'est la ménopause. Mais il nous faut en comprendre le mécanisme et garder une bonne santé pendant toute cette évolution.

Un partenaire médecin, homme ou femme, peut nous aider dans cette démarche s'il nous convient et s'il ne conçoit pas son métier de telle sorte qu'il nous mette en tutelle ou qu'il nous laisse dans l'ignorance ou l'abandon.

Point n'est besoin d'être malade pour consulter, « mieux vaut prévenir »… De toute façon, un corps en évolution est à « réapprendre » : la connaissance que nous en aurons sera un atout précieux pour gérer notre santé et notre vieillissement.

Si, à cinquante ans, nous n'avons pas de médecin, c'est soit que nous n'avons jamais été malade, soit que nous n'en avons trouvé aucun qui réponde à ce que nous cherchons.

Nous attendons beaucoup des médecins, parfois trop, ou bien autre chose que ce qu'ils peuvent ou veulent donner. Ce ne sont ni des saints ni des magiciens. La médecine a ses limites. Eux, en tant qu'êtres humains, ont leurs limites.

Même si nos attentes sont raisonnables, il nous va peut-être falloir chercher, choisir, avant de trouver celui ou celle qui nous conviendra le mieux, et qui, de son côté, se sentira à l'aise avec nous. Les médecins ne nous refuseront pas assistance, mais la qualité de l'échange échappe à toute règle d'obligation et la liberté de choix est de notre côté. Il ne s'agit pas seulement de problèmes techniques entre eux et nous, mais aussi d'une relation interpersonnelle, avec tous ses aspects subjectifs, et la cinquantaine, la ménopause, ne sont neutres ni pour la cliente ni pour le praticien.

Tout le monde sait que la plupart des généralistes sont surchargés et que peu d'entre eux arrivent à trouver le temps d'écouter les plaintes de leurs consultants au-delà de dix minutes avant de passer à l'examen, à plus forte raison quand ces consultants sont des femmes à la cinquantaine : elles sont facilement traitées de douillettes, de pleurnichardes, voire d'hystériques, comme si elles s'écoutaient ou inventaient des malaises invérifiables ou encore calculaient les bénéfices qu'elles pourraient retirer de leur état de maladie.
De plus, beaucoup de médecins hommes redoutent les consultations de femmes de cinquante ans, pour toutes sortes de raisons :
« Je me souviens qu'étant jeune étudiante en médecine j'avais eu l'occasion d'assister à des propos tenus par mes maîtres, ou des assistants du patron, sur des consultations de femmes autour de cinquante ans venues pour maux de tête, ou dépression, ou fatigue, et avoir entendu des jugements ironiques ou cinglants qui me laissèrent inquiète et perplexe. D'un côté, je respectais ces médecins éminents qui m'enseignaient la clinique médicale et j'étais assoiffée d'apprendre ; d'un autre côté, je soupçonnais vaguement leur parti pris contre mes aînées malades. À la fois je ressentais une vive solidarité avec ces femmes et je me promettais de ne jamais leur ressembler. Je voulais aussi leur dire " n'exagérez pas, dites la vérité au sujet de ce que vous ressentez, et on vous croira davantage ". Mais j'ignorais tout de la médecine psychosomatique et de la relation médecin-malade, et je croyais naïvement que le médecin était toujours objec-

tif, impartial, à la recherche d'un diagnostic scientifique, réel [1]... »

Beaucoup de médecins ne peuvent supporter des plaintes qu'ils ne comprennent pas, qui ne font pas partie de ce qu'ils ont étudié lors de leurs années d'université, qui sont donc non recevables. Et, puisqu'ils ne savent pas guérir ces symptômes, alors surgit en eux une sorte d'agressivité contre ceux et celles qui se permettent de se plaindre en termes incohérents et contradictoires (pour eux) sur le plan de la science physiologique et anatomique.

Les raisons pour lesquelles un médecin se sent agacé devant les doléances d'une femme à la ménopause sont complexes. Outre celles que nous venons d'évoquer, on peut dire que le médecin est dérouté par la ménopause comme devant tout symptôme psychosomatique.

D'autre part, pour être médecin on n'en est pas moins homme, et la femme de cinquante ans qui consulte un médecin homme est pour lui, selon la différence d'âge, soit l'équivalent d'une mère, s'il a la trentaine, soit une femme plus âgée, s'il a trente-cinq/quarante ans : elle n'est plus jeune, dans un temps où il s'intéresse aux plus jeunes que lui.

Tel est le cas de cette femme de cinquante-trois ans, consultant un jeune gynécologue pour le traitement de sa ménopause, et qui s'entendit répondre : « J'en ai marre de ces mémés qui veulent baiser jusqu'à soixante-dix ans » *(sic...)*. Cette femme est partie en claquant la porte. On peut la comprendre...

Que dire enfin du médecin de cinquante ans qui reçoit une femme de cinquante ans ? Il est peut-être lui-même aux prises avec son propre problème d'homme de cinquante ans. Il faut qu'il soit un sage, ou d'une intelligence supérieure, pour ne pas vouloir se démarquer d'une femme de son âge qui lui parle fatigue, dépression, et chez qui la crainte de ne plus plaire et

---

1. Suzanne Képès, témoignage personnel.

du vieillissement vient douloureusement se faire jour... La classer comme hystérique ou comme insupportable, c'est alors le recours le plus simple.

Pour être médecin, il faut un certain sentiment de puissance, et ce médecin-là ne veut pas ressembler à cette femme qui souffre devant lui de son vieillissement. Il veut, lui, être encore jeune et fort, ne serait-ce que pour bien exercer son métier, ou par narcissisme.

S'il s'agit d'un jeune praticien, la consultante peut lui rappeler sa mère. Si celle-ci a bien supporté sa ménopause, il aura tendance à encourager, il aura un bon modèle à proposer. Si, au contraire, cette mère a fait une ménopause difficile, dépressive, soit il se sentira solidaire et voudra aider, soit il sera animé de sentiments ambivalents, et se dira « toutes les mêmes, finissons-en vite ».

Choisissons notre médecin en fonction de ce que nous ressentons comme besoin, de ce que nous attendons de lui ou d'elle, et tout au long de la consultation médicale, cherchons le contact, mais progressivement. On ne peut pas tout dire, tout demander la première fois. Il faut rester dans des limites raisonnables de temps : le médecin n'a pas qu'une patiente par journée. Il est donc souhaitable de lui demander de combien de temps il dispose pour ce premier entretien, moyennant quoi il ne faudra pas se laisser expédier ou manœuvrer. Comme patiente nous attendons de notre médecin qu'il soit disponible et prêt à l'écoute. Et si celle-ci est importante, elle n'est pas tout : il y a aussi l'examen clinique minutieux, gynécologique et général. Si la consultante a quoi que ce soit qui l'inquiète, elle doit le signaler au médecin. Si tout ne peut être résolu dans la première consultation, il faut reprendre rendez-vous.

Ceci étant, il faut pouvoir faire confiance à son médecin, et c'est en cela que le choix préalable est important. Les capacités du médecin, attention, amitié, intuition, perspicacité, sont décuplées quand une femme ou un homme vient à lui avec confiance, ouverture et attention.

Cette confiance s'établira peu à peu, mais il faut dès le départ opter pour la disponibilité et la compétence du médecin, et ensuite le juger à l'œuvre. Le respect doit exister des deux côtés. C'est vrai pour toutes les consultations médicales, c'est plus particulièrement vrai pour les consultations de la cinquantaine où les femmes viennent présenter leur problème particulier, et en même temps prendre distance par rapport au préjugé défavorable de la société à l'encontre de la ménopause.

Du point de vue sociologique et politique, force nous est de constater qu'il y a une médecine du riche et une médecine du pauvre. La parole du notable est davantage crédible que celle du manœuvre. Et il y a aussi une différence dans l'écoute des plaintes, selon qu'elles émanent d'un homme ou d'une femme.

Même lorsque les sommités de la médecine se penchent sur la ménopause des femmes, c'est pour souhaiter qu'elles « avancent en âge avec grâce et dignité [1] ». Tels des cygnes sur un lac ! De quoi nous faire bien rire, tant nous ne nous voyons pas dans une telle situation ! Serait-ce dire que, livrées à nous-mêmes, nous vivons notre ménopause avec une indécente vulgarité ? Certes, ces propos se voulaient bienveillants, mais ils sont pour nous désuets et condescendants, ils ne nous conviennent pas. Notre projet sur nous-mêmes n'appartient qu'à nous. Pour l'instant, nous souhaitons que les médecins nous écoutent, nous informent, répondent à nos questions et nous accompagnent dans notre étape de cinquantaine avec leur compétence. Ce que nous ferons de tout cela est notre affaire.

Ceux que nous ne comprenons pas, ce sont ceux qui refusent de regarder avec nous le futur en face : nous ne leur

---

1. Dr R. B. Greenblatt (USA), Journées d'endocrinologie clinique, Paris, novembre 1979.

demandons pas de miracles, mais de nous aider à utiliser au mieux ce qui est possible et prévisible.

> *Christiane.* Jolie femme de 54 ans, a une vie professionnelle très active, et a besoin de toutes ses aptitudes pour la poursuivre et pour rester à la hauteur du renom qu'elle a acquis. Elle a été attentive à prévenir les difficultés physiques de la ménopause et suit un traitement approprié.
>
> Elle trouve cependant sa mémoire moins fidèle, ses facultés d'attention moins grandes qu'avant et demande s'il est possible (et comment) de retarder ces effets du vieillissement qui l'incommodent. Elle entend beaucoup parler de « gérontologie » et des sciences de la sénescence, mais peu de médecins lui semblent y croire et penser à long terme. Elle en cherche un qui lui explique le possible et l'inutile ou l'illusoire... et elle n'a pas encore trouvé. On se contente, devant sa bonne mine actuelle, de lui rire au nez en lui disant qu'elle n'a besoin de rien !
>
> Elle se demande si le domaine de la médecine est la santé ou la maladie, la prévention ou seulement l'exploitation des dégâts !

Ce que l'âge nous a appris, c'est non seulement à savoir vivre au présent, mais aussi à prévoir l'avenir avec lucidité : nous souhaitons non seulement ajouter « des années à la vie, mais aussi de la vie aux années [1] », et les médecins devraient pouvoir nous y aider !

> *Viviane.* 51 ans. Mère de sept enfants habitant la province. Très belle femme. Vient accompagnée car elle se considère comme fragile. Ton assez pathétique.

---

1. Entretien d'Albert Mermoud avec Max Pol Fouchet, *Fontaine de mes jours,* Stock, Paris, 1979.

Elle ne se reconnaît pas tellement elle est devenue instable.

Les bouffées de chaleur sont apparues il y a deux ou trois ans, en même temps que des vertiges, des palpitations et des insomnies graves, tenaces. Tout son entourage a eu peur pour elle, en particulier son « très bon mari », commerçant aisé. On lui a fait un électrocardiogramme à cause de ses « crises d'angine de poitrine » : aucune anomalie.

Six mois plus tard elle revient et dit qu'elle est très, très mal. Elle a fait des crises de tétanie. On lui a dit que c'est de la spasmophilie qui n'a rien à voir avec la ménopause.

Y a-t-il corrélation entre les deux phénomènes ? Le médecin traitant dit qu'il n'y a aucun lien, et que, d'ailleurs, il est contre un traitement hormonal... La gynécologue lui écrit pour souligner que les perturbations dont souffre cette femme sont arrivées en même temps que les bouffées de chaleur et les troubles des règles, et que ces troubles pourraient être favorablement influencés par un traitement hormonal. Pas de réponse...

Cette femme superbe, mère de famille nombreuse, bourgeoise aisée, avait timidement confié qu'elle craignait le jugement de son médecin traitant, homme de réputation, et qu'elle n'oserait pas aller contre son veto !

Le temps passe et elle revient en consultation gynécologique. Les crises de tétanie lui gâchent la vie. Elle se décide à entreprendre un traitement hormonal, et prend la responsabilité de tenter cette chance. Nul ne sait encore le résultat. Mais elle a tenu à décider elle-même.

VII. Vie sexuelle et sentimentale

Aborder aussi longuement ici ce grand sujet peut surprendre et même choquer ceux qui pensent qu'à notre âge ces choix doivent se jouer dans la pénombre, ou qu'ils sont à leur déclin et de moindre importance.

En réalité, amour, sexe, désir, déceptions, passions, renoncements, commencements et musiques douces sont toujours présents à nous.

Pour toute femme « il y a un mode de sexualité sur le type de l'inassouvissement aussi bien que sur celui de l'assouvissement [1] », et même si nous n'en faisons pas le thème central de notre vie nous nous situons, consciemment ou non, par rapport à elle. Nous ne pouvons nier, quel que soit notre âge, la présence en nous de cette pulsion vitale et pourtant fragile...

L'harmonie de la vie amoureuse n'est pour aucun âge une affaire simple, banale et définitivement acquise. Autour de la cinquantaine, à cause des changements physiques de notre corps, mais surtout par ce que ces changements représentent psychologiquement et socialement, il nous va falloir faire la part des fantasmes et celle des réalités qui peuvent venir secouer notre vie sexuelle et sentimentale.

Si l'élan sexuel était strictement une affaire d'hormones déclenchant l'envie de faire l'amour, une émission vers le mâle

1. Jean-Paul Sartre, *L'Être et le Néant,* Gallimard, Paris, 1943.

des signaux appropriés, la privation œstrogénique qu'entraîne la ménopause devrait alors mettre une fin à ce genre d'exercice... Or, chacun sait qu'il n'en est rien : même si certaines femmes abandonnent, c'est bien loin d'être le cas de toutes.

Les modifications peuvent dans une certaine mesure jouer un rôle défavorable, puisqu'elles suppriment certaines stimulations hormonales liées aux différentes phases du cycle. Mais étaient-elles si importantes dans notre vie amoureuse antérieure ? Notre disponibilité n'était-elle pas faite de bien d'autres éléments qui peuvent demeurer intacts : ceux qui émanaient de la qualité de l'offre et de la demande de nos partenaires, avec leur charge sentimentale et érotique, et ceux de notre imagination, à elle seule plus puissante que toutes nos glandes pour tarir ou stimuler nos désirs.

Le rapport Kinsey sur la sexualité note que, statistiquement, la durée et la stabilité du désir amoureux chez les femmes sont moins menacées par l'âge que ne peut l'être le désir masculin lorsqu'il craint l'impuissance.

Ainsi, pour hommes et femmes, les craintes sont plus redoutables que la réalité, et pourquoi seraient-elles plus fortes à notre âge ?

Qu'est devenue, avec la marche du temps, cette expérience à la fois intérieure et à fleur de chair, sensible, secrète et solitaire, même dans son besoin d'un autre, puisqu'elle parle d'abord à nos propres fantasmes et à nos propres perceptions ?

Sommes-nous plus menacées ou démunies qu'hier ? Ou, au contraire, mieux à même de comprendre et de gérer ce qui peut nous arriver en ce domaine ?

Comme pour beaucoup d'autres aspects de nous, notre activité sexuelle est, à la cinquantaine, la simple continuation de ce qui a existé précédemment : nous abordons cette nouvelle période de notre vie avec notre personnalité, notre état de santé et notre libido, et il n'y a pas *a priori* de raison pour que s'améliore ce qui a été mauvais ou se détériore ce qui a été bon...

Or, il se trouve que, dans un certain nombre de cas, il en va autrement, et dans un sens de détérioration : les femmes qui ont eu une vie sexuelle insatisfaisante accusent la cinquantaine et vont encore plus mal, la libido disparaît complètement, les rapports sexuels s'espacent, le plaisir survient plus rarement que jamais. « Je n'ai plus envie qu'il me touche », ou bien « C'est devenu une corvée pour moi » sont des phrases que l'on entend couramment. Mais l'âge ne devient-il pas un alibi pour refuser des étreintes sans joie ? Si le passé contient ainsi beaucoup d'échecs, de déboires, il sera bien difficile de continuer une vie amoureuse normale.

Par contre, il existe des femmes qui ont éprouvé l'orgasme pour la première fois à cinquante ans et plus. En particulier parmi celles qui ont été terrorisées par la peur des grossesses et qui se sentent libérées par le départ de leur fécondité. Mais pas seulement parmi celles-là : ce peut être aussi la prise en main par une femme de sa vie, de son projet d'autonomie, l'institution d'un mode de relations neuf avec son compagnon familier, ou encore la décision de trouver d'autres partenaires qui la mènent enfin au plaisir...

Il y a, au fond de tout être humain, même déprimé, un souhait d'en sortir, de retrouver les couleurs de la vie, la chaleur du corps, la montée du désir.

Notre vie sexuelle aura plus de chances de garder sa vitalité si nous avons eu dans le passé et jusqu'à maintenant des années heureuses de tendresse et d'amour. On ne peut cependant nier que, même dans des couples harmonieux, même chez des femmes en bonne forme générale, il y ait parfois doute, flottement, désintérêt même.

Quelles sont donc ces nouvelles barrières à notre épanouissement sexuel ? Sont-elles dressées par les pesanteurs de l'âge ? Ou par l'idée que nous nous en faisons ? Ou bien encore par le jugement des autres sur notre prétention de ne pas mettre nos désirs à la retraite ?

Commençons par ce dernier point : nous n'ignorons pas ce retour en force, à l'égard des femmes vieillissantes, des vieux tabous du sexe, avec leurs interdits et leurs silences qui déjà étouffaient nos sexualités d'enfance et d'adolescence. La coïncidence de ces deux périodes de censure sexuelle nous prouve que la beauté de la jeunesse n'ouvre pas à elle seule l'autorisation des plaisirs et des jeux amoureux. La fécondité (ou presque) dans les deux cas est sans doute la raison première de ces interdits. Vieille morale sociale qui entend contrôler à son usage le sexe des individus. Vieille morale finaliste du fond des cavernes qui ne veut voir d'autre but à la sexualité que celui de la procréation. Ce qui nous aligne sur l'instinct utilitaire des animaux...

Beaucoup de religions ont légiféré sur les droits et les devoirs du coït, et les femmes d'appartenance catholique se souviennent peut-être du temps où la plupart des moyens contraceptifs étaient condamnés au nom du couple (!), du respect de la vie (même hypothétique), etc. Le clergé célibataire préconisait la chasteté dans le mariage plutôt que la gratuité du plaisir dans l'amour.

Depuis, les couples, les femmes ont pris distance avec ces lois natalistes, et écarté, au moins pour une part, ces entraves, mais n'ont-elles pas laissé traces dans l'arrière-fond de certaines de nos consciences ?

Nous avons peut-être fait l'amour, une vie durant, rassurées par le risque ou l'espoir de faire un enfant à travers les mailles de la contraception. Bonne excuse au plaisir puisque nous nous sentions potentiellement fécondes... Désir d'enfant, devoir d'enfanter ! Comment avoir toujours été au clair ?

Si nous sommes encore habitées inconsciemment par ce besoin archaïque de justification, pourrons-nous garder droit, donc attrait, pour des plaisirs désormais sans fécondité possible ?

Nous sentirons-nous encore désirées par nos partenaires pour nous seules et non plus aussi pour la fertilité de nos ventres ? Ce sont là pensées du Moyen Age qui n'ont nulle raison d'être en nos temps malthusiens, à l'ère de la mise au point et du développement de la contraception.

Mais pouvons-nous oublier que nous sommes la première génération à connaître des procédés efficaces de régulation des naissances ? Nous avons peut-être eu des relations ambivalentes avec ces procédés, comme peut-être aussi aujourd'hui avec les hormones qui soignent les méfaits de la ménopause...

Le dossier de ces hésitations n'est pas que médical. L'inconscient collectif imprégné de ses lois dominantes est têtu, lent à évoluer, à s'adapter au changement, et ses germes ont pris profondément racine en nous et nous font parfois écouter, répéter des mots d'ordre désormais absurdes.

Une chose pourtant dont nous pouvons nous réjouir, c'est que, d'un point de vue finaliste, il est nécessaire qu'arrive un terme à notre fertilité et que nos cellules germinales soient épuisées, puisqu'elles étaient de plus en plus altérées par le vieillissement. Faute de renoncer psychologiquement à cette fonction procréatrice dans la relation amoureuse, nous condamnerions celle-ci à disparaître. « La maternité sera encore, par son absence, la pierre d'angle de son aliénation [1]. »

Heureusement, nous n'avons pas toutes été piégées par ces lourds conditionnements et nous sommes peut-être au contraire enfin soulagées, pour faire l'amour, des craintes des maternités intempestives et des tintouins contraceptifs.

Si, d'autre part, une femme arrive à cette période avec l'idée qu'il est indécent de continuer une vie amoureuse avec

---

1. Anne-Marie Dardigna, *La Presse féminine, op. cit.*

des cheveux gris, alors cette mentalité puritaine, un peu dépassée mais que l'on rencontre encore, pourra effectivement se concrétiser par des réticences lors des rapports amoureux. Ces réticences à leur tour entraîneront une retenue dans la démonstration de la tendresse, la montée de l'excitation, et il y aura des « ratés » dans le plaisir. Aussitôt, cette femme y trouvera confirmation que ce n'est plus de son âge, qu'elle n'a plus assez de vitalité ou assez d'hormones pour faire l'amour, et elle se retiendra de manifester sa tendresse et son désir si, malgré elle, celui-ci se fait jour dans son corps.

Autre aspect des tabous qui entravent notre droit à la vie sexuelle, ceux que nous impose implicitement notre propre progéniture. Cela n'arrange-t-il pas les jeunes générations d'adultes ou d'adolescents de régler leur sort aux relents de désirs œdipiens qui pourraient encore traîner en eux, et, sous prétexte de décence ou de dégoût de l'âge, de jeter un voile opaque sur le corps (imaginaire !) désiré et interdit des mères désormais écartées et impuissantes... Enfin libres de leurs propres amours, sans références actuelles aux plaisirs que peuvent poursuivre les mères que l'on préfère en cela ignorer.

Bien au-delà des familles, où rencontrer la représentation de nos corps désirants et désirés de femmes — avec nos cinquante et quelques années ? Comme il a déjà été dit, nous savons qu'à part exception, films et livres érotiques ou pornos ne montrent pas de femmes ou de couples quinquagénaires en action, notre société les jugeant peu aptes à provoquer le désir. Analysons nos réactions à la lecture de ces dernières lignes. Y souscrivons-nous ? Trouvons-nous cela normal ? Et pourquoi ? Si nous avons cet âge de disgrâce, où nous situons-nous dans nos propres fantasmes et désirs érotiques ? Hors des regards ? hors de nos corps ou hors du temps ? Ou libres ?

Quelles résonances, quels effets sur notre « libido » et sur l'image de nous-mêmes peuvent avoir ces jugements défavorables et castrateurs portés par l'opinion sur nos droits à la vie sexuelle... Pourrons-nous aimer et faire l'amour, avoir contact avec notre propre corps sans parfois une certaine gêne ?

Selon ce que nous pourrons honnêtement répondre à ces questions, que notre âge nous contraindra tôt ou tard à nous poser, nous aurons la mesure de nos facultés d'autonomie, de notre confiance en nous, du tonus de notre puissance libidinale. De quels tête-à-tête entre l'âge, l'image et le désir avons-nous l'expérience ?

Je me regarde dans la glace : c'est bien moi qui suis là, la même qu'autrefois, la même que toujours, celle qui avait vingt ans il n'y a pas si longtemps, avec ses rêves, ses ardeurs, son envie de happer et connaître la vie. Mais celle-ci a cheminé et des rides sont apparues, mes cheveux, mes yeux, mes joues, ma bouche, mon ventre, mes cuisses, tout mon corps, en fait, sont les mêmes mais plus tout à fait les mêmes. Il s'est passé une tranche de vie, une famille a pris naissance et a grandi, un mari, des enfants se sont installés. Mais mon élan amoureux est toujours là quelque part dans l'ombre, il ne demande qu'à surgir, tout flambant, pourvu que quelqu'un le reçoive, ne le ridiculise pas.

On fait l'amour avec son cœur, avec son corps tel qu'il est. Si on court après un rêve passé, après un corps tel qu'il a été, alors il n'y a plus que déception et regret, et le désir s'en est allé. Si on n'est pas désirante, alors il n'y a aucune chance d'être désirée. Si, au contraire, on se prend telle que l'on est, si on laisse sortir le désir enfoui, contenu, alors tout est possible.

Dans cette aventure, nos partenaires peuvent nous aider de façon décisive à rester à l'aise dans nos corps et avec nos élans. Car cette Opinion, répressive et bornée, sait-elle, veut-elle admettre la force et l'intensité chez beaucoup d'entre nous de cette pulsion de vie qu'il faudrait cacher, ou éteindre, ou mettre ailleurs que dans l'activité sexuelle ?

Si les mœurs en cours, aux pudeurs soudain vives lorsqu'il s'agit de nous, cherchent à ignorer et à faire glisser dans l'oubli les rapports conjugaux qui prennent de l'âge, à plus forte raison sont moquées, méprisées les relations sexuelles tardives qui sortent des normes. Comment peuvent vivre sans souffrance et honte celles dont les amours parallèles se savent ou se croient montrées du doigt, salies sous les vocables ordurier de « vieille peau », « nymphomane », « putain », « gouine sur le retour », etc., qui désignent des relations à elles nécessaires ?

Voici un étrange témoignage, paru dans un magazine féminin [1], celui d'un « garçon de joie ». Il nous raconte quelle est la demande implicite de ses « clientes », derrière cet achat d'une relation sexuelle à un prostitué. N'ayant pas d'autres amours possibles, elles paient pour recevoir un peu de soulagement à leurs faims. Ce garçon, qui se vend aussi à des hommes, mais beaucoup à des femmes de plus de quarante-cinq ans, dit : « Elles sont bien plus affectueuses que les hommes. Elles ne me voient pas seulement pour satisfaire un besoin physique, elles ont beaucoup besoin de tendresse. Souvent, mes clientes sont malheureuses dans la vie. Seules, terriblement seules. »

À l'opposé de ces femmes qui mettent ou sentent malgré elles leur sexualité hors la loi des plaisirs admis, il y a celles qui s'accrochent pathétiquement à la vie amoureuse comme à un élixir de jouvence. Elles cherchent surtout à nier leur âge, elles aiment moins leurs amants ou l'amour que le passeport de jeunesse qu'ils sont censés leur donner.

Il y a enfin celles qui sentent leur libido se bloquer ou s'amoindrir, qui sont inquiètes et tristes de cette défection du désir et souhaitent en chercher les causes et y porter remède. Permise ou non à leur âge, la sexualité leur apparaît d'abord comme un signe de vie qui les relie à elles-mêmes et à ceux qu'elles aiment, et qu'elles ne veulent pas perdre.

1. Christiane Collange, « Vivre en marge », *Elle*, septembre 1974.

Nous voyons bien qu'il ne nous est pas facile, à nous, femmes, d'être libres de nous-mêmes, de nos sentiments, de nos corps, dans un environnement social qui ne l'admet pas, qui veut que nous correspondions à ses fantasmes.

On retrouve à tout bout de champ, à tous les coins de rue, l'oppression qui fait que la femme de cinquante ans est jugée non sur elle-même et son désir à elle, mais sur le désir masculin classique qui va vers la femme jeune et belle aux minceurs et rondeurs situées là où il faut.

Deux questions fondamentales se posent :

— Tous les hommes ont-ils ce désir codifié de la pin-up ? N'y en a-t-il pas qui peuvent être sensibles à l'attrait érotique, voluptueux des femmes vieillies ? La chanson de Serge Reggiani « la femme qui est dans mon lit, ne vous en moquez pas »... nous fait pénétrer dans l'univers de toute une catégorie d'hommes sensibles à la douceur de la chair où les années, la vie, ont laissé des traces de sensualité, sensibles aux attentions, à l'autre et peut-être à une certaine liberté des mots, à des gestes plus spontanés.

— La deuxième question, qui est au cœur de ce livre, est la suivante : pourquoi les femmes acceptent-elles d'être mises au ban de la vie puisque, alors que leur désir, leur corps, leur allure sont niés, déniés, ridiculisés, elles ne disent mot ? Elles jouent perdantes, mais pas même silencieusement, en récriminant.

Ces questions, nous pouvons presque toutes les faire nôtres.

Mais, de notre côté, comment, pourquoi, avons-nous intériorisé, adopté, même avec souffrance, ces consignes, pour en faire les règles et les justifications de nos comportements ? Parfois complices de ces mises à l'écart prématurées, n'avons-nous pas mené notre corps avec mépris ou négligence, malgré ses rythmes et ses besoins, en nous laissant couler, sans vraie raison, dans un sommeil sexuel anticipé sur la vieillesse ? Nous connaissons toutes, si ce n'est nous-mêmes, de ces femmes qui jettent sur elles-mêmes, êtres sexués, ce regard dégoûté qu'avait Clément Marot lorsqu'il repoussait un corps de femme qu'il ne voulait désirer :

> « Veux-tu, vieille ridée, entendre
> pourquoi je ne puis aimer ? »

On traite des noms les plus ridicules et les plus méchants les caractéristiques du visage ou de la taille chez la femme et de qualificatifs agréables les mêmes caractéristiques chez les hommes ! Ce qui est bouffi dans le visage d'une femme de cinquante ans sera décrit comme noble et majestueux chez un homme ; les rides de l'une font évoquer la sorcière, les rides de l'autre la gravité, la sagesse.

Ayant fait siens ces jugements partiaux, une patiente se plaignait d'avoir perdu ses désirs amoureux en voyant sa poitrine s'affaisser : « La seule chose que j'avais de bien. » L'éloignement qu'elle avait de son corps à cause de cet « objet partiel » (ses seins) trop valorisé l'éloignait aussi du corps de son mari, qui, lui, ne partageait pas cette répugnance. Dramatique chassé-croisé !

A l'attitude masochiste de cette femme répond ce texte par contre tonique, réaliste, et non dépourvu d'humour :

> « Beau corps de belle vieille
> Regarde-toi le soir quand rien ne te surveille
> Ton âme est à la fête et crache sur ton âge,
> Pourquoi suis-je occupée à mourir à l'avance [1] ? »

Toute notre expérience de vie est là pour nous prouver pourtant que même des laides, des banales, des fanées sont aimées ! Les liens affectifs profonds se nouent grâce à l'autre versant de ce que nous possédons : notre vitalité, nos dons,

---

1. Andrée Södenkamp, citée dans Evelyne Sullerot, *Histoire et Mythologie de l'amour*, Hachette, Paris, 1974.

notre intelligence, notre cœur, notre instinct ou d'autres charmes... Si le corps y prend sa part, c'est avec d'autres attraits que les stricts canons de la beauté physique et dans un temps plus large que celui de la jeunesse.

Dans ce temps-là, que se passait-il pour nous ? Si nous étions jolies, le savions-nous toujours ? Qu'en faisions-nous ? Nous étions préparées à attirer les garçons, puis à nous refuser à eux, si possible, dans un jeu assez pervers qui s'appelait la chasteté. Dans nos pudiques flirts d'adolescence, nous étions parfois flattées mais embarrassées du désir des garçons fixé sur nos corps timides et peut-être pour nous moins investis d'importance. Leur désir impatient devenait alors un peu agaçant, décevant, si nous n'étions pas aussi admirées pour d'autres raisons que nos seuls charmes physiques.

Aujourd'hui où nos appas de jeunesse s'en sont allés, aurions-nous totalement inversé la priorité de nos attentes ? Allons-nous vis-à-vis des hommes, avant toute autre reconnaissance de ce que nous sommes, espérer rester le plus longtemps possible un objet sexuel « baisable », même pour ne pas s'y prêter à tout venant !

Lorsqu'on n'ose plus aimer, ni laisser aimer son corps, la vie est pourtant là qui couve et, faute de pouvoir surgir librement dans ce mode d'expression privilégié qu'est la sexualité, elle risque de se convertir en maladie de détresse.

Cette longue plainte de l'amour absent, perdu, peut parfois aussi s'exprimer lucidement, sans détours, dans toute sa tristesse : « Tout n'est-il pas perdu ? Tout rien. Sauf le désir d'embrasser, de souvenir un baiser, de goûter la langue perdue ou plutôt que l'amour t'embrasse. Pour te faire souvenir que ce qui a été a été. N'est plus. Le goût angoissant du jamais plus, son énergie à faire soupirer les mortes [1]. »

La lancinante frustration, pour celles qui la rencontrent,

---

1. Hélène Cixous, *Préparatifs*, Des femmes, Paris, 1978.

peut attiser le désir, souligner la solitude, exciter l'imagination et tenir la libido en haleine, en quête d'objet amoureux disponible, c'est-à-dire peut-être du premier homme venu. Sinon que faire de ces inutiles puissances intactes, parfois exacerbées par le flux intempestif de folliculine apporté par la ménopause ?

Lorsqu'elles pensent qu'il n'y a plus rien à faire côté conjoint pour cause d'incompréhension, mépris, abandon, désintérêt physique ou ennui profond, un certain nombre de femmes cherchent et trouvent des « objets » de substitution pour combler leurs divers désirs.

Elles aiment bien l'homme de leur vie mais voient arriver l'heure des moindres chances et des « plus jamais » et, avant la « retraite », veulent goûter des plaisirs inconnus qui leur passent sous le nez depuis trente ans sur le plateau des mass media. Qu'elles deviennent attirantes les dernières moissons d'aventures ! Et parfois le destin s'y prête...

Il y a les amants... Mais l'opinion n'est pas tendre pour les « écarts » des femmes, surtout lorsqu'elles ne sont plus toutes jeunes. Elles le savent ! Il serait pourtant assez tentant, au moment où on vous met au rancart, d'afficher ses succès !

Certaines femmes encore couchent, sans conviction, avec la première occasion qui passe, en réplique aux infidélités du mari, pour raviver son éventuelle jalousie, lui prouver qu'elles valent encore un désir, ou, plus brutalement, pour faire un pied de nez au type qui les méprise. Ce n'est pas alors une relation nouvelle, mais une nouvelle manière de gérer l'ancienne.

Il y a celles qui sont en quête de solutions de passage, même vénales... comme les hommes, leurs frères de misère en l'occurrence, mais qui ont tous les moyens de se satisfaire, alors que pour les femmes c'est beaucoup plus difficile, sinon impossible, et sans doute parfaitement décevant, avec ensuite l'inéluctable retour à la solitude.

Il y a celles qui plaisent aux hommes jeunes justement parce qu'elles ne le sont plus elles-mêmes. Elles peuvent, dans des liaisons riches et tendres, libérer des jeunes gens de leur fixation œdipienne, et être une transition entre leur mère et une partenaire de leur âge. Malheureusement pour ces « éducatrices sentimentales », à part exception, ces amours sont éphémères et les laissent meurtries, le cœur en écharpe et leur énergie libidinale en suspens...

D'autres femmes se tournent vers des solutions dont elles ne soupçonnent pas toujours elles-mêmes le détour et l'objectif. Elles cherchent thérapie, y trouvent un homme opportun et disponible. C'est ainsi qu'elles arrivent « à attendre de ce psychothérapeute ce qu'elles attendent, et ne peuvent souvent obtenir, du mari : de l'attention, de la compréhension, un soulagement clément, une solution personnelle [1] ».

Lorsque les partenaires de l'autre sexe sont introuvables, font peur par leurs exigences ou découragent par leur égoïsme, il y a une autre voie, celle de l'homosexualité. « Bien des femmes hétérosexuelles jusqu'à la maturité se tournent vers l'homosexualité par la suite. Parce que les tabous, les inhibitions se lèvent ? Ou parce que les femmes sont plus indulgentes — par tradition mais aussi par sentiment — à l'esthétique de leur partenaire [2] ? » Dominique Desanti, à qui nous devons ces observations, dit encore : « Quelques néo-homosexuelles m'ont confié que l'égoïsme d'un compagnon aussi atteint par l'âge qu'elles, mais rebuté par les marques du temps sur sa compagne de toujours, les a jeté vers celles qui ne les traitent pas en objet mais en être. » Il s'agit en fait bien souvent plus de connivence, de soutien mutuel et d'homosensualité que d'échanges franchement sexuels.

Est-ce si facile de changer d'orientation, pouvons-nous penser ! Là encore, pour gagner une amante, une compagne,

---

1. Phyllis Chesler, *Les Femmes et la Folie*, Payot, Paris, 1975.
2. Dominique Desanti, *La Nef*, n° 63, Paris, 1977.

il faut parfois consentir à perdre beaucoup d'autres relations hostiles à cette forme d'amour...

Reste enfin la masturbation, dont le mot et l'acte faisaient bien peur hier aux adolescentes, mais qui, aujourd'hui, reste aux solitaires un recours ultime...

Dans ce registre des manques, il y a parfois le regret qu'ont certaines femmes qui travaillent de voir s'évaporer progressivement un climat de relations plus ou moins érotisé avec les hommes de leur entourage professionnel. Elles n'ont plus à recevoir ou à repousser des avances implicites, ni à rencontrer « cette paillarderie dans l'œil des hommes », ni à entendre des mots plus ou moins déplacés... Là, pas de regret. Mais lorsque ce n'était pas un harcèlement insupportable, ou même ces abus scandaleux dont surtout les plus jeunes ont à souffrir, elles appréciaient cet intérêt discret des mots et du regard, ces attentions parfois négligées par leur époux, qui leur donnaient confiance en elles ! Coquetterie sans doute...

Mais pourquoi nier que, pour nombre d'entre nous, ce rien de chaleur humaine personnelle fait partie de l'intérêt ou de l'allègement de la vie professionnelle, cela dût-il rendre nos maris jaloux et agacer nos féminismes ! Aussi, lorsque ce regard des hommes sur nous se fond dans une neutralité asexuée, nous pouvons avoir l'impression que nous perdons notre identité de femmes.

Peut-être est-ce dans un sursaut, pour se prouver leur féminité et échapper à cette dévalorisation de leur sexe que, nous apprend le rapport Simon [1], les femmes de plus de cinquante ans exerçant une profession ont plus souvent que les « inactives » des rapports sexuels. Il ne dit pas avec qui !

Mais cette explication hypothétique n'est qu'un aspect possible de ce qui entretient la vitalité des femmes qui travaillent. Le travail est stimulant — en intérêt ou en agressivité —, il est lutte, efforts, contacts humains obliga-

---

[1]. Pierre Simon, Jean Gondonneau, *Rapport sur le comportement sexuel des Français,* Julliard, Paris, 1972.

toires. Il incite à garder quotidiennement vis-à-vis des autres dignité de soi, dans sa tenue, ses humeurs, avec ou sans projet de séduction... Il est indirectement aliment de la libido.

Nous pouvons nous laisser influencer si fort par notre crainte du regard des autres qu'il peut nous arriver de faire une inflation de nos rides et de nos défauts physiques, qui en fait gênent moins notre entourage que nous. La poussière sous les meubles n'est visible que pour la mauvaise conscience de la maîtresse de maison...

Par contre, pessimisme, mauvaise humeur, malveillance, seront bien plus « défigurants » que les marques du temps sur notre visage et décourageront toute attirance vers nous.

Nous sommes bien souvent plus aimées que nous ne le croyons, d'autant que la plage de vie que nous traversons nous rend proche et nécessaire à tout un réseau affectif.

Certes, les bénéfices n'en sont pas tous sexuels, ou même sensuels. Les satisfactions « narcissiques » pas toujours repérables, parce que les amours, les amitiés se vivent plus en soutien, en connivence tacite qu'en déclarations d'amour... Est-ce cela qui nous manque ?

Quels que soient les désirs amoureux, lorsque arrive la post-ménopause, c'est-à-dire généralement après cinquante-cinq ans, le corps lui-même peut, en l'absence de traitements appropriés, devenir mauvais outil de jouissance. Les seins plus affaissés nuisent à l'image et à la sensation érotique. Et surtout, le vagin progressivement asséché, rétréci par l'appauvrissement en apports hormonaux peut devenir douloureux lors des rapports sexuels et entraîner frigidité et même refus des rencontres sexuelles.

Mais tout cela n'est pas sans remède. Le problème est surtout l'abandon, le dégoût dans lequel on risque de se laisser glisser...

Sans oublier de lutter contre ces sombres réalités que nous

connaissons ou côtoyons, allons aussi à la rencontre des évolutions positives de l'amour et du désir. Comme le bon vin, ils peuvent prendre avec l'âge de nouvelles saveurs.

Il n'y a évidemment ni date précise, ni règle générale pour ces changements ou ces abandons dans la vie amoureuse. Bien des femmes restent en relations actives avec leurs partenaires fort avant dans la vie. Si cela ne semble ni connu ni reconnu du public, c'est peut-être parce que les gens heureux se cachent ou n'ont pas d'histoire. Mais, surtout aussi, parce que les femmes « mûres » n'ont plus droit de parole pour le dire ouvertement et encourager les autres femmes qui n'osent y croire et y tendre. C'est peut-être enfin parce que les hommes ne voient nul sujet de gloire à proclamer dans ces liens ou ces liaisons avec des femmes qui ont passé la trentaine, et de loin ! Et même si nous avons acquis un art de l'érotisme et de la tendresse que n'ont pas nos cadettes...

Si des partenaires d'âges égaux veulent garder goût physique l'un pour l'autre malgré les fatigues des années, il leur faudra ne pas négliger une pratique régulière de l'amour. A leurs rythmes certes, foin des normes en la matière. Les statistiques sont parfois bien encombrantes ! Mais il est certain que la stimulation érotique attentivement entretenue est aussi profitable à la vitalité et à la longévité du désir qu'il est nécessaire au puits de tirer son eau pour maintenir l'émergence du flux incertain qui l'alimente.

Et pour nous, qui doutons parfois de nos corps vieillis, mais non pas vieux, il est important que nos compagnons y prêtent une attention renouvelée, indulgente, bienveillante, encourageante. Ils pourront y trouver de nouveaux accords, et il n'est pas de corps qui malgré l'âge ne garde quelque courbe ou quelque pli d'innocence pour les attendrir...

C'est le temps aussi, pour beaucoup de couples qui avaient du mal à synchroniser leur plaisir, de partager entre gens de même âge la progression des jeux érotiques, à même cadence, plus lente et plus subtile, alors que le désir des hommes devient moins prompt à se conclure dans l'orgasme, sans céder pourtant à l'abandon de la défaite...

Et là peut s'échanger de façon privilégiée le plaisir des caresses qui prennent leur temps. Plaisir des parfums, des évocations, des mots de vieille connivence. Et aussi, lorsqu'on reste en suspens, de prendre la chose avec humour et d'attendre la prochaine fois...

Puis, plus tard, lorsque la vie affective et sexuelle d'une femme, d'un couple, a épuisé un certain registre d'échanges, il peut s'en découvrir d'autres. Simone de Beauvoir distingue deux sources de plaisir : l'une liée à la beauté physique qui décroît avec l'âge, l'autre liée au désir affectif et à une tendresse corporelle indépendante de l'âge [1].

Et cette « tendresse corporelle » peut prendre avec l'avancée en âge des partenaires une dimension de plus en plus importante dans leur vie amoureuse. Progressivement, la primauté de la génitalité peut faire place à d'autres approches. Ce n'est pas là une régression de la relation, puisque tout un passé habite le présent, mais plutôt une mutation, un affinement de certaines perceptions peut-être auparavant masquées par la hâte ou par la fougue.

Si, pour les femmes, le désir sexuel est rarement victime d'un total déclin, sa réalisation active trouve jouissance dans toute leur sensualité diffuse, en deçà ou au-delà de l'orgasme même. Leur corps est capable de rester tout entier sensible à une tendresse qui n'est pas pour elles un pis-aller servant à masquer leurs frustration.

Encore faut-il que ces attentes et ces dons ne restent pas somnolents, inconnus ou solitaires ! A chacune, à notre âge, de trouver pour ses désirs un juste équilibre entre la nuit et le silence du corps, et la frénésie sexuelle obligatoire, ses tristes simulacres et ses stimulateurs pornographiques.

---

1. Citée par le Collectif de Boston pour la santé des femmes, *Notre corps, nous-même*, édition française, Albin Michel, Paris, 1977.

La puissance orgastique féminine ou masculine n'est pas à elle seule critère de valeur personnelle ni objectif unique du bonheur humain. L'âge rendra très malheureux ceux qui se méprennent sur ce point, croient que la sexualité est la seule religion vraie des relations humaines, et veulent à tout prix célébrer ses cultes au-delà de leurs limites de santé, d'imagination et de séduction. Certains pensent même que « l'érotisme est devenu la mystification suprême, l'opium de la vie moderne [1] » qui détourne les énergies des luttes sociales à mener.

Si l'activité sexuelle est la source et l'expression favorite de l'énergie vitale que nous souhaitons conserver longtemps, sachons ne pas en être esclaves. Au-delà des flambées physiques de l'Eros, notre vie affective et sentimentale suivra son cours avec ses souffrances et ses joies, sans doute jusqu'à notre dernier souffle, même si lentement ou soudain « le corps de passion rapetisse à la taille de mélancolie [2] ».

De ce long passé de vie émotionnelle, de notre expérience de l'amour, que pouvons-nous retenir ?

Sans doute et d'abord qu'il ne s'use pas à l'usage, malgré ce que l'on nous en disait lors de nos quinze ans, où nous devions nous garder, sans émiettements (!), pour celui qui serait l'homme de notre vie. Nous avons généralement constaté que, sous des formes et vers des pôles différents, la disposition à aimer peut multiplier l'aptitude à aimer. Certaines d'entre nous ont été brisées par des drames sentimentaux personnels et ne peuvent souscrirent à ces lignes. Mais combien d'autres ont pu faire entrer dans leur cœur époux, parents, amis, enfants, amants même, sans que ces amours complémentaires entre elles divisent en parts étriquées cette tendresse des femmes qui croît avec la tendresse. Elles sont souvent, hélas, les seules à être convaincues de ne léser personne et doivent

---

1. Bernard Muldworf, *Femmes du XXᵉ siècle*, PUF, Paris, 1965.
2. Hélène Cixous, *Préparatifs*, *op. cit.*

aménager des partages, qu'on leur rend parfois déchirants, entre les jalousies de ceux qu'elles aiment.

Nous avons sans doute encore appris et accepté qu'au-delà des rêves fusionnels de nos premières amours, il y a dans la rencontre d'amitié ou d'amour un seuil infranchissable. « L'autre est barré », comme dit Lacan, à jamais hors d'atteinte du désir au cœur même de son assouvissement partiel et provisoire et de l'amour le mieux partagé. Quelle est aujourd'hui notre capacité d'accepter cette inévitable et nécessaire distance, cette solitude relative ou profonde même proche d'une chaude présence ?

C'est à partir de notre lucidité et de notre tolérance vis-à-vis de cette question fondamentale que nous pourrons vivre sans nous y blesser les évolutions de notre vie amoureuse, gérer les « manques », ou jouir du « plein » qui s'offre.

Cette prise de conscience peut nous aider à accepter de ne pas ou de ne plus toujours répondre aux exigences de nos partenaires, sans pour autant nous sentir coupables. Mais aussi à modérer les nôtres à leur égard, en laissant entre nous un espace de liberté reconnu, à tous deux nécessaire.

Une fois mesurées les étendues et les frontières du champ amoureux, riche, vaste, parfois dangereux, ne justifions pas devant les difficultés un repli amer sur l'égocentrisme.

Ne soyons pas craintives aujourd'hui plus qu'hier. Ne doutons pas de nous. On peut encore, non sans sagesse, garder le goût du risque et repartir chaque matin à la rencontre de l'autre familier à aimer, même si on ne doit jamais l'atteindre vraiment. Car il est sur ce parcours de l'amour des proximités possibles qui, même fugitives, menaçantes ou menacées, valent le voyage sans fin recommencé.

Aujourd'hui, nous le savons...

Après ce bilan, après ces constats, ne faut-il pas ajouter encore quelques mots sur le poids supplémentaire que font peser sur beaucoup d'entre nous, femmes, lourdement parfois, nos conditions de vie sociales et professionnelles ?

Lorsque les femmes du prolétariat et du monde ouvrier atteignent la cinquantaine, elles ont bien souvent accumulé derrière elles des années et des années de travail manuel : certaines d'entre elles travaillent depuis l'âge de douze, treize ou quatorze ans... Et, aujourd'hui, elles continuent à exercer un métier pénible, répétitif, dans des ateliers inconfortables ou malsains. Nous avons vu, dans des filatures, des femmes charrier d'énormes balles de coton et porter ainsi plusieurs tonnes chaque jour, et ce sans espoir de changement jusqu'à leur retraite.

Beaucoup ont eu des grossesses nombreuses, et parfois d'inévitables avortements, qui ont détérioré leur corps. Elles se contentent de nourritures trop économiques ou hâtivement avalées pour qu'on puisse espérer qu'elles aient « la ligne » ! Trop grosses ou trop maigres, elles se moquent des coquetteries, ou doivent faire des prodiges pour garder le goût et la dignité de leur aspect et de leur santé.

Elles ont de trop bas salaires, qui les déprécient à leurs propres yeux et leur interdisent d'accéder à toutes les tentations de la publicité et même au simple nécessaire. Quelle image d'elles-mêmes ont-elles face au modèle « idéal » de la

« jolie dame » de style bourgeois montré à la télé ou au cinéma ?

Quelles autorisations intérieures, quels moyens économiques ont-elles pour remédier aux atteintes physiques du vieillissement ? Dentiste, chirurgie esthétique, lunetterie, fringues, coiffeur, cures thermales, « tout cela n'est pas pour nous », disent-elles, et on peut deviner quels sentiments profonds peuvent alors les habiter...

Pour la foule des employées de bureau qui ont, elles aussi, passé toute une vie liées par les contraintes de leur métier : travail répétitif, parcellaire, machine à écrire, patrons énervés ou abusifs, l'âge venant, que de fatigue accumulée !

Beaucoup d'entre elles habitent en banlieue des grandes villes et ont deux, trois, parfois quatre heures de trajet par jour pour se rendre à leur travail. Trop debout, puis trop assises, leurs jambes, leur dos souffrent. Leur travail, le plus souvent profondément ennuyeux, laisse leur esprit en jachère, alors que, lors de stages de formation où elles peuvent s'exprimer librement, surgissent toutes leurs aptitudes : facultés de réflexion approfondie, possibilités d'évolution personnelle.

Elles sont souvent dirigées par des hommes jeunes qui abusent de leur dévouement, et elles doivent, à leur âge, subir comme des gamines les contraintes de la hiérarchie.

Elles supportent enfin la hargne ou les moqueries de leurs jeunes collègues si elles se plaignent ou si elles n'ont pas la même conception de la vie que leurs cadettes : il y a peu de solidarité entre femmes dans le monde du travail de bureau.

Ni les luttes sociales ni les luttes féministes n'ont encore aboli les différences de chances qui séparent les femmes entre elles. Ce qui peut cependant nous rapprocher dans une certaine mesure, c'est que, finalement, de quelque milieu que nous soyons, nous demeurons toujours, plus ou moins, les prolétaires des hommes, selon la définition antique de ce terme que nous donne le *Petit Robert* : « Prolétaire = citoyen de la dernière classe sociale, et ne pouvant être utile à l'État que par sa descendance. » Tous milieux confondus, notre génération, plus que celle d'aujourd'hui, a bien rempli ces fécondes « utilités ».

DEUXIÈME PARTIE

Perspectives et projets

Dans toute la première partie de ce livre, un certain nombre de constats ont pu nous prendre à la gorge. Ce qui était diffus, informulable, individuel ou étranger à nous a pris corps et réalité. La société n'est pas tendre pour nous et ne sait pas vraiment ce que nous sommes.

Un changement réel s'opère en nous, et beaucoup de femmes en souffrent ou s'interrogent. Notre parti pris dans ce livre est que l'âge nous donne le plus souvent du courage pour regarder les choses en face, et que ce regard de lucidité est un préalable nécessaire à toute bonne gestion de notre existence.

Mais cela ne veut pas dire que si nous faisons cet inventaire, fût-il parfois désagréable, nous « déposons le bilan », ni pour nous, ni pour les autres femmes.

Les difficultés de l'âge sont plus apparentes que les bonnes choses qu'il nous apporte. Mais celles-ci émergent, éclatent, deviennent claire évidence lorsque nous saisissons non seulement l'acquis mais aussi les possibles. « La liquidation des retards pris en créativité, en désir, en plaisir, en délire " du côté des petites filles " a de quoi faire éclater l'histoire. Nous sommes au bord, si nous ne la ratons pas, d'une extraordinaire révolution culturelle [1]. »

Pourquoi les femmes de cinquante ans ne seraient-elles pas particulièrement disponibles à ces changements ?

1. CIRM, *La Condition féminine*, ouvrage collectif, Éditions sociales, Paris, 1978.

Elles sont libérées des charges familiales, moins dupes des jeux professionnels, elles sont souvent plus libres, plus fortes, plus intelligentes des choses de la vie. Et c'est vrai pour notre propre gouverne : nous pouvons connaître le médicament à prendre ou à éviter, l'effet du café ou de l'alcool sur notre sommeil, l'endroit précis de notre corps où va se « somatiser » une contrariété, notre juste poids et les kilos qui nous mettent mal à l'aise, etc. Nous pouvons repérer les pièges : les situations ou les partenaires qui viennent réveiller nos démons, ce qui peut nous permettre de les exorciser.

Au bénéfice des autres, la maturité nous a appris le prix de l'écoute, des nuances, du respect, et l'intérêt de ce qui est différent, inattendu. Nos besoins de renouvellement — l'expérience c'est l'étonnement qui se raréfie — nous poussent à plus d'exigence, plus de curiosité, plus d'invention.

Nous ne sommes pas amorties ; nous savons faire l'amour, travailler, rire, cuisiner, rêver, et autres dons, et souvent mieux qu'hier. Peut-être aussi avons-nous appris à ne pas nous laisser avoir... Pas plus par une idéologie lénifiante factice ou dangereuse que par le commerçant du coin...

Notre modestie nous fait taire le reste des qualités que l'âge nous confère et sur lesquelles comptent fort bien époux, enfants, parents, patrons et autres... N'est-ce pas ? L'usage nous a rendues « fiables », et généralement nous savons fort bien jusqu'où nous pouvons compter sur nous-mêmes.

Il y a un mouvement dialectique possible entre les points de faiblesse et de force dès lors que nous avons une conscience assez claire des uns et des autres et de ce que nous pouvons en tirer.

Mais, pour disposer de ces bonnes choses le plus souvent et le plus longtemps possible, il nous va falloir veiller à trois points : notre bien-être physique, notre bien-être psychologique, d'où découlera notre santé sociale, ce goût d'être bien avec les autres...

VIII. Le bien-être du corps

Le bien-être moral est si proche du bien-être physique que le terme familier « être bien dans sa peau » recouvre l'un et l'autre.

Nous nous attarderons longuement dans ce chapitre sur l'entretien de cette santé du corps qui, avec l'âge, sera d'autant plus appréciable qu'elle sera plus souvent reconquise que donnée.

Quelques points particuliers, parmi beaucoup d'autres, nous ont semblé mériter attention parce qu'à la cinquantaine ils prennent une importance primordiale : ce sont les bienfaits de l'air et du mouvement qui repoussent bien loin l'engourdissement, l'asphyxie, les kilos superflus qu'il faut traîner. C'est le sommeil, sujet de tourment ou temps réparateur, et la nourriture, ses tentations, ses pièges et ses plaisirs possibles.

Ce sont les explications nécessaires pour nous guider dans le dédale des traitements médicaux de la ménopause, de la fatigue, de l'usure, des insomnies, de la dépression et autres maux...

Ce sont enfin, à l'extrême, les conditions du remodelage possible par la chirurgie esthétique, lorsque rien ne va plus du côté de nos traits ou de notre ligne.

Nous glisserons ainsi progressivement vers les thèmes du chapitre suivant, qui, traitant du « bien-être psychologique », reprendra en compte sous un autre jour notre corps, cet outil à bien vivre.

L'air, le mouvement, la gymnastique.

Hommes ou femmes, il nous faudrait, pour conserver notre bien-être, entretenir notre corps toute notre vie, dès notre naissance. Notre corps est notre meilleur ami, un instrument de travail et de plaisir. Il devient malheureusement trop souvent, par la maladie, un sujet de misère et de déplaisir.

Mais, au moins, que ce soit dû à notre malchance ou à des usures inévitables, mais pas à notre négligence ou à notre méconnaissance des besoins les plus élémentaires du corps humain ! Deux des besoins primordiaux de ce corps sont l'air et le mouvement : un air le moins pollué posible et un mouvement accordé aux capacités physiques qui nous ont été données à la naissance, et aux possibilités de notre cœur et de notre souffle.

Une femme de cinquante ans est souvent encore en bon état physique, même quand elle ressent les malaises réels de la ménopause comme la fatigue et les bouffées de chaleur. Son cœur est bon, même s'il n'a pas d'entraînement, ses reins aussi, ses poumons disponibles. Bien sûr, cela n'est valable que s'il n'y a pas eu excès d'alcool ou tabagisme exagéré : dans ce cas, le cœur et les reins peuvent être déficients et les poumons irrités ou fragiles.

S'il n'y a pas eu d'intoxication particulière, de maladie héréditaire ou de naissance, de maladie de l'enfance ou de l'adolescence, d'affections aiguës de l'âge adulte, d'affections chirurgicales graves, on constate que de nombreuses femmes de cinquante ans sont robustes, endurantes, pleines de possibilités vitales et capables d'efforts importants.

Beaucoup, malheureusement, ont un complexe d'infériorité sur ce plan, ou ont pris de mauvaises habitudes de vie, d'hygiène alimentaire ou d'hygiène générale.

La plupart d'entre nous manquons d'air et de mouvement. Par négligence ou manque de temps, nous avons laissé nos muscles se ramollir, ceux du dos en particulier qui sont souvent douloureux à cause des contractions dues à nos postures de travail et à nos émotions, excessives, aux conflits mal résolus, aux répressions que nous nous imposons et qui s'inscrivent dans notre corps. Notre nuque est à la fois fragile et douloureuse, les muscles de notre poitrine peu développés et si contractés que nous ne savons plus respirer à fond, nos pieds si peu musclés qu'ils deviennent plats, serrés dans des chaussures qui les déforment parce que mal conçues sous prétexte d'élégance.

Notre peau est au contraire souvent en bon état, car les fabricants de produits de beauté et de cosmétiques nous ont tellement piégé avec leur publicité que nous en arrivons presque toutes, un jour ou l'autre, à nous acheter de ces nombreuses crèmes de jour, de nuit, hydratantes, revitalisantes...

Nous avons souvent pris de mauvaises habitudes parce que, dans notre vie de femme ou de mère, nous n'avons jamais su trouver le temps nécessaire à notre corps, pressées que nous étions par la famille, par nos enfants en retard pour l'école, par le bébé à changer, par les affaires du mari à ranger, par les repas, les courses. Mais il y a aussi d'autres causes, enfouies au fond de notre personnalité, inculquées dès l'enfance par le rôle social féminin qu'on nous somme de remplir : nous nous soucions beaucoup plus de notre toilette et de notre apparence extérieure que de faire du sport, d'aller au grand air dès que possible, de marcher au lieu de nous faire véhiculer !

Quand on demande à Madeleine Renaud le secret de sa forme, alors qu'elle a depuis bien longtemps dépassé les cinquante ans, elle répond « un peu de gymnastique tous les jours »...

Combien y a-t-il de femmes capables de faire passer les exercices de détente ou d'étirement indispensables pour soigner lumbago, mal de dos chronique, torticolis, maux de tête, avant les soins du ménage ou des repas familiaux ? Il n'est pas question de nous dérober à ce que nous devons faire, mais si nous devons le faire consciencieusement, ce n'est ni en forcenée ni en obsessionnelle. Pourquoi ne pas respecter notre corps comme nous respectons nos meubles ?

Certaines d'entre nous cependant arrivent à garder du temps pour faire de la gymnastique. Beaucoup d'autres pourraient en prendre l'habitude, et c'est à leur intention que nous avons choisi quelques mouvements simples, ne demandant que quelques minutes d'attention chaque jour, que nous décrivons dans les pages suivantes. Et l'on peut aussi pratiquer « l'anti-gymnastique » qui, grâce à un certain nombre d'exercices doux et naturels, permet « de ne pas vous faire échapper de votre corps, mais d'éviter que votre corps continue à vous échapper, et votre vie avec [1] ».

D'autres, répugnant à l'aspect contraignant et quelque peu codifié de tous ces « mouvements », préfèrent se contenter de la marche ou de l'exercice nécessité par la vie au grand air, à la campagne : natation, jardinage vigoureux, bûcheronnage, vélo, camping, etc. L'inconvénient en est de faire subir à nos muscles et à notre cœur un certain surmenage épisodique et trop rare, mais, pour beaucoup de femmes, le plaisir qu'elles y prennent les pousse plus que d'autres formules plus régulières à s'y adonner de tout leur corps.

Les sportives, nées, même si elles ont renoncé aux compétitions, pratiquent généralement encore leur sport favori. Le jogging, en grande vogue, a des adeptes de nos

1. Thérèse Bertherat et Carol Bernstein, *Le corps a ses raisons*, Seuil, Paris, 1976 ; et *L'Anti-gymnastique chez vous*, Seuil, Paris, 1977, cassette enregistrée par Thérèse Bertherat, en vente en librairie.

âges, mais attention : procédons progressivement, après avis médical, à notre propre cadence, n'essayons pas forcément de suivre notre fils de quinze ans !

Il y a des choses faciles à changer pour être plus « en mouvement ». Ne pouvons-nous rompre avec quelques habitudes de facilité telles que l'ascenseur, s'il en est un ? Grimper quelques étages est un effort décrassant pour les poumons et tonifiant pour les jambes. Même chose pour les trajets à pied : si l'on doit faire moins de deux kilomètres, les jambes valent mieux que l'auto ou l'autobus !

Pour les week-ends, que choisissons-nous, hors les tâches ménagères ? Est-ce le cinéma ou la forêt ? La télé et le tricot toute la journée ou la piscine avec les petits-enfants ou des amis ?

Dans l'attention au corps, dans le bien-être physique, tout n'est pas pour autant entraînement, mouvement et vitesse...

Puissions-nous, l'âme en paix, nous accorder au moins un jour par semaine ces grasses matinées d'une heure ou deux de bain, crèmes, ongles ou épilation, où le repos qu'on y trouve a en fait plus d'importance que les besognes qui le justifient. Masser son corps sous l'eau, par exemple, le parcourir, le reconnaître, le pétrir sans hostilité critique mais simplement pour sentir qu'il existe, tel qu'il est, peut donner tout un plaisir naturel et permettre de rester attentives à ce qui lui est bon et nécessaire. Il n'y a pas que les démonstratrices des bains moussants qui aient droit à ces gestes...

Combien nous avons besoin de rompre la cadence de hâte, et de prendre dès que nous le pouvons un rythme lent et profond. Celui où les gestes sont mieux pesés ou abandonnés à l'intuition, à la précision que seul le temps enfin accordé peut leur permettre.

Peindre, coudre, broder, relier, jardiner et bien d'autres travaux de plaisir sont, à leur façon, sources de bien-être du corps. Parmi eux les gestes destinés aux petits-enfants : bains et câlins, becquées et baisers... Ils sont bienfaits de nature dont nous avons soif dans nos vies urbaines et agitées.

Et nos corps ont aussi besoin de humer l'air propre, de goûter les parfums simples de mer, de verdure et d'humus. Ils ont besoin de paysages et d'horizons harmonieux qui ne brûlent ni ne lassent nos regards. Ils ont besoin de silence et parfois d'apprendre le goût d'une certaine solitude : retrouvailles avec notre propre respiration, avec la décision sans partage de porter nos pas où bon nous semble, de manger ou dormir ou de nous en abstenir, d'écouter nos propres cadences, au moins un temps, avant de reprendre le tempo des autres...

Quelques mouvements de gymnastique quotidienne.

Ces mouvements visent trois objectifs : rester en meilleure santé, entretenir une souplesse articulaire générale et garder une silhouette jeune, c'est-à-dire la colonne vertébrale se situant, lorsqu'on est debout, le plus près possible d'une droite verticale (cf. figure ci-contre).

Les quelques mouvements que nous donnons ci-après sont le fruit d'une expérience de trente ans d'observation des femmes. Choisis parmi des dizaines d'autres, ils sont un condensé de ce que peuvent prescrire rhumatologue, gynécologue, sexologue, kinésithérapeute. (Ne pas les confondre avec les postures du yoga, qui ont beaucoup d'intérêt, mais doivent être travaillées avec un professeur.)

Il faut savoir aussi qu'une respiration normale au repos se fait au rythme d'environ 16 par minute et brasse environ un demi-litre d'air. Dans les exercices respiratoires forcés, on peut aspirer jusqu'à deux litres d'air en une fois. Il faut alors faire attention à ne pas répéter la respiration trop rapidement, sous peine d'entraîner des troubles qui commencent à se manifester par un vertige.

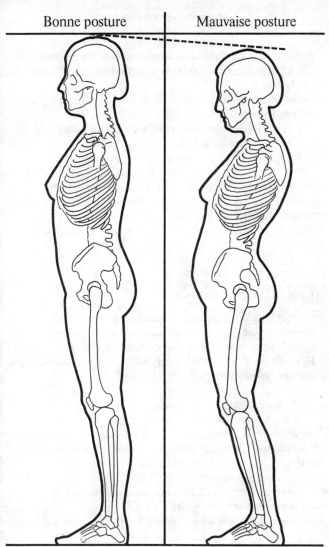

Figure 5

Préalable. Pour faire connaissance avec sa posture habituelle et voir les déformations éventuelles qui doivent être corrigées :
— se regarder nue, debout et de profil, dans une glace.
— observer
  . la position de la tête, penchée ou non en avant,
  . le dos arrondi ou non,
  . les reins creusés ou non,
  . le ventre, les fesses sortis ou rentrés.
Bien entendu, l'objectif sera d'effacer les courbures, les tassements qu'entraîne l'abandon musculaire et de tendre à retrouver la verticale et toute sa taille : la figure précédente illustre bien la différence entre bonne et mauvaise posture...

EXERCICE I.

Offrez-vous au préalable une natte de raphia et un petit coussin que vous mettrez sous votre nuque et qui pourra aussi vous servir pour dormir en cas de douleur cervicale.

Il s'agit là d'un exercice permettant de retrouver une meilleure respiration.

1) *Posture :*
— s'étendre sur la natte,
— allonger la colonne vertébrale en essayant de s'agrandir par le sommet du crâne (comme si quelqu'un vous tirait les cheveux),
— abaisser les épaules,
— jambes écartées de 30 cm environ, appuyer soigneusement les reins sur le sol (vérifier avec la main),
— relever les genoux en posant les pieds à plat sur le sol.

2) *Respiration* :
— inspirer amplement en sortant le ventre (peu importe si le dos décolle du sol),
— expirer lentement et longuement en rentrant le ventre et en collant les reins au sol.

Cet exercice est à recommencer 5 ou 6 fois de suite, au rythme d'environ 3 par minute.

EXERCICE II.

1) *Contact* :
— se mettre debout le dos contre le mur, pieds écartés et décollés de 15 cm environ du mur, jambes légèrement fléchies,
— appliquer *toute* la colonne vertébrale sur ce mur, les reins décambrés, en position de bascule du bassin (cf. plus loin). La tête, les épaules abaissées, tout le dos doivent être en contact étroit avec le mur.

2) *Extension* :
— en *soufflant*, tirer sur le haut du crâne (comme pour paraître plus grande sous une toise),
— toujours vérifier avec les mains si la position est bonne, c'est-à-dire si le dos est bien au contact du mur, tout du long,
— repos, inspirer à fond.

Cet exercice doit durer 30 secondes à 1 minute. Le faire 3 ou 4 fois de suite, matin et soir si possible.

3) *Bascule du bassin* :
Basculer le bas du bassin d'arrière en avant, ce qui permettra de redresser tout le corps. Pour cela, en restant debout :
— redresser peu à peu la tête, menton rentré dans le cou, et

mettre la tête dans le prolongement du dos en regardant droit devant soi, vers un horizon imaginaire,
— tirer les épaules à la fois vers le bas et vers l'arrière,
— rentrer le ventre, serrer les fesses, contracter les muscles des cuisses.

Ces mouvements, bien coordonnés, entraînent la bascule du bassin. En les enchaînant, ils permettent de se tenir plus droite, et d'éviter de creuser les reins, ce qui fait sortir le ventre et courber le dos. La bascule s'accompagne d'une *expiration*.

Cette « bonne » posture permet par ailleurs aux poumons d'être plus au large, à la colonne vertébrale non seulement de retrouver toute sa taille, mais aussi de dégager les racines des nerfs moteurs sciatiques et lombaires, ainsi que celles des nerfs sympathiques et parasympathiques.

Vérifier que votre « belle allure » ne vous empêche pas de respirer normalement (en sortant le ventre à l'inspiration et en le rentrant à l'expiration).

EXERCICE III.

Les mouvements suivants sont destinés à sauvegarder la mobilité de la tête et la souplesse de la nuque. Ils agissent sur la circulation cérébrale et peuvent ainsi éviter l'apparition des vertiges liés à l'arthrose cervicale.

1) *Posture :*
— s'asseoir, dos droit, nuque étirée, genoux fléchis, pieds bien à plat sur le sol et légèrement écartés,
— tirer les épaules vers le bas et vers l'arrière à la fois,
— on peut aussi s'asseoir en tailleur, ce qui est bon pour le périnée (cf. p. 129),
— s'arrêter à la moindre douleur.

2) *Mouvements :*
— faire une rotation de la tête sur l'axe du cou, lentement, le plus loin possible et à fond mais sans forcer. Recommencer plusieurs fois de suite dans un sens et dans l'autre,
— tourner la tête aussi loin que possible, toujours sans forcer : 3 fois vers la pointe de l'épaule gauche, 3 fois vers la pointe de l'épaule droite, 3 fois le menton en l'air, 3 fois le menton touchant la poitrine,
— pencher la tête en avant, le menton touchant la poitrine, ensuite à gauche, en arrière, puis à droite en décrivant avec le menton le plus grand cercle possible. Après 2 ou 3 cercles dans un sens recommencer dans l'autre sens.
— attention : décontracter la mâchoire, il est normal qu'elle s'entrouvre lorsque la tête est en arrière,
— le regard est horizontal pour les exercices du côté des épaules ; on peut repérer un point à la limite du champ visuel.

EXERCICE IV.

Ces mouvements permettent de renforcer les abdominaux et les muscles des cuisses.

1) *Posture :*
— s'allonger sur la natte, lever les cuisses et les jambes à la verticale, genoux non fléchis,
— maintenir les reins au sol, étirer la nuque, rentrer le menton,
— bras le long du corps ou mains derrière la nuque, coudes pliés.

2) *Mouvements :*
— faire des petits ciseaux avec les jambes (amplitude 20 à 30 cm),

— faire de petits battements verticaux,
— faire des petits « frappés » (écarter, serrer),
— mélanger ces exercices,
— pour tous ces exercices, il convient de souffler lentement pendant l'effort et d'inspirer au repos.

EXERCICE V.

1) *Posture :*
— allongée, genoux fléchis, légèrement écartées (cf. exercice I),
— dos à plat, bras le long du corps.

2) *Mouvements :*
— en *soufflant*, soulever les épaules et le haut du dos en regardant le nombril,
— s'allonger, se relâcher (inspirer, souffler), avant de recommencer.

EXERCICE VI.

1) *Posture :*
— assise en tailleur ou sur une chaise,
— dos droit, bras le long du corps.

2) *Mouvements :*
— faire des petits cercles avec les épaules, les bras restant décontractés :
— inspirer quand les épaules montent, souffler quand elles tombent,
— sentir les omoplates se coller contre le dos,
— pas plus de 4 à 5 mouvements des épaules par minute.

Lorsqu'on commencera à pratiquer ces exercices, et surtout

si l'on est arrivé à la cinquantaine sans faire aucune gymnastique, il faudra vaincre bien des raideurs, et l'on aura le sentiment qu'on ne pourra jamais y parvenir. Mais, jour après jour, ou plutôt semaine après semaine, on gagnera un millimètre d'extension, puis un autre, et cela fera infiniment plaisir : nous avons vu bien des femmes de soixante ans, toutes raides et inexpérimentées, prendre l'habitude de ces mouvements et ne plus pouvoir se passer du plaisir de se « dérouiller » chaque matin.

Signalons enfin, à faire à n'importe quel moment de la journée, et en utilisant tous les moments d'attente pendant les courses, dans le métro et dans l'autobus, chez l'épicier, etc. — et ce sera un temps sauvé au lieu d'être un temps perdu —, les exercices du Dr Kegel, obstétricien américain, qui a le premier attiré l'attention sur l'importance des muscles du périnée chez les femmes.

Ces muscles, qui soutiennent l'utérus et le vagin, les ovaires, la vessie, qui portent aussi le poids de la masse intestinale, sont trop souvent inconnus des femmes, qui ignorent jusqu'à leur existence alors qu'ils ont une importance capitale dans la vie amoureuse et dans le travail de la grossesse et de l'accouchement.

Or, on peut arriver à prendre conscience de ces muscles et à les tonifier simplement en serrant l'anus très fort. Le vagin se serre alors également. Et on accentue le mouvement en rentrant le ventre (en serrant les abdominaux et les muscles fessiers).

En se contractant, les muscles du périnée améliorent la circulation veineuse du petit bassin, ce qui guérit parfois de pesanteurs du bas-ventre dues à une stase veineuse. Détail non négligeable : ces muscles, une fois entraînés, peuvent améliorer la survenue et l'intensité du plaisir pendant le rapport sexuel. Et cet entraînement peut également éviter les descentes de vessie ou les faiblesses de vessie qui gênent parfois les femmes à la cinquantaine.

Dernière solution enfin, si l'habitude de pratiquer régulièrement tous ces mouvements ne s'installe pas, demander à son médecin une prescription de 15 ou 20 séances de massages et kinésithérapie pour « troubles de la circulation » ou douleurs dorso-ligamentaires, et c'est avec l'aide d'un kinésithérapeute, si possible sympathique et bon pédagogue, que l'on essaiera de s'entraîner...

Le sommeil.

A la cinquantaine, beaucoup de femmes commencent à souffrir de troubles du sommeil ou de troubles pendant le sommeil.

Celles qui habituellement dormaient mal dorment désormais encore plus mal. Bon nombre de celles qui dormaient généralement bien voient se détériorer ce précieux sommeil qui leur permettait de se récupérer malgré malaises et soucis du quotidien.

Et qui ne redoute l'insomnie ? Bien peu sont ceux qui s'en accommodent et savent la gérer. Pour la plupart, l'insomnie c'est la crainte que les idées moroses n'envahissent le cinéma intérieur qui ne va pas manquer de se mettre en route. La nuit accroît l'angoisse de solitude, les maux physiques, l'agressivité même. Que d'énergies mentales dépensées pour mener des batailles qui s'avèrent vaines au lever du jour ! Et il y a aussi le souci tout simple de ne pas être en forme le lendemain pour assumer ses tâches.

L'insomnie est bien connue pour faire partie du cortège des troubles de la ménopause, de la cinquantaine. Une des causes en sont souvent les bouffées de chaleur qui réveillent, suivies ou non de grandes transpirations des plus inconfortables. Au désagrément physique qui, à lui seul, vous fait sortir du sommeil, peut s'ajouter une sensation d'insécurité, d'étrangeté, le sentiment d'être devenue différente. Si l'insomnie survient aux petites lueurs de l'aube, il y a bien peu de chances de se rendormir, si ce n'est juste avant l'heure du réveil obligatoire.

A la cinquantaine, ce sont trop souvent de réelles difficultés affectives, sociales ou de santé qui viennent fragiliser notre système nerveux et rendre pour nous plus précaire la pause du sommeil, pourtant indispensable. C'est parfois de la difficulté de se réaliser humainement, socialement, que surgit une angoisse qui peut causer l'insomnie et qui vient, à nos âges, s'ajouter à la perturbation de l'hypothalamus.

Il peut, dans certains cas, s'agir d'une vraie maladie psychosomatique, à prendre en considération comme telle. Et cette maladie peut s'accompagner d'angoisse, d'anxiété, et aller jusqu'à la dépression.

La dépression existe à tous les âges, mais de façon plus marquée à la ménopause. Elle peut se présenter avec une prédominance physique, simulant des maladies de l'estomac ou du cœur, donnant des vertiges, une fatigue insurmontable, des maux de tête, ou bien avec une prédominance nerveuse et mentale où le désintérêt, l'indifférence, le manque de goût pour la vie et les être chers sont plus forts que les symptômes physiques.

Quand la dépression s'installe, l'insomnie s'installe aussi et, à son tour, elle va aggraver la dépression : on entre dans un véritable cercle vicieux. Comment le briser ? Il va falloir soigner la dépression avant de commencer le traitement hormonal, ou en même temps que commence le traitement.

Les antidépressifs sont une des grandes découvertes médicales de notre époque. Il ne faudra pas hésiter à y recourir, ce qui n'empêchera nullement d'utiliser aussi la relaxation sous ses différentes formes, les massages, le yoga, le shiatsu (sorte de digitopuncture), l'acupuncture (qui compte, semble-t-il, des succès réels en matière d'insomnie). Et aussi de rechercher une écoute compétente, attentive à l'expression de nos difficultés...

Ce qu'il faut éviter, ce sont les barbituriques qui donnent des sommeils faussement reposants : ils bouleversent l'architecture et la structure du vrai bon sommeil, en supprimant le sommeil paradoxal (rêves), si nécessaire à notre santé nerveuse. Ce qu'on peut faire, dans certains cas bien précis, et sous contrôle médical, c'est recourir aux neuroleptiques (Largactil, Nozinan, etc.), mais cela doit rester exceptionnel. C'est notre médecin qui va nous prescrire les doses à prendre, et pour quelle durée. Mais il n'est pas dans notre peau et c'est à nous de mesurer la dose *minimum* qui nous fait effet, et ensuite de tendre à nous en passer le plus vite possible : il ne faut pas que ces médicaments deviennent pour nous des « drogues » dont nous serions aussi dépendantes que d'autres de la « came »...

Ce que nous avons perdu depuis que nous vivons trop vite, trop nerveusement, trop soumis aux exigences du monde moderne, c'est le contact avec le rythme personnel, instinctif, de base, qui caractérise chacune d'entre nous. Or, nous sommes rythmés, comme tous les êtres vivants, plantes et animaux, par des alternances de flux et de reflux d'énergie.

Nous savons bien qu'il y a le jour et la nuit, les saisons, l'hiver, l'été, l'automne, le printemps, et que ces changements de la nature influent sur notre comportement, sur notre mode de vie. On sait l'influence de la lune sur certains événements biologiques, sur l'apparition de certaines humeurs, on connaît l'influence des saisons sur certaines maladies virales ou microbiennes, sur le déclenchement de l'asthme ou de l'infarctus.

Mais ce que l'on sait moins bien c'est que nous avons des rythmes personnels, tout au long du jour et de la nuit. Et c'est

LE BIEN-ÊTRE DU CORPS

en étudiant le sommeil que l'on a avancé dans la connaissance de ces rythmes biologiques.

L'histoire de la recherche sur le sommeil humain est passionnante. On croyait autrefois qu'il n'y avait qu'une seule alternance dans le sommeil : le léger, celui de l'endormissement et de l'assoupissement, et celui d'après, le profond. On pensait que le sommeil était un acte passif, qu'on se laissait aller à dormir, que le sommeil était, comme le disaient poètes et écrivains, pareil à l'anéantissement, à la mort. Les bras de Morphée accueillaient un être inerte et abandonné, tout juste visité par des rêves aux interprétations prophétiques et mystérieuses.

Or, tous les travaux depuis les années soixante révèlent au contraire que dormir est un acte constructif, complexe, varié, infiniment structuré et positif, le contraire de la passivité. C'est une activité indispensable à la santé physique, psychique, nerveuse, voire morale et philosophique.

Si l'équilibre physique se détériore à cause d'une maladie infectieuse ou métabolique (teneur du sang en potassium, en calcium, magnésium, urée, sucre, acidité, etc.) ou encore neuro-endocrinienne comme à la ménopause, le sommeil devient mauvais, sa structuration architecturale s'altère (on peut en effet comparer le sommeil à un édifice savamment arrangé).

Si des ruptures d'équilibre de vie, des soucis moraux ou familiaux surviennent, là encore le sommeil se détériore, et la santé physique s'en ressent : c'est un ensemble psychosomatique exemplaire.

A l'heure actuelle, nous pouvons utiliser pour notre gouverne personnelle les connaissances acquises sur le sommeil humain et sur le profil d'une nuit de sommeil.

Après avoir cherché la meilleure position pour dormir (nos rituels diffèrent d'une personne à l'autre, et, pour une même personne, varient avec l'âge), nous entrons dans la phase d'endormissement qui dure de 5 à 15 minutes. Alors qu'à l'état de veille, nous avons à l'électro-encéphalogramme un rythme cérébral qui est de 8 à 12 cycles pour une seconde (rythme dit « alpha »), dans l'endormissement notre rythme est de 4 à 6 cycles/seconde, d'où le nom de *sommeil lent*.

Ensuite, vient le *sommeil léger* qui dure de 10 à 40 minutes, avec un rythme ultra-lent à l'électro-encéphalogramme, et une respiration lente.

Puis, arrive le *sommeil profond*, d'une durée de 10 à 30 minutes, avec chute de la tension artérielle et de la température, et rythme électrique encore plus lent (2 à 3 cycles/seconde).

Survient alors le *sommeil très profond*, où nous sommes en état de relaxation importante, avec un repos et une récupération maximaux. La durée en est de 10 à 20 minutes.

Enfin arrive le stade du *sommeil paradoxal*, ainsi nommé par le chercheur lyonnais Michel Jouvet, pour souligner, à ce stade, le contraste entre une relaxation musculaire totale et une activité intense d'abord des mouvements des yeux, puis de l'électricité cérébrale, avec des cycles rapides et de haut voltage.

Cette phase du sommeil paradoxal est celle du rêve, et si on nous réveille à ce moment-là, nous pouvons le plus souvent nous souvenir, même fugitivement, de notre rêve. Mais nous ressentons aussi un sentiment d'arrachement ou de choc : c'est un moment très défavorable, mentalement et nerveusement, pour être réveillé brutalement... Hélas, nos impératifs d'horaire, ou notre vie de couple, ne peuvent toujours en tenir compte et respecter le déroulement de cette phase de notre sommeil !

Et, à cause des rêves, cette phase du sommeil paradoxal est capitale pour notre état de santé général. C'est comme si, à ce moment-là, se produisait le nettoyage de la fatigue, la mise en réserve des souvenirs, des connaissances, donc la création des stocks de la mémoire. Il semble aussi que là se fortifient notre personnalité, notre moi, notre capacité de projets, notre force pour les réaliser.

On voit donc comment, à la cinquantaine, il est primordial de bien dormir, de bien rêver.

Les perturbations physiologiques « naturelles » n'ont rien de bon pour l'hypothalamus et pour tous les centres nerveux qui concourent à un bon sommeil. Si la nature devient mauvaise mère, la laisser faire c'est risquer de laisser se détériorer notre sommeil, de handicaper notre présent et notre avenir, notre mémoire, notre force vitale et notre volonté de nous réaliser.

Le tableau ci-après donne une vision synoptique des phases qui constituent le cycle du sommeil.

Il y a les bons et les mauvais dormeurs, mais ne le sont pas toujours ceux qui le croient...

On n'est pas mauvais dormeur parce qu'on se réveille 4 ou 5 fois par nuit, entre chaque cycle de sommeil complet : se réveiller quelques fractions de seconde et se rendormir n'a rien d'extraordinaire. Or, se croire mauvais dormeur peut finir par impressionner, et, à la longue, par détériorer le sommeil.

Inversement, on peut se croire bon dormeur et se réveiller fatigué, las, un peu nauséeux, découragé. Il faut explorer soigneusement ces états et voir comment ils peuvent être améliorés : il peut s'agir de personnes qui dormaient bien 5 heures par nuit, et qui, croyant devoir dormir plus, recourent à des barbituriques, commençant ainsi à détériorer leur sommeil. Et rappelons que les barbituriques agissent sur l'ensemble du cycle du sommeil lent et sur le sommeil paradoxal, perturbant ainsi les rêves ou les supprimant. Ils créent en outre une accoutumance fâcheuse et peuvent parfois provoquer, contre toute attente, un effet excitant !

Le traitement hormonal peut permettre de retrouver un bon

UN CYCLE DE SOMMEIL NORMAL				
Il y a de 3 à 5 cycles par nuit				
Phases du sommeil	Durée	Électro-encéphalogramme	Réactions psychosomatiques
ENDORMISSEMENT	5 à 15'	Stade I : ralentissement 6 cycles/sec.	Impressions corporelles. Images diverses.
SOMMEIL LÉGER	10 à 40'	Stade II : quelques rythmes en fuseaux.	Rêveries diffuses. Pauses respiratoires.
SOMMEIL PROFOND	10 à 30'	Stade III : ondes lentes.	Chute de la température et de la tension artérielle.
SOMMEIL TRÈS PROFOND	10 à 20'	Stade IV : ondes très lentes.	Relaxation musculaire importante.
SOMMEIL PARADOXAL	15 à 20'	Rythmes rapides de faible amplitude.	Relaxation musculaire *totale* contrastant avec : • mouvements oculaires rapides. • activité onirique intense = RÊVES.

sommeil, la folliculine agissant comme antidépresseur naturel, la progestérone comme tranquillisant naturel. Rien n'empêche en outre, si besoin est dans certains cas bien précis, d'adjoindre à ce traitement, comme nous l'avons dit plus haut des médicaments (antidépresseurs et tranquillisants artificiels), mais à petite dose et pour un court laps de temps, variable pour chacune d'entre nous.

Mais réaffirmons bien que, si l'on peut s'en passer, cela n'en vaut que mieux, et que l'on est souvent agréablement surpris par la rapidité d'action du traitement hormonal sur le système nerveux. On voit une femme insomniaque devenir ou redevenir une bonne dormeuse, avec un endormissement rapide en 10 ou 15 minutes et un réveil agréable, avec l'impression de se retrouver, d'être en train pour la journée.

Pas de miracle cependant : celle qui a été toute sa vie une petite dormeuse ayant besoin seulement de 6 heures de sommeil ne deviendra pas pour autant une dormeuse à 9, 10 ou 11 heures ! Chaque être humain a son profil physique, son profil psychologique et son profil de sommeil, son hypnogramme. Il faut l'accepter. Rien ne sert de vouloir changer sa nature profonde et sa vraie personnalité.

Dormir et rêver sont deux fonctions complémentaires. Les récupérer toutes les deux fait partie des buts à atteindre si l'on cherche le bien-être...

Si le *sommeil lent* est la phase où notre organisme se repose sur le plan musculaire, cardiaque, respiratoire, dans le *sommeil paradoxal*, avec les rêves, c'est l'équilibre du cerveau qui se refait : mémoire, adaptation aux circonstances, attention, concentration, aptitudes mentales, projets, créations.

Même si nous croyons ne pas rêver (5 % seulement des dormeurs disent avoir rêvé) parce que nous ne retenons pas nos rêves, ils accomplissent en nous une fonction essentielle pour notre équilibre psychique. Ils sont un mécanisme inconscient de défense qui nous sert à réduire les tensions accumulées et plus ou moins refoulées dans la vie quotidienne. Ils échappent à notre volonté, nous ne sommes pas responsables des images qu'ils nous apportent. Ils peuvent être chargés d'émotion, complexes, apparemment incohérents, voire indécents, drôles, beaux ou rebutants. Toute notre vie psychique, avec les partenaires qui y jouent un rôle, se retrouve dans ces images qui viennent exprimer, le plus souvent sous une forme déguisée, des sentiments, des désirs autrement inacceptables ou impossibles, car ils sont soumis, tout comme notre vie consciente, à notre censure morale.

Il est important de ne pas dramatiser les messages que les rêves nous apportent : apprenons à assumer notre ambivalence. En tant qu'humains nous ne sommes ni tout ange ni toute bête dans nos désirs inassouvis, peut-être un peu les deux...

S'ils nous encombrent ou nous intriguent par trop, il est possible d'en parler avec des conseillers, des psychologues, qui peuvent nous aider à comprendre, à assumer le refoulement passé ou présent qu'ils trahissent, peut-être à oser le réaliser.

Hormis les médicaments déjà largement évoqués, il y a, pour retrouver ce sommeil complet qui nous est nécessaire, mille et un petits « trucs » qui peuvent être fort utiles à celles et ceux qui ont de petites insomnies épisodiques, mais qui s'en font de grandes inquiétudes...

D'expérience nous savons les effets énervants pour nous du café, du thé ou de l'alcool. Se coucher trop tôt sur un repas trop riche, trop abondant, gêne la venue ou le déroulement du sommeil. On peut, avec l'âge ou la fatigue, moins bien supporter qu'avant les effets de l'alcool, et un jovial dîner entre amis peut déboucher sur une nuit blanche ou cauchemardeuse.

De façon habituelle, disons-nous bien qu'attendre le sommeil avec trop d'impatience le fait fuir à coup sûr... Si la phase d'endormissement est passée, sans effet, inutile de s'agacer. Autant accepter d'utiliser utilement ou agréablement le temps nécessaire à son retour probable (environ 40 minutes...). Pourquoi ne pas faire un tour (silencieux !) dans sa maison, manger ou boire un peu, se rafraîchir en circulant peu vêtue, s'accorder un moment de lecture supplémentaire... Il est aussi des insomnies fort créatives, pourquoi ne pas utiliser cette suractivité du cerveau pour trouver de bonnes idées et apprécier à sa valeur ce surcroît d'existence qui nous est offert sur le commun des mortels ?

Détails pratiques : une bonne literie, assez large et ferme, n'est pas un luxe superflu, de même que l'installation de systèmes d'éclairage discrets et étudiés pour l'autonomie de chacun des membres des couples à lits conjugaux.

Ces petits moyens peuvent ne pas suffire à des couples qui ont le sommeil très fragile et qui finissent par se gâcher l'humeur et la vie à force de soubresauts intempestifs... Mieux vaut, sans en faire un drame, faire lit à part, et parfois même chambre à part, si c'est possible, cela peut éviter une usure nerveuse qui vient s'ajouter à l'usure de l'âge...

Enfin, si dans l'ensemble nous dormons bien, ne nous exagérons pas les quelques petites perturbations de notre sommeil. Plaignons, aidons plutôt les vrais insomniaques qui nous voient nous enfoncer voluptueusement dans l'oubli d'un sommeil aisément accessible, alors qu'ils attendent l'aube en comptant les moutons...

La nourriture, les régimes.

Que nous en soyons ou non honteux vis-à-vis de tous ceux qui souffrent de la faim, dans nos pays occidentaux nous sommes tous plus ou moins atteints avec l'âge de maladies de surcharge alimentaire fort réelles.

Et, de surcroît, nous, les femmes, sommes marquées par la hantise d'une obésité parfois vraie, bien souvent imaginaire.

Loin de « vivre pour manger », nous nous accordons de plus en plus parcimonieusement le droit de « manger pour vivre » !

Nous savons les facteurs historiques, psychologiques et sociologiques qui nous conditionnent pour faire de notre

« ligne » un problème avant tout esthétique, même si nous prétendons que c'est aussi une question de santé et de confort... Confort moral surtout, confort d'être conforme au corps « idéal », ou tout au moins de croire, par nos efforts, y parvenir !

Pour beaucoup de femmes qui redoutent, à tort ou à raison, un excès de poids, ce peut être l'histoire d'une lutte et d'influences qui datent de leur enfance.

Petites filles, on attendait d'elles qu'elles soient jolies et soignées. Elles étaient soumises aux habitudes alimentaires de leur famille, pas toujours cohérentes avec ce projet. Elles se pliaient avec plus ou moins d'opposition ou de soumission à ces attentes ou à ces habitudes, selon la qualité de leurs rapports avec leur mère et la valeur des conseils que celle-ci leur donnait.

Conseils qui ont souvent été fraîchement rejetés à l'adolescence, période tourmentée, où l'on passe du désir de plaire au découragement de ne convenir à quiconque... D'où une certaine anarchie vis-à-vis de la nourriture, des privations suivies de boulimies soudaines...

Plus les adolescentes se trouvent laides, plus elles mangent, entrant ainsi dans un magnifique cercle vicieux bien difficile à briser. Certaines femmes, à la ménopause, adoptent les mêmes attitudes pour des raisons identiques, même si elles ont passé l'âge des crises d'opposition à leur mère : plus elles sont anxieuses, plus la nourriture leur offre une consolation, un dérivatif, un exutoire. L'alcool, qui lui aussi fait grossir, vient souvent jouer le même rôle.

Il est temps alors de penser à suivre un régime, mais celui-ci, pour avoir des chances d'être suivi, devra prendre en compte l'ensemble de la situation morale et familiale de celle qui voudra l'entreprendre.

Imposer un régime draconien (1 000 calories par jour) à quelqu'un qui a toujours faim et de bonnes raisons pour grignoter ou manger exactement ce qui ne lui convient pas, c'est d'avance le pousser à des abandons, des déceptions, des tricheries dérisoires qui inciteront à oublier dans... la nourriture, tant de faiblesse !

Le problème est donc d'abord de traiter l'anxiété, ou les mauvaises habitudes de vie, puis d'entreprendre un régime facile pour commencer, qui rendra à l'intéressée conviction et confiance en elle.

Il va sans dire que nul (et notamment pas le médecin) n'a le droit de culpabiliser par des reproches une femme obèse, pas plus qu'un malade alcoolique. Il est important, au contraire, que le médecin accompagne de ses encouragements la femme qui entreprend cet effort.

On peut aussi, dans les cas de léger excès de poids, être guidée par un diététicien expérimenté, ou plus simplement s'aider d'un livre sympathique et précis, comme par exemple celui de Stella et Joël de Rosnay [1].

Méfions-nous en revanche des recettes miracles souvent vantées dans des journaux de mode, comme les combinaisons amaigrissantes, les ionisations diverses, l'application de plaques, etc. Non pas que ces « trucs » soient nocifs, ils sont tout simplement inopérants et coûteux. Ils déçoivent par conséquent les femmes qui ont fait des sacrifices matériels pour y recourir, et qui sont ensuite suffisamment découragées pour ne rien entreprendre d'autre.

Quelques conseils.

1) Connaissez votre poids, suivez-le tous les deux jours si vous n'en êtes pas satisfaite. Essayez de voir
— par rapport à qui vous voulez le changer : votre mari, vos enfants, vos parents (une mère ou un père obèse peut vous

---

1. Stella et Joël de Rosnay, *La Malbouffe*, Olivier Orban, Paris, 1979 ; et collection « Points Actuels », Seuil, Paris, 1981.

donner la terreur, parfois excessive, de quelque 2 ou 3 kilos superflus).
— par rapport à quoi vous voulez le changer : est-ce une question de santé, d'habillement, de confort, d'allure dans la glace ?

2) Connaissez la composition des principaux aliments, et n'oubliez pas quelques grandes vérités :
— l'existence de trois catégories d'aliments : les protéines pour bâtir le corps, les sucres et les hydrates de carbone pour carburer et travailler, les lipides ou graisses pour se chauffer ;
— la nocivité des hydrates de carbone (les sucres) ;
— la différence entre les graisses saturées (nocives, et en majorité animales, tels le beurre, le saindoux) et les graisses insaturées (en majorité végétales, telles les huiles de tournesol, de germe de blé, etc.) ;
— l'intérêt des protéines animales et végétales, où elles se trouvent, comment les utiliser.

3) Connaissez, parmi les aliments que vous aimez, ceux qui vous font du mal, pour essayer de les prendre en grippe, par divers moyens dont nous reparlerons plus loin.

4) Salez modérément, remplacez le sucre par des édulcorants de synthèse, ou, mieux, supprimez-le complètement et retrouvez la vraie saveur du thé ou du café.

5) Utilisez largement les assaisonnements autres que le sel et la moutarde : thym, persil, oignon, ail, fines herbes, telles qu'estragon, ciboulette et autres.

6) Consommez des viandes grillées ou rôties à doses

modérées, et donnez chaque fois que possible la préférence au poisson sur les viandes, à la volaille sans sa peau et à la viande de cheval sur la viande de bœuf.

7) Ne croyez pas que seul le beurre soit riche : l'huile d'olive l'est aussi. Quand il faut de l'huile, donnez la préférence à l'huile de tournesol, ou de germe de blé, ou de maïs, ou de soja, qui contiennent des graisses (lipides) non saturées, moins dangereuses pour le poids et les artères que les graisses animales. N'utilisez pas non plus n'importe quelle quantité de margarine végétale pour remplacer le beurre : c'est tout de même une graisse, un lipide, et l'on ne peut pas en abuser impunément.

8) Mais surtout... Ne faites pas de tout cela une obsession et accordez-vous de loin en loin la liberté d'un mets « défendu » !

Les menus « basses calories ».

Nous donnons ci-après deux exemples de menus amaigrissants, l'un à 1 500 calories par jour, l'autre à 1 000 calories par jour. Rappelons que, dans nos pays occidentaux, nos menus habituels représentent en moyenne 3 000 calories par jour, alors que, pour un citadin sédentaire, 2 000 calories sont suffisantes...

Menu à 1 500 calories

PETIT DÉJEUNER	*Calories*
— café ou thé sans sucre à volonté	0
— lait écrémé en poudre 25 g (2 cuil. à soupe), ou lait frais écrémé, 250 g, ou 2 yaourts maigres	90
— fruits :	
• 1 poire ou pomme de 150 g, ou	
• 200 g de mandarines, ou 1 orange, ou	90
• 1/2 pamplemousse, ou	
• 1/4 de melon (200 g)	

DÉJEUNER	
— crudités : tomates, concombre, 200 à 400 g	90
— viande maigre ou poisson :	
• 150 g de bœuf (steak, rôti, tournedos, gîte), ou	
• 180 g de veau ou de lapin, ou	
• 200 g de volaille, ou	300
• 250 g de cheval, ou	
• 300 g de colin, ou truite, ou raie, ou	
• 250 g de lieu ou de sole, ou	
• 12 huîtres moyennes	
— légumes verts (pesés crus) :	
• 300 g de poireaux ou de choux de Bruxelles, ou de haricots verts, ou	135
• 400 g d'épinards, ou concombres, ou tomates, ou laitues, ou fenouil	
— fromage :	
• 50 g de gruyère ou comté, ou	
• 60 g de camembert ou chèvre, ou	180
• 80 g de saint-marcellin, ou	
• 2 yaourts maigres ou 2 petits-suisses	
— fruits (cf. ci-dessus)	90

DÎNER	
— viande maigre (cf. ci-dessus) ou œufs	300
— légumes verts (cf. ci-dessus)	135
— fromage (1/2 de la ration du déjeuner) ou fruit	90
TOTAL	1 500

Menu à 1 000 calories

PETIT DÉJEUNER	*Calories*
— café ou thé sans sucre à volonté	0
— lait écrémé en poudre 25 g (2 cuil. à soupe), ou lait frais écrémé, 250 g, ou 2 yaourts maigres	90
— fruits :
• 1 poire ou pomme de 150 g, ou
• 200 g de mandarines, ou 1 orange, ou	90
• 1/2 pamplemousse, ou
• 1/4 de melon (200 g)

DÉJEUNER
— viande maigre ou poisson :
  • 100 g de bœuf (steak, rôti, tournedos, gîte), ou
  • 120 g de veau ou de lapin, ou
  • 130 g de volaille, ou   200
  • 150 g de cheval, ou
  • 200 g de colin, ou truite, ou raie, ou
  • 300 g de lieu ou de sole ou de merlan, ou
  • 12 praires ou 8 huîtres moyennes
— légumes verts (pesés crus) :
  • 200 g de poireaux ou de choux de Bruxelles, ou de haricots verts, ou
  • 400 g d'épinards, ou concombres, ou tomates, ou laitues, ou fenouil   90
— fromage :
  • 25 g de comté, ou gruyère, ou saint-paulin
  • 30 g de camembert ou chèvre, ou
  • 40 g de saint-marcellin, ou   90
  • 2 yaourts maigres ou 2 petits-suisses
— fruits (cf. ci-dessus)   90

DÎNER
— viande maigre (cf. ci-dessus) ou œufs (2)   200
— légumes verts (cf. ci-dessus)   90
— fromage (1/2 de la ration du déjeuner) ou fruit   90

TOTAL   1 030

Quelques trucs.

Avant les repas, pour couper l'appétit :
— prendre un grand verre d'eau, ou 1/2 tranche de pain au son, ou 1 cuiller à soupe de mucilage avec une gorgée d'eau ;
— se concentrer sur le désir que l'on a de ne pas grossir, de remettre des vêtements que l'on ne pouvait plus mettre, de retrouver la ligne perdue ;
— au besoin s'étendre 5 minutes pour rassembler sa volonté.

Entre les repas :
— boire un verre d'eau toutes les deux heures au moins. L'eau du robinet convient parfaitement ;
— ne pas attendre d'avoir trop faim. En cas de faim impérieuse, aller au réfrigérateur et prendre soit un verre de lait écrémé, soit un yaourt maigre, soit des radis ou un morceau de concombre ou une carotte crue, ou un morceau de fenouil cru, ou des légumes verts cuits, non assaisonnés, que l'on aura préparés d'avance : haricots verts, tomates, fenouil, aubergines, courgettes. A la rigueur, si l'on a vraiment très faim, une tranche de viande froide.

Faire toujours trois repas par jour au moins, ne pas sauter de repas : c'est le meilleur moyen d'avoir « trop faim » au repas suivant et de dépasser les calories que l'on est capable de brûler, et par conséquent de stocker l'excédent sous forme de graisse.

Si enfin l'on a peur de carences résultant de *régimes très stricts* qui ne doivent jamais être suivis en permanence (sauf indications médicales précises), ne pas hésiter à prendre chaque jour pendant la durée de ce régime une préparation polyvitaminée (par exemple Quotivit OE, Alvityl dragées ou Hydrosol polyvitaminé) assurant une ration de base en vitamines et sels minéraux.

Attention au sucre !

Les nombreux médecins et diététiciens qui se sont attelés au problème du poids sont unanimes pour mettre en garde contre le sucre sous quelque forme que ce soit : boissons sucrées, desserts, glaces, sorbets...

Pourquoi le sucre et les aliments sucrés qu'on nomme « sucres à assimilation rapide » sont-ils si nocifs ? C'est que, chaque fois que du sucre arrive dans le sang, que le taux de glycémie s'élève brutalement, le pancréas fabrique une hormone, l'insuline, qui concourt au stockage des calories sous formes de graisses. De plus, l'insuline brûle très vite le sucre, la glycémie s'abaisse et la sensation de faim réapparaît. Les sucres (ou glucides, ou hydrates de carbone) sont donc mauvais pour trois raisons :
— ils apportent sous un volume réduit un nombre important de calories ;
— ils sont brûlés très vite, et ne calment la faim que pendant peu de temps ;
— ils favorisent la formation de graisses.

Les sucres complexes à assimilation lente (tels que ceux contenus dans le blé, le riz, les pâtes) ne provoquent pas les mêmes poussées aiguës de glycémie et n'ont pas, par conséquent, les mêmes inconvénients que les sucres à assimilation rapide.

Quant au pain, qui est à base d'hydrates de carbone, on peut en user modérément ou le supprimer complètement selon les cas. On prendra éventuellement une tranche de pain complet ou de pain de son (moins nourrissant mais pas toujours bien toléré) à chaque repas si la faim est trop grande ou si la constipation apparaît.

Les procédés dangereux.

D'autres procédés sont dangereux et il nous faut nous méfier des charlatans, fussent-ils médecins, qui les conseillent ou les prescrivent. Il s'agit de trois groupes de médicaments, donnés seuls ou associés :

— *Les freinateurs de l'appétit* (ou amphétamines) agissent sur le centre nerveux de la faim dans l'hypothalamus. Ils donnent une sensation de satiété, l'on n'a plus faim. Mais ces médicaments agissent aussi sur les centres nerveux voisins et, après une euphorie de courte durée, procurent angoisse et excitation maladive.

Ce sont les produits les plus dangereux pour les femmes de cinquante ans, dont le problème majeur est de trouver un nouvel équilibre dans cette phase perturbée de la vie.

— *Les diurétiques* non végétaux sont des produits chimiques de synthèse qui ont pour propriété d'exciter jusqu'à les irriter les cellules rénales qui éliminent alors le sel par les urines, provoquant ainsi une perte de poids. Mais en même temps que le sodium est éliminé, il y a perte aussi de sels minéraux indispensables à l'équilibre biologique, tel le potassium. Ce n'est pas simple de remédier à cette fuite de potassium, en donnant du potassium de remplacement. Aussi, en cas d'absorption à doses importantes et continues de ces diurétiques, on peut assister à des pertes de poids, mais aussi à des états d'épuisement et à des troubles cardiaques.

En outre, dès qu'on arrête de les ingurgiter, le poids remonte en flèche, souvent même au-dessus du poids initial. En faisant cette expérience, on a souvent lésé quelques milliers de ses cellules rénales, fatigué son cœur, à l'occasion déclenché une dépression.

Ce qui est le plus scandaleux c'est de lire sur des ordonnances faussement homéopathiques des prescriptions de pilules contenant des freinateurs de l'appétit, des tranquillisants pour en compenser les effets fâcheux, des diurétiques chimiques et, pour comble, la troisième catégorie de produits abusivement employés pour faire maigrir :

— *Les extraits thyroïdiens*. Ils méritent une place à part. Ils sont en effet fort utiles quand il y a une paresse de la glande thyroïde (hypothyroïdie) provenant d'une diminution d'activité de cette glande, paresse qui survient parfois à la ménopause, en même temps que la cessation d'activité des ovaires.

Dans les cas d'hypothyroïdie, les femmes sont frileuses et intensément fatiguées. Le visage est bouffi, les cheveux deviennent cassants et secs, les ongles s'altèrent, se dédoublent et se strient, le poids s'élève, le taux de cholestérol augmente. Seul le médecin, après examens approfondis, pourra prescrire la dose nécessaire d'extraits thyroïdiens.

Mais, si la thyroïde fonctionne normalement, il faut éviter de prendre ces extraits, car s'ils font perdre du poids, c'est aux dépens des muscles qui maigrissent et deviennent mous en même temps que fond peu le pannicule de graisse.

Pour en terminer avec le danger que présentent ces trois médicaments, rappelons qu'il y a peu un jugement d'un tribunal français a condamné trois médecins « spécialistes en amaigrissement » responsables de la mort, en 1977, d'une jeune fille de vingt et un ans qui avait appliqué à la lettre et au-delà les prescriptions qu'ils lui avaient faites.

Faut-il donc qu'il y ait une angoisse considérable autour du poids pour que des femmes jeunes et moins jeunes, celles de la cinquantaine, remettent ainsi leur santé et leur vie entre les mains d'inconnus supposés magiciens.

Faut-il qu'il y ait une méconnaissance des règles fondamentales de la nutrition, du fonctionnement du corps humain. Comme pour la contraception et la vie sexuelle, ce qui se rapporte à notre nourriture devrait être connu et enseigné dès le plus jeune âge, en dehors des circuits de la gastronomie et de la publicité. Il est inadmissible, voire scandaleux, que cela reste du domaine des médecins et des spécialistes.

Quels fantasmes tournent autour de notre image idéale du corps, de notre corps, de nous-mêmes, de notre moi ! Des femmes, minces pourtant, jugent qu'elles ont 2 ou 3 kilos de trop. Elles ne le supportent pas, en sont obsédées et abandonnent leur traitement œstro-progestatif parce qu'elles ont cru remarquer une prise de poids minime, mais qui leur est intolérable. Or, ce traitement ne fait pas grossir, en général du moins, pas plus que la pilule ne fait grossir (les doses du traitement sont d'ailleurs plus faibles que celles de la pilule, et même que celles de la mini-pilule). Mais il améliore la santé et l'équilibre général, et l'appétit peut s'en trouver accru, d'où la nécessité absolue de bien connaître ce que doivent être un régime et une alimentation équilibrée, et de s'y tenir.

Deux question vont donc se poser :
— Quel est le poids idéal ?
— Quel est le régime normal de l'être humain en fonction de son âge, de son mode de vie, de son type d'activité ?

Plusieurs formules donnent une approximation du poids idéal.

La plus simple est *Poids = Taille — 100*. C'est-à-dire que, pour une taille de 1,60 mètre, le poids devrait être de 160 — 100 = 60 kilos.

Il y a une formule beaucoup plus dure : *Poids = Taille — 100 moins 15 %* ; ce qui donne, pour la même femme de 1,60 mètre : 60 — 15 % égale 51 kilos.

La moyenne entre ces deux formules, 55 kilos, nous paraît raisonnable. Mais il y a malheureusement tout un conditionnement socioculturel contre les « potelées », les « bien en chair » qui obsède les femmes et notamment celles de cinquante ans. Les modèles proposés sont de « taille mannequin » : 1,70 mètre et 55 kilos, 1,65 mètre et 50 kilos. Ce sont là, sur le plan médical, des aberrations qui imposent à leurs victimes la souffrance de rester continuellement sur leur faim.

Cela étant dit, il est vrai, qu'il y a « des kilos en trop » pour l'effort, pour la marche, pour le travail, pour le choix des vêtements, etc. Mais qu'appelle-t-on les kilos en trop ? Il y a une approche différente pour chaque femme, en fonction de sa « nature », de son hérédité. Si une femme a toujours été forte, si ses parents et grands-parents étaient forts ou obèses, le poids idéal n'est pas le même pour elle que pour celle qui a toujours été moyenne ou mince et qui vient de prendre 10 kilos en deux ou trois ans.

Il n'y a pas de poids idéal dans l'absolu, mais un poids convenable pour telle ou telle femme, *lui* convenant, lui permettant de s'habiller à son idée, de bouger, de venir à table sans angoisse et de manger à sa faim.

Quand une femme se sent trop lourde, dépasse le poids donné par la première formule (Poids = Taille — 100), quand il y a problème, alors il faut se résoudre à parler régime. Mais quel régime ? Il n'y a pas qu'un régime, il y a des régimes adaptés à chaque cas. Il y aura donc un choix à faire :

— par le médecin, en fonction d'une étude clinique sérieuse et de bilans biologiques (examens de sang et d'urines) ;

— par la femme elle-même, en fonction de ses possibilités de temps et de volonté.

Le poids dépend en partie de l'hérédité, mais il dépend aussi de l'âge. Il est courant de voir des femmes de poids normal évoluer progresivement, au fur et à mesure que les années passent, vers un poids de 10 % plus élevé à cinquante ans qu'à vingt-cinq. Il est bon de le savoir et de ne pas s'en alarmer outre mesure. Chaque femme est bien sûr libre de vouloir conserver le même poids que dans sa jeunesse, mais elle se rendra vite compte que cela demande plus de discipline devant la nourriture : les dépenses caloriques sont en général moins importantes à cinquante ans qu'à vingt-cinq, on brûle moins bien et moins vite les calories en excès, et l'on doit par conséquent manger autrement et bouger le plus possible, physiquement bien sûr, mais aussi mentalement (l'activité intellectuelle dépense des calories, le cerveau est grand consommateur de sucre, de glucose...).

A partir des quelques données que nous venons de rappeler, il y a un nombre considérable de méthodes, abondamment décrites dans les ouvrages spécialisés, et dont l'inventaire ne nous semble pas utile ici (cf. bibliographie, p. 249).

Disons simplement que
— une culture de base est utile en ce domaine, et l'acquérir ne demande pas d'efforts démesurés ;
— chacune doit étudier son cas personnel avec la personne compétente en la matière, un médecin en qui elle ait confiance.

Quant aux modestes rondeurs superflues et aux tours de taille des jupes qui se mettent à rétrécir après les fêtes, il n'est rien de tel que de supprimer pendant quelque temp, alcool, féculents, pain blanc... seul généralement manque le courage de le faire.

Les médicaments : bénéfices et limites.

Si l'hygiène de vie et un esprit de lutte sont les meilleurs atouts contre les nombreux bouleversements qui se produisent à la ménopause, il ne faut pas négliger pour autant l'appoint indéniable que peut apporter un traitement hormonal. Il y a, en effet, un déséquilibre dû à la disparition progressive de la progestérone dans la décennie quarante-cinquante ans, déséquilibre dangereux car il entraîne une hyperœstrogénie ou hyperfolliculinie relative, qui s'aggrave à la ménopause et provoque nombre d'inconvénients.

Mais le traitement œstroprogestatif est un traitement de longue haleine, avec des servitudes à envisager, des décisions à prendre, des choix à faire. Il est donc utile d'en connaître les grandes lignes, le mode d'action, les avantages et les inconvénients, pour pouvoir prendre ces décisions avec son médecin.

Pourquoi un traitement ?

Les ovaires cessent de fonctionner aux alentours de cinquante ans. Depuis quelques années, il n'y a plus que des traces de progestérone, et, avec la ménopause, il n'y a plus qu'une très faible quantité d'œstrogènes, variable selon les femmes.

Dans les premiers mois, et même les premières années, de la ménopause, il y a des variations passagères imprévues, des hausses, puis des chutes, puis des reprises, enfin un abaissement des œstrogènes au niveau de 10 à 20 picogrammes par millilitre de sang (cf. chapitre II). Et l'abaissement à ce niveau de doses qui pouvaient nous sembler infinitésimales, va entraîner en fait des inconvénients notables : les bouffées de chaleur apparaissent, accompagnées ou non de transpirations abondantes, avec tout le cortège des difficultés physiques de la cinquantaine.

Le mode d'action du traitement hormonal.

Pour supprimer ces inconvénients et compenser ce manque, on ne prescrivait il y a encore peu d'années que des œstrogènes. On s'est rendu compte que c'était une erreur, et, aujourd'hui, l'on associe toujours dans la prescription œstrogènes et progestérone. C'est que ces deux hormones sont complémentaires et synergiques ; c'est que, ensemble, elles ont une action harmonieuse, qu'elles se renforcent l'une l'autre, tout en prévenant les effets fâcheux que l'une d'elles seule pourrait avoir.

Les œstrogènes ont en effet deux types d'action qui, bien contrôlées, sont avantageuses et bénéfiques, mais qui peuvent présenter des inconvénients dans certaines circonstances :

1. Ils ont une action excitante sur les vaisseaux, ils activent la circulation sanguine ;

2. Ils activent la croissance cellulaire et amènent une prolifération de cellules nouvelles.

La première action, contrôlée, permet une meilleure vascularisation des tissus. Exagérée, elle donne des œdèmes par fuite du plasma sanguin vers le tissu conjonctif. Au niveau des seins, l'œdème amène une tension mammaire qui devient parfois douloureuse (mastodynie). Il survient aussi aux chevilles, ou à la taille, et dans ce cas on ressent un ballonnement abdominal.

La seconde action, si elle est exagérée, peut produire une croissance de tissu non harmonieuse, dans une seule direction, trop rapide : c'est l'hyperplasie. Au niveau de la muqueuse de l'utérus (ou endomètre), cette croissance trop rapide peut entraîner des hémorragies. Au niveau des glandes mammaires, elle risque d'amener des kystes ou des zones d'hyperplasie qui seront le point d'appel de mastoses (congestions hormonales) et autres complications.

Tous ces inconvénients, dus à la folliculine administrée

seule, ne se produisent pas si l'on prend les deux hormones *ensemble* : la progestérone, en effet, régularise, modère, tempère l'action de la folliculine sans lui enlever ses avantages de base. C'est, d'une certaine façon, une hormone anti-œstrogène, c'est-à-dire que, si nous avons fabriqué nous-mêmes, ou reçu comme médicament, trop de folliculine, la progestérone intervient pour la concurrencer et la neutraliser.

Et, quand il y a contre-indication formelle aux œstrogènes, la progestérone, prise seule, peut encore donner de bons résultats. (On donne aussi de la progestérone seule quand les dosages révèlent que l'organisme fabrique encore assez de folliculine.)

On s'oriente donc vers un traitement qui va durer dix ans, vingt ans, ou plus. Se décider à l'entreprendre mérite réflexion, en particulier si l'on a des préventions contre un traitement hormonal. Il faut que chacune d'entre nous fasse son propre bilan des avantages et des inconvénients, et que les contre-indications du traitement soient soupesées par le médecin.

Les avantages du traitement.

Le bien-être physique et moral retiré du traitement par les hormones œstroprogestatives est important :

— La folliculine se comporte comme un véritable agent antidépressif, elle redonne ou elle conserve un tonus nerveux et musculaire ; l'apathie et la fatigue disparaissent peu à peu, la joie de vivre, le goût pour les choses et les gens qu'on aimait reviennent. (Mais, s'il y a surdosage, la folliculine peut entraîner excitation, agressivité, instabilité...)

— La progestérone, elle, agit comme un tranquillisant, sans en avoir les inconvénients. Elle redonne l'équilibre, fait disparaître l'agressivité, l'irritabilité.

Bien sûr, les circonstances de vie ne changent pas, il n'y a pas de miracle, et celles d'entre nous qui vivent dans des conditions socio-économiques dures et défavorables doivent continuer à se battre, mais au moins ont-elles pour le faire des armes qu'elles avaient perdu depuis quelques années. Beaucoup disent qu'elles retrouvent un équilibre, qu'elles réintègrent leur personnalité comme si elles en avaient été détachées au moment de la ménopause.

En deux à trois mois, la capacité de travail de la cinquantaine est retrouvée. Au bout de six mois à un an, le mieux-être est totalement ressenti. Certes, on ne retrouve pas les aptitudes physiques de la trentaine, on ne redevient pas une femme neuve, mais on peut jouir de la vie avec un corps heureux d'agir.

La marche vers le vieillissement est, bien sûr, différente d'une personne à l'autre, sans doute avons-nous des gènes de longévité qui nous donnent des armes plus ou moins efficaces contre lui, mais, à l'intérieur de ces limites, il nous reste une réelle marge d'action personnelle. Et, dans cette action, le recours aux hormones œstroprogestatives peut tenir sa place :

— elles permettent une vascularisation meilleure des cellules cérébrales, nerveuses, musculaires, dermiques, épidermiques, muqueuses ; par exemple, la peau et les muscles vieillissent moins vite, les muqueuses restent souples et résistantes ;

— elles ont certainement une action anti-sclérose, anti-artériosclérose. Le mécanisme n'est est pas bien élucidé mais les cliniciens la constatent.

Donc :
— *Meilleure vascularisation cellulaire.*
— *Action antifatigue.*
— *Action bénéfique sur le sommeil.*
— *Action sur la souplesse articulaire*, avec très souvent

LE BIEN-ÊTRE DU CORPS

disparition des douleurs articulaires (ceci est dû vraisemblablement à l'amélioration de la circulation dans les articulations et dans les ligaments qui les entourent).

— *Action sur l'os et sur la fixation du calcium*, c'est-à-dire action préventive, variable d'une personne à l'autre, action curative aussi, en particulier de l'ostéoporose, maladie redoutée du vieillissement.

L'ostéoporose est une maladie osseuse métabolique caractérisée par une déperdition progressive de la masse du squelette. Elle évolue silencieusement pendant plusieurs années avant de devenir grave, douloureuse, et de mener parfois à des invalidités. Elle est beaucoup plus fréquente chez les femmes que chez les hommes : on donne, pour la France, le chiffre de 4,7 millions de femmes atteintes d'ostéoporose, contre 1,5 millions d'hommes.

C'est un chercheur, Albright, qui le premier, en 1940, a relié l'ostéoporose à la privation d'œstrogènes. Et c'est un fait que les douleurs osseuses disparaissent en grande partie chez les femmes atteintes d'ostéoporose et traitées par les œstroprogestatifs.

L'on pense aujourd'hui que d'autres hormones sont impliquées dans la fixation du calcium sur l'os (calcitonine, hormone parathyroïdienne), et, avec le perfectionnement envisagé des dosages radio-immunologiques, on pourra sans doute, dans les années à venir, déterminer ce qui leur revient et ce qui revient à la déficience en œstroprogestatifs. Mais, en tout cas, en l'état actuel des connaissances, il est raisonnable de compter sur les œstroprogestatifs pour améliorer l'état osseux et ligamentaire après la ménopause.

— *Action sur le visage* : il prend une allure plus détendue car la peau s'hydrate (les cellules épidermiques ne sont plus desséchées et se renouvellent) et les muscles du visage se raffermissent (il y a une reprise d'activité des fibres élastiques).

Il y a en somme une action à la fois hydratante et tonique.

Ce n'est pas une transformation radicale, ce n'est pas miraculeux, mais ce sont des améliorations qui peuvent nous encourager pour entreprendre tout ce que nous décrivons par ailleurs : hygiène de vie, équilibre de la nourriture, activité physique...

— *Action sur les seins :* Les seins se raffermissent. Il y a, avant le traitement hormonal, prédominance, chez presque toutes les femmes de cinquante ans, du tissu graisseux sur le tissu mammaire. Avec le traitement, le processus est stoppé, voire inversé. Les seins reprennent une consistance, une fermeté et un tonus meilleurs, et ce, d'autant mieux que l'action des hormones sera complétée par les quelques mouvements de gymnastique qui font travailler les pectoraux et soutiennent les seins (cf. p. 125).

Le traitement hormonal est donc efficace et pratiquement sans risque, à condition d'être associé (folliculine et progestérone ensemble) et adapté à chaque personne (les doses peuvent varier de 1 à 4).

Les contre-indications.

Il faudra renoncer au traitement quand le médecin, après étude des antécédents et examen clinique, trouve une hypertension moyenne ou sévère, un très mauvais fonctionnement hépatique, des signes biologiques préoccupants du côté des graisses du sang ou du côté du diabète ou en cas de fibrome, endométriose, ou mastose importante.

Il y aura aussi contre-indication si l'on suspecte une prédisposition familiale au cancer du sein (mère ou tante ayant eu ce type de cancer).

Une trop forte prédisposition à l'embonpoint peut aussi faire hésiter à prescrire un traitement hormonal.

Mais, au-delà de ces contre-indications, ce traitement présente-t-il des risques, et lesquels ?

Les deux questions importantes que l'on peut se poser aujourd'hui à propos du traitement hormonal sont :

— le risque de cancer du sein ou de l'utérus, organes riches en récepteurs de folliculine ;

— le risque d'accidents vasculaires, d'embolie, d'hypertension.

Les craintes qui règnent chez les médecins remontent à de très anciennes expériences faites sur des souris et autres animaux de laboratoire à qui l'on avait fait absorber des quantités importantes d'œstrogènes, sans commune mesure avec celles qui sont prescrites dans les traitements.

Et effectivement, les souris avec lesquelles a, par exemple, travaillé le Pr Mulbock, que nous connaissons personnellement, ont présenté des cancers mammaires après absorption d'œstrogènes, mais il s'agissait en vérité d'une lignée de souris génétiquement prédisposée à ce type de cancer.

Rien à voir dans ces résultats avec les cancers des femmes. Les cancers mammaires existent malheureusement spontanément chez les femmes aussi, et sans aucun traitement hormonal : c'est même le type de cancer le plus fréquent chez elles. Et il n'est donc pas surprenant qu'un cancer puisse survenir chez une femme sous traitement hormonal.

Que peut-on dire aujourd'hui en ce domaine ? Les traitements par œstrogènes seuls, extraits de l'urine de jument (un traitement de cheval), administrés dans les années cinquante, ont augmenté, très faiblement, les taux de cancer de l'endomètre. Il est en revanche soutenu actuellement par beaucoup d'auteurs que le traitement associant progestérone et œstrogènes proches de l'hormone naturelle, non seulement n'augmente pas la fréquence des cancers du sein et de l'endomètre mais même la diminuerait.

En effet, d'une part, ce traitement a une action anti-hyperplasique et, d'autre part, la fréquence de la surveillance médicale qu'il impose permet de diminuer l'importance des cancers par une détection précoce.

Quand et comment traiter ?

L'idéal est de commencer le traitement dès l'apparition de l'insuffisance de progestérone (appelée aussi insuffisance lutéale). Cette insuffisance peut survenir parfois avant quarante ans, mais parfois seulement aux alentours de la cinquantaine, le plus souvent entre quarante-trois et quarante-huit ans.

Pour savoir si la période de mauvaises ovulations a vraiment commencé, si la ménopause est proche, il faut faire le point. L'analyse de la courbe de température, l'examen clinique, le caractère des règles, les dosages hormonaux éventuels permettront de décider du traitement à instituer. On commencera par des doses faibles ou moyennes, à titre d'exploration, quitte à revoir ces doses au bout de deux à quatre mois, selon les réactions observées.

On peut distinguer plusieurs situations qui vont se suivre au fil des années :

Au début de la périménopause, quand le cycle devient irrégulier, l'adjonction de progestérone le régularise. Quand les règles sont absentes une fois sur deux ou trois, l'adjonction de progestérone les fait revenir.

Dans les mois qui suivent l'arrêt naturel des règles, ou ménopause, celles-ci ne reviennent pas, en général, avec de très petites doses de l'assocation folliculine + progestérone. Mais, si on augmente les doses, les règles reviennent... Et cela est très diversement apprécié :

— il y a celles qui, une fois débarrassées de leurs règles, ne veulent surtout pas les voir réapparaître : les règles ont été douloureuses, gênantes pour l'activité professionnelle ou familiale, elles ont, en tout cas, été vécues comme une contrainte. Il va falloir en tenir compte, et dans toute la mesure du possible, trouver la dose qui permet d'avoir une action bénéfique sur le corps sans provoquer de saignements en fin de mois ;

— il y a celles, au contraire, qui veulent des règles, ou du moins veulent les prolonger pendant les quatre, cinq ou six années qui suivent la ménopause. C'est que, pour elles, les règles sont symboles de santé, de bien-être, de jeunesse. Il faut alors essayer de leur faire comprendre que les doses doivent être ajustées en fonction des besoins de l'organisme, de ses réactions, de sa tolérance. Si les règles viennent par surcroît, alors tant mieux, mais cela ne peut pas et ne doit pas être le but recherché.

En pratique, lors d'une première consultation, on fixe une dose moyenne d'œstrogènes et de progestérone qui tient compte de l'âge, de l'intensité des symptômes, bouffées de chaleur et autres, de l'allure des règles durant les trois années précédentes, de l'état hépatique et biliaire, de l'allure de la courbe thermique si on en possède une, et enfin des dosages hormonaux plasmatiques quand il est possible de les avoir.

Certes, ces dosages sont coûteux, et ils ne reflètent que la vérité du jour où ils sont pratiqués, mais cette vérité est un élément non négligeable du choix de la dose initiale.

Celle-ci une fois fixée, on va attendre environ trois mois pour se faire une idée de son bien-fondé. Si les bouffées de chaleur ont disparu, si le sommeil s'est amélioré en même temps qu'est apparu un bien-être réel, et si le saignement qui se produit en fin de mois de traitement convient, c'est-à-dire s'il est régulier et de durée raisonnable, deux à trois jours, alors la dose de départ était la bonne.

Si, au contraire, les symptômes persistent, il peut y avoir intérêt à augmenter un peu les doses tout en cherchant soigneusement si certains symptômes, l'insomnie par exemple, ne sont pas dus à une situation conjugale, sociale ou psychologique nocive.

Si les bouffées de chaleur ont disparu, mais si les seins sont douloureux et gonflés, si les règles en fin de traitement mensuel sont trop abondantes, alors il y a trop d'œstrogènes ou pas assez de progestérone, ou les deux à la fois, dans le traitement initial.

Celui-ci sera donc ajusté au bout de trois à quatre mois et sera ensuite suivi de six en six mois, à la fois pour s'assurer que les doses prescrites conviennent bien et pour faire le point sur l'état général, suivre l'état cardiovasculaire et tensionnel. Des frottis cervicaux et endométriaux et un bilan biologique seront faits tous les ans ou tous les dix-huit mois.

Les problèmes de surdosage et de sous-dosage des œstrogènes et de la progestérone peuvent se résumer ainsi :

1. Quand il y a trop d'œstrogènes :
— les seins sont tendus, voire douloureux, avec le mamelon souvent sensible,
— une certaine agressivité apparaît,
— les règles de fin de mois de traitement sont trop abondantes ou trop longues.

2. Quand il n'y a pas assez d'œstrogènes :
— les bouffées de chaleur persistent,
— la fatigue persiste,
— les insomnies persistent.

Pour les progestatifs, l'on est beaucoup moins affirmatif. Il semble cependant que :

1. Quand il n'y a pas assez de progestatifs, il y a déséquilibre entre œstrogènes et progestérone, et on peut créer justement ce que l'on redoute, à savoir des hyperplasies mammaires ou de l'endomètre, et l'on peut aussi voir survenir des saignements en cours de mois.

2. Quand il y a trop de progestatifs, il peut également y

avoir des saignements en cours de mois, et on peut constater parfois une prise de poids intempestive.

Quand faut-il arrêter le traitement ?

Tout dépend de l'objectif que l'on se fixe :
— *Première attitude :* on cherche seulement à faire disparaître les bouffées de chaleur, la fatigue, l'insomnie de la péri- et de la postménopause. Un traitement d'une durée de six mois à un an peut alors suffire.
— *Deuxième attitude :* après avoir bénéficié de l'action immédiate du traitement, on souhaite une action à long terme sur l'ensemble des tissus et organes qui souffrent de la privation d'œstrogènes. La durée du traitement peut alors être de dix à quinze voire vingt ans : le traitement hormonal peut, en effet, être poursuivi longtemps, sans limite théorique apparente pour le moment si nulle contre-indication ne survient. Les années qui viennent permettront d'en mieux connaître les conséquences à long terme.

Les différents schémas de traitement.

Chaque médecin a ses habitudes de prescription, soit sur 28 jours, soit sur 30 jours. On tente en effet de reproduire ce qu'était le cycle de la femme quand elle était réglée.

Qu'on prenne 28 ou 30 jours, peu importe : ce qui compte c'est de laisser un intervalle libre en fin de mois afin qu'apparaissent les règles artificielles à la fin du traitement mensuel, c'est-à-dire au bout de 20, 22 ou 24 jours.

Pour les œstrogènes, le traitement mensuel sera de 20, 22 ou 24 jours. Il commencera le 1er du mois et se terminera donc le 20, le 22 ou le 24.

Pour la progestérone, le traitement mensuel sera de 10 ou 12 jours. Il s'étendra du 10 au 20 du mois, ou du 10 au 22, ou du 12 au 22, ou du 12 au 24, ou enfin du 14 au 24.

Les deux traitements se termineront le même jour, laissant ainsi un arrêt total de 6, 8 ou 10 jours pendant lesquels apparaîtront éventuellement les règles artificielles.

On voit que le traitement hormonal ne va pas sans quelques inconvénients pratiques pour celles qui l'adoptent : il les oblige à s'organiser, à tenir un calendrier, à le suivre attentivement pour ne pas oublier les prises alternées d'hormones... Le temps passe vite, et les femmes ayant beaucoup d'autres choses en tête, il ne leur est pas toujours facile d'intégrer sans ratés cette petite contrainte quotidienne.

Les gels d'œstradiol, qui présentent médicalement un avantage certain (ils court-circuitent le foie et par suite le fatiguent beaucoup moins), s'appliquent directement sur la peau du ventre et obligent à rester « à poil » quelques minutes, en toutes saisons, plusieurs fois par semaine...

Le traitement demande des contrôles médicaux relativement fréquents, et il est bien difficile d'établir une bonne cadence entre la négligence et l'obsession...

Et, enfin, certaines hésitations du corps médical, pas encore totalement acquis à ces nouvelles méthodes, peuvent nous troubler. Mais on n'a rien sans rien. A nous de nous informer et surtout de mesurer avantages et embarras et de savoir quel prix on accepte de payer les bienfaits de ce traitement.

Si vous décidez de suivre un traitement hormonal, les pages suivantes, qui donnent la liste des principaux médicaments utilisés à ce jour, vous permettront de vous y retrouver dans les prescriptions de votre médecin...

LE BIEN-ÊTRE DU CORPS

1. LES ŒSTROGÈNES UTILISÉS DANS LE TRAITEMENT DE LA MÉNOPAUSE.

Rappelons que l'ovaire sécrète directement l'œstradiol et l'œstrone et qu'il existe en outre dans le sang un troisième œstrogène, l'œstriol, qui n'est pas directement sécrété par l'ovaire. Pour pallier les insuffisances d'œstrogènes, l'on pourra choisir entre les produits suivants :

Œstradiol (c'est en réalité celui dont nous parlons tout le long du livre sous le nom d'« œstrogènes ») :
— 17 ß Œstradiol en gel : ŒSTROGEL
— 17 ß Œstradiol micronisé, en comprimés ; depuis peu disponible en France, sous le nom de PROGYNOVA.
— Ethinyl-Œstradiol : ETHINYL-ŒSTRADIOL. Comprimés à 10 ou 50 gammas.
— Métoxyéthinyl-œstradiol (ou Moxestrol) : SURESTRYL. Comprimés.
— Œstradiol micronisé 2 mg associé à œstriol micronisé 1 mg : ESTROFEM.
— *Composés injectables* par voie intramusculaire : valérianate d'œstradiol ou undécylate d'œstradiol (œstradiol retard). Les œstradiols retard sont difficiles à utiliser car leur action est incontrôlable une fois qu'ils sont introduits dans l'organisme.

A noter que seul 17 ß Œstradiol reproduit la formule de l'Œstradiol naturel sécrété par l'ovaire. Mais ces produits, même s'ils sont dits « naturels », sont fabriqués en laboratoire.

Œstrone :
— Diacétate d'œstrone : COLPORMON. Comprimés. Faible pouvoir œstrogénique. Action sur la vulve, le vagin, la glaire cervicale.

— Sulfate d'œstrone ; il est présent dans le PREMARIN qui est maintenant proposé en deux dosages : dragées à 1,25 mg et dragées plus faibles à 0,625 mg.

Œstriol :
— Succinate d'œstriol : SYNAPAUSE. Faible à 2 mg, fort à 4 mg, n'aurait pas d'action sur l'endomètre, mais une action élective sur le vagin et la vulve. Très peu ou pas d'action sur les bouffées de chaleur.
— Œstriol : OVESTIN. Comprimés.

— À noter encore les ovules contenant des œstrogènes : ils ont une action locale sur le vagin et sont à utiliser surtout quand la voie générale n'est pas possible : COLPOTROPHINE, COLPOSEPTINE, TROPHIGYL. Une forme est particulièrement utilisable : la crème COLPOTROPHINE.

On n'utilise pratiquement plus les œstrogènes synthétiques nommés STILBENES qui sont différents dans leur structure de l'œstradiol et de l'œstrone fabriqués par l'ovaire. (Ce sont ces œstrogènes qui ont été incriminés dans l'affaire des « veaux aux hormones ».)

2. LES PROGESTATIFS UTILISÉS DANS LE TRAITEMENT DE LA MÉNOPAUSE.

Progestérone naturelle (identique à celle qui est sécrétée par le corps jaune) :
— injectable, retard : utilisée surtout dans la grossesse ;
— micronisée, comprimés à avaler : UTROGESTAN ;
— gel ou solution externe : PROGESTOGEL et PROGESTOSOL.

Progestatifs artificiels (fabriqués en laboratoire, ils sont capables de reproduire tous ou quelques-uns des effets de la progestérone naturelle). Il y en a deux groupes principaux : les progestatifs dérivés de la progestérone et les progestatifs dérivés de la testostérone :

— *premier groupe :*
- démégestone ou LUTIONEX,
- acétate de chlormadinone ou LUTERAN,
- acétone de mégestrol ou COLPRONE,
- acétate de médroxyprogestérone ou FARLUTAL,
- dydrogestérone ou DUPHASTON.
- promegestone ou SURGESTONE (2 dosages : comprimés à 0,125 mg et comprimés à 0,250 mg.
- nomegestolacetate ou LUTENYL. 1 seul dosage à 5 mg.

— *deuxième groupe :*
- noréthistérone ou NORLUTEN,
- acétate de noréthistérone ou PRIMOLUT-NOR,
- lynestrénol ou ORGAMETRIL,
- diacétate d'éthynodiol ou LUTO-METRODIOL,
- NORGESTREL.

Le médecin choisira un produit du premier ou du deuxième groupe en fonction des résultats de l'examen clinique et biologique.

Les traitements non hormonaux de la ménopause.

Nous avons déjà évoqué les inconvénients du traitement hormonal de la ménopause : mauvaise information de certains médecins, nécessité de recourir à une série d'examens de laboratoire, rigueur dans l'application du traitement si l'on veut qu'il soit bénéfique. Nous avons aussi rappelé les contre-indications de ce traitement : existence dans les antécédents d'un cancer du sein ou de l'endomètre, maladie thrombo-embolique, phlébite, diabète moyen ou sévère, fibrome... Autres contre-indications encore, mais celles-là discutées par une partie du corps médical, l'hypertension moyenne, les hyperlipidémies (augmentation du cholestérol et des triglycérides, formes de graisses provenant du stockage des sucres).

Il faudra dans chaque cas apprécier la situation, peser les avantages et les inconvénients du traitement hormonal, et il est bien certain que l'existence de traitements non hormonaux sera un des éléments importants de cette décision. D'autant plus que l'on peut utiliser successivement, ou en les associant, traitement hormonal et traitement non hormonal.

Prenons le cas fréquent d'une femme qui arrive à la ménopause avec un fibrome gros ou moyen en activité. Si on lui prescrit des œstrogènes, on court le risque de voir ce fibrome augmenter de volume. On aura alors recours, pendant deux, trois ans, voire un peu plus, à des médications non hormonales. Vers cinquante-cinq ou cinquante-six ans, quand le fibrome aura diminué, on pourra, à petites doses et sous surveillance lui prescrire des œstrogènes qui auront l'intérêt de prévenir l'ostéoporose et l'atrophie vulvaire et vaginale, ce que ne font pas les traitements non hormonaux.

Rappelons encore que les progestatifs, qui constituent aussi un traitement hormonal, sauf rares contre-indications, ont un intérêt tout particulier dans le cas d'un fibrome.

Quels sont les traitements non hormonaux de la ménopause ?
— Il y a tout d'abord de *nombreuses plantes sédatives*, apaisantes du système nerveux sympathique. Les principales sont la *passiflore* et l'*aubépine*. Jamais d'intolérance, jamais de contre-indication. Par contre, pas toujours efficaces...
— Il y a *les calmants du cortex cérébral*, tels le *gardénal* à petites doses et en association avec des plantes.
— *Les tranquillisants et les antidépresseurs* ont une action efficace sur l'anxiété et même sur les bouffées de chaleur.

Mais ils ont des inconvénients secondaires. (Il est parfois nécessaire de les associer passagèrement, pour un cours laps de temps, au traitement œstroprogestatif, qui ne peut pas toujours tout et tout de suite.)

— *Les vitamines*, dont certaines ont une action sédative, telles les vitamines A, B6, E, D, et d'autres, une action stimulante, telles les vitamines C et B1. Elles sont à utiliser systématiquement, car, à doses précises, elles n'ont que des avantages.

— *Les oligo-éléments*, thérapeutique douce, agissant sur les fonctions et les diathèses, où, à la ménopause, l'oligosol magnésium tient une place de choix. Thérapeutique encore discutée mais qui, peu à peu, fait sa place dans l'opinion publique et médicale. Il y a toute une série d'oligosols différents selon le tempérament de la personne à traiter, il faut beaucoup de patience pour obtenir des résultats, mais ces résultats seront acquis, et il n'y aura jamais d'intolérance.

— *Les médications qui agissent sur le diencéphale* (hypothalamus et régions avoisinantes) telles le *Centralgol 300*, toujours bien toléré, mais pas toujours actif, ou encore le *Dogmatil*, très utilisé depuis quelques années, mais qui peut occasionner une prise de poids vraiment mal venue, ou encore une tension mammaire, voire une galactorrhée (écoulement d'un peu de liquide par le mamelon).

Dans la même série que le Dogmatil, l'*Agréal*, nommé encore *Véralipride*, disponible depuis quelques années, est à la fois plus efficace et mieux toléré et, en particulier, n'occasionne pas de prise de poids. Parfois, il donne des réactions mammaires. Il peut accompagner un traitement hormonal au début pour calmer rapidement les bouffées de chaleur. L'*Agréal* est un neuroleptique. Ce n'est pas un traitement substitutif œstrogénique. Il ne corrige pas l'hypœstrogénie ménopausique et ne peut en aucun cas constituer un traitement des effets de cette carence, en particulier sur les muqueuses génitales et sur l'os. Le traitement doit être de courte durée et limité à quelques cures de vingt jours.

— *Les toniques veineux* qui agissent sur la circulation veineuse, sur les capillaires, les très fines artérioles, et apportent une régulation du flux sanguin par sédation des nerfs entourant les artérioles. On peut citer la *Dihydroergotamine* et ses nombreux dérivés, l'*intrait de marron d'Inde*, souvent prescrit autrefois et délaissé à tort, des plantes contenant du ruscus, des rutines, du mélilot, des citroflavonoïdes, tous produits régulateurs du flux veineux et apaisant la circulation.

— Enfin, *toutes les pratiques calmant le cortex cérébral*, et par voie descendante l'hypothalamus, telles le *sport*, la *marche*, la *danse*, l'*expression corporelle*, le *yoga*, la *relaxation* sous toutes ses formes. Leur action est complexe et passe à la fois par différents mécanismes périphériques au niveau des muscles et de la circulation, mais aussi par des mécanismes centraux, cérébraux et diencéphaliques (hypothalamus et régions avoisinantes). Elles peuvent aboutir à donner le même équilibre que le traitement hormonal, mise à part toutefois l'action sur l'ostéoporose qui atteint si fréquemment les femmes à la cinquantaine.

Et, en outre, toutes ces pratiques, quand elles donnent l'équilibre et le bien-être recherchés, mettent les femmes à l'abri de la médicalisation inévitable entraînée par la prise d'un traitement œstroprogestatif.

Que nous suivions ou non un traitement hormonal, notre médecin nous prescrira certainement des contrôles. Ne négligeons pas de nous y soumettre : il est de toute façon prudent, entre quarante-cinq et soixante ans, de faire pratiquer une fois par an des frottis vaginaux et endocervicaux, et éventuellement endométriaux, pour vérifier s'il n'y a pas présence de tissus cancéreux ou pré-cancéreux ; toute détection précoce donnant en effet de grandes chances de guérison.

LE BIEN-ÊTRE DU CORPS

Il est de même utile, toujours dans un souci de prévention, de faire périodiquement des radiographies thermographies, et échographique des seins (c'est indolore et sans risque). Ces examens, plus précis que le palper, peuvent détecter des anomalies infimes et à un stade très précoce, donc permettre des traitements plus efficaces [1].

Et rappelons à celles qui craindraient le coût de tous ces examens que des consultations « ménopause » commencent à s'ouvrir dans les hôpitaux.

Signalons par exemple pour Paris et la région parisienne :

- Hôpital Boucicaut, service du Pr Taurelle, 78, rue de la Convention, 75015 Paris. Tél. : 45-54-92-92.
- Hôtel-Dieu, centre de diagnostic, 1, place du Parvis Notre-Dame, 75004 Paris. Tél. : 43-29-12-79.
- Hôpital Necker, service du Pr Mauvais-Jarvis, 149, rue de Sèvres, 75015 Paris. Tél. : 45-55-92-80.
- Hôpital Saint-Antoine, 184, rue du Faubourg-Saint-Antoine, 75012 Paris. Tél. : 43-44-33-33.
- Centre hospitalier Delafontaine, service du Dr Guillaumin, 93205 Saint-Denis. Tél. : 48-21-61-40.
- Hôpital Antoine-Béclère, service du Pr Papiernik, 157, rue de la Porte-de-Trivaux, 92141 Clamart. Tél. : 46-30-21-22.
- Centre hospitalier intercommunal, service du Pr Gautray, 36-40, avenue de Verdun, 94010 Créteil. Tél. : 48-98-91-80.
- Hôpital Beaujon, 100, boulevard du Général-Leclerc, 92100 Clichy. Tél. : 47-39-33-40.

---

1. Les radiographies mammaires ou mammographies peuvent actuellement être pratiquées tous les 2 ans, sans risque excessif d'irradiation. Les thermographies qui mesurent l'élévation de la température locale (des seins) peuvent être répétées sans risque mais sont beaucoup moins précises. Quant aux échographies faites avec des ultra-sons, elles connaissent des progrès qui les rendent très intéressantes et, comme les thermographies, peuvent être pratiquées sans aucun risque.

Une fois toutes ces précautions prises, ayant fait ce qu'il fallait faire, soyons tranquilles, ne soyons pas obsédées par la peur de la maladie...

Qu'on ne puisse pas dire de nous : « Elle faisait partie de ces femmes qui évoquent leurs intérieurs dans les salons, et notamment leurs organes spécifiques, aussi volontiers qu'on décrit Corfou ou Djerba. N'ayant pas voyagé, lisant peu, ne s'intéressant ni à la politique, ni au sport, ni à la science, il lui restait pour unique épopée les événements de sa vie ménagère et utérine [1]... » Non, cette femme-là, ce n'est pas nous...

La chirurgie esthétique.

Comment l'envie vient-elle aux femmes de nos âges de se faire modifier, réparer, refaire corps ou visage après l'avoir habité en l'état bon nombre de décennies ? Nombreux sont les motifs qui peuvent mener à ce désir ou à une hésitation, si ce n'est toujours à la décision de se faire opérer.

Souvent, avant l'âge fatidique, il peut y avoir eu la tentation offerte par média, coiffeurs et salons de beauté interposés de s'identifier coûte que coûte (fort cher) au corps dernier modèle en vogue et en fraîcheur avant qu'il ne soit trop tard... (Rendons justice ici à la presse « féminine » actuelle non exclusivement spécialisée : si elle parle de chirurgie esthétique, c'est le plus souvent sans prosélytisme et avec la plus grande prudence.)

A travers les âges, sous d'autres formes, les femmes ont subi ce type de pression et elles se sont « successivement peintes, liées, tordues, épilées, affamées, empiffrées, rendues infirmes, tatouées et mutilées en l'honneur d'un critère de beauté prétendument immuable [2] ».

---

1. Benoîte Groult, *La Part des choses*, Grasset, Paris, 1977.
2. Stannard Una, « The mask of beauty », *Mr Man*, Germain books Éd., San Francisco, 1977.

LE BIEN-ÊTRE DU CORPS

Aujourd'hui, la proposition de « réparer des ans l'irréparable outrage » est d'autant plus fascinante que la technique semble en avoir acquis une perfection jusqu'ici inégalée. « L'artifice » est désormais aux mains de la science. Quelle référence rassurante pour certaines !

Nous pouvons rester insensibles personnellement ou à peine ébranlées par ces appels de sirènes... Nous pouvons persifler ou nous révolter contre cette nouvelle emprise du marché sur notre corps, force nous est de regarder sérieusement ce qu'il en est aujourd'hui de la chirurgie esthétique, qu'il s'agisse de faire un choix sans préjugés ou de comprendre celles qui se décident. Qui de nous n'a joué à se remonter avec les mains la peau du visage vers le haut, pour voir... s'effacer les sillons de lassitude et les yeux revenir vers le sourire ! N'est-il pas tentant de rêver que cela demeure ainsi magiquement ?

Il faut être jeune et nantie de la beauté du diable pour se moquer des vieilles dames qui se font tirer et retendre la peau. Beaucoup de jeunes, certes, professent qu'on a le droit d'être sans honte ce que l'on est, que l'on soit petit ou grand, homme ou femme, juif ou arabe, noir ou blanc, laid ou beau. Ce principe de dignité, pour noble qu'il soit, est souvent plus illusoire que réel pour les intéressés : rares sont ceux qui sont assez sûrs d'eux pour résister sereinement à un milieu hostile et se moquer de l'opinion ambiante. Ne serait-ce pas là le cas des femmes vieillissantes ?

Au-delà de ces constats un peu tristes, il peut y avoir de nombreux motifs sérieux de vouloir se rajeunir ou s'améliorer :

Nous pouvons avoir un travail qui exige de nous un aspect jeune et élégant : notre sécurité professionnelle va dépendre de notre physique, et nous n'avons pas toujours le choix de changer de métier...

Nous pouvons avoir des disgrâces anciennes jusqu'ici légères et tolérables que l'âge aggrave et rend difficiles à supporter...

Nous pouvons avoir une relation privilégiée avec un partenaire beaucoup plus jeune que nous et souhaiter que le couple ne souffre pas d'une différence trop apparente...

Nous pouvons avoir envie de rompre avec un certain nombre d'éléments de notre passé, dont nos traits, pour aller vers une nouvelle orientation de vie...

Nous pouvons nous dire que nous ne voulons pas que s'accroisse la distance entre ce que nous sommes au fond de nous-mêmes et ce que nous paraissons, alors que nous n'avons plus, à âge égal, l'âge de nos grands-mères. A l'intendance de suivre, c'est-à-dire à la médecine, à la chirurgie, à tous les moyens mis à notre disposition. Nous, femmes, avons un rapport habituel, et sans complaisance souvent, avec notre miroir ; il nous parle et nous fait de plus en plus fréquemment des réflexions désobligeantes : nous ne vivons pas comme les hommes le fléchissement de nos traits. Nous vérifions souvent cette différence d'attitude vis-à-vis de soi au cours de stages de formation, lorsqu'en travaillant sur « la relation au corps » nous demandons à des stagiaires de cinquante, soixante ans de se regarder dans un miroir fictif (en l'espèce une feuille de papier vierge) puis de décrire au groupe ce qu'ils y voient. Et, notamment, de désigner les détails de leur visage qu'ils apprécient et qui peuvent être des points de sécurité dans leurs rapports aux autres.

La plupart du temps, les hommes ne savent pas se décrire. Ils disent ne pas se regarder mais néanmoins s'accommoder assez bien de ce qu'ils pensent être ou être devenus ! (Il semblerait cependant que 30 % de la clientèle des chirurgiens esthéticiens soit masculine. Sans doute figurent parmi elle les hommes qui se voient sur les écrans de télé ou de cinéma et se déçoivent eux-mêmes !)

Les femmes, en revanche, se connaissent généralement bien, ne se pardonnent rien et même se dénigrent volontiers, et avec sincérité. Il faut les aider à reconnaître ce qu'elles ont

LE BIEN-ÊTRE DU CORPS

de bien, ou de sympathique pour les autres, dans leur visage, leur expression, leur aspect...

En tant qu'êtres humains, nous avons besoin d'avoir estime et satisfaction de nous-mêmes. Nous avons besoin que notre corps et notre visage ne nous semblent pas déplaisants, objets de honte ou de complexe d'infériorité. Mais combien de fois aussi sommes-nous injustes avec nous-mêmes, exagérément sévères et découragées. Une intervention chirurgicale peut-elle nous rassurer dans une telle insécurité ?

Nous sommes victimes de la nécessité d'être « à notre avantage » aussi bien en face de ceux que nous aimons que de l'inconnu qui nous croise. Il nous faut être « bien » (belle ?) ou à peu près... comme il nous faut être propre et décente. C'est une affaire de décor social ! Cette vérité peut nous flatter ou nous hérisser, elle est. Pour toutes ces raisons légitimes ou contestables, les réalisations de la chirurgie esthétique nous attirent, nous piègent ou au contraire offrent à certaines d'entre nous un moyen de départ pour un nouvel élan dynamique.

Quels que soient nos motifs pour nous y intéresser, l'essentiel est de ne pas nous engager dans cette aventure sans y avoir mûrement réfléchi. Seule, ou avec notre entourage, s'il est bienveillant, et avec des spécialistes sérieux et recommandés par des personnes compétentes (notre médecin, une amie déjà opérée, etc.). Notre position est hésitante face à ces interventions lorsqu'elles ne s'imposent pas de façon impérative. Nous n'y sommes pas non plus hostiles totalement, ne serait-ce que parce que, femmes, nous savons d'expérience qu'il peut être tentant de revenir à son corps, à son visage de jeunesse lorsqu'il fut plus harmonieux qu'il n'est devenu... Mais nous sommes réservées, car intervenir sur son corps, que ce soit par nécessité de santé ou pour toute autre raison, n'est pas un acte sans conséquences.

Toutes ces réserves nous incitent à réfléchir au pour et au

contre et à toutes les implications qu'entraîne ce type de décision. Nous pouvons nous interroger sur ce refus (éventuel) de « l'image que le temps et le caractère creusent sur notre visage ». Quelles peuvent être l'origine et l'étendue d'un certain dégoût ou rejet de nous-mêmes ? Ce désintérêt pour notre physique est-il partagé par nos proches ? Est-il garanti que nous serons plus à l'aise dans une peau rénovée si vraiment nous ne nous aimons plus ?

La relation à soi peut être fragile et susceptible, et ne plus se reconnaître, même en mieux, peut amener un désarroi imprévu. Les retouches (paupières, poches sous les yeux) sont moins risquées que les liftings, ces remodelages complets de la peau du visage, qui peuvent totalement changer, figer l'expression s'ils sont mal réussis.

N'ignorons pas non plus que la peau, même bien opérée, finit par se relâcher, et que le résultat peut ne pas durer plus de cinq ans. Renouveler plusieurs fois cette intervention n'est guère satisfaisant, car elle tend excessivement les traits, jusqu'au jour où il devient impossible de rattraper la chute ! Avons-nous envie de prendre le risque d'offrir à notre entourage « une figure qui n'existe pas » ? Un masque figé dont il devient impossible de varier les nuances d'expression, c'est le risque de certaines opérations manquées ou répétitives. Quel intérêt de se croire aguichante mais de n'être plus ni naturelle ni soi-même ?

Méfions-nous de certaines motivations-pièges, ainsi celle qui nous ferait penser retenir par ce moyen un mari, un amant devenus indifférents. C'est un leurre de croire que celui-ci, s'il a déjà pris le large, reviendra au bercail par ce moyen.

Pour celles qui sont prêtes à se décider, avec des raisons bien arrêtées, et qui sentent qu'elles ont vraiment besoin pour leur bien-être profond d'améliorer leur apparence, il y aura encore quelques obstacles à franchir.

Il y a les problèmes d'argent : la chirurgie esthétique reste l'apanage d'une classe sociale culturellement et matériellement aisée. Avant de l'envisager, il faut savoir que ces opérations sont chères, ont lieu en secteur privé et ne sont pas prises en charge par la Sécurité sociale. (Notons toutefois une exception, celle de l'hôpital de Montreuil, où le Dr Faivre, président de l'Association française de chirurgie esthétique, propose des interventions à coût minimum, la Sécurité sociale prenant en charge les cas à incidence thérapeutique.)

Il y a les problèmes de choix des praticiens. Là, plus qu'en d'autres domaines, tous les médecins ne sont pas honnêtes et compétents. C'est le marché de l'offre et de la demande (à tout prix chez certaines femmes riches), celui du snobisme organisé par des instituts de beauté qui sont « en cheville » avec des chirurgiens peu scrupuleux, qui ne sont pas forcément les plus habiles. Il faut donc choisir son praticien, oser discuter les prix, obtenir la garantie de conditions opératoires rigoureuses. Certains, profitant de notre insécurité, ne facilitent pas le dialogue. Mieux vaut les fuir !

Il est important aussi de se méfier des publicités tapageuses, des cliniques-usines, des promesses mirobolantes : il n'est pas dans les habitudes du milieu médical sérieux de procéder ainsi. Méfiez-vous des photos « avant-après » : beaucoup sont truquées. Seul un chirurgien, qui veut bien analyser honnêtement vos souhaits avec vous et vous dire ce qu'il peut en réaliser d'après ce que vous êtes, mérite votre confiance.

Médicalement, une intervention esthétique avec anesthésie générale comporte les mêmes risques, et demande les mêmes précautions que toute autre intervention chirurgicale. Il vous faudra donc vous soumettre à un examen préalable complet.

Et dites-vous enfin que, médicalement, l'absence de rides, même si elle améliore votre moral, ne résout ni la fatigue, ni l'asthénie, ni les autres problèmes de la ménopause... ni les problèmes de l'existence.

Après toutes ces réserves, que vous trouverez peut-être un peu trop lourdes à votre gré, nous pouvons dire qu'il existe en ce domaine des chirurgiens très compétents et que les interventions esthétiques ont beaucoup progressé depuis les années soixante-dix. Elles ne sont pratiquement plus douloureuses, les traces en sont moins visibles, les résultats plus naturels et plus durables, et entraînant moins qu'avant risques et déconvenues.

Certains chirurgiens incitent leurs clientes, qui viennent pour des opérations amincissantes, à faire de leur côté des efforts de reprise en main préalables, et ne consentent à opérer qu'après avoir constaté un début d'amaigrissement. Le lifting, par exemple, ne doit apparaître que comme un aspect de tout un comportement, d'une combativité et d'un ensemble de décisions personnelles qui accompagnent l'acte chirurgical.

On est loin alors du laisser-aller qui attend l'acte magique ou du geste de pure panique devant le désastre supposé... Et, en tout état de cause, rappelons-le, il s'agit d'une véritable intervention chirurgicale. Voici (tableau ci-contre) quelques chiffres caractéristiques [1] (les vérifier à ce jour).

Il est possible que toutes les hésitations et toutes les restrictions que les lignes précédentes laissent paraître sembleront dépassées dans quelques années et qu'il devienne parfaitement accessible, banal, pour un grand nombre de femmes, de prolonger leur aspect de jeunesse sans risques, sans déboires, sans frais excessifs et avec l'approbation collective pour cette lutte contre les atteintes du temps.

Hors du lifting, point de salut ? Certes, la plupart d'entre nous répondra « mais si », même avec une petite pointe de regret ! Il y a mille autres manières de ne pas se laisser aller, ou même d'user d'artifices plus à la portée de toutes pour rester agréable et sympathique à regarder.

Bonne santé et gaieté peuvent avoir un prix bien plus grand qu'une tête « qui fait dix ans de moins » posée sur une femme

---

1. D'après Paule Paillet et André Gaté, *Changer de corps,* Inter Éditions, Paris, 1980, p. 158.

Type d'inter-vention	Durée de l'hos-pitalisation	Durée de l'arrêt de travail. Cicatrices...	Coût moyen : honoraires + frais annexes
Nez	3 à 4 jours	10 à 15 jours. Cicatrices invisibles	5 à 15 000
Oreilles	1 à 2 jours	3 à 4 jours. Cicatrice cachée	3 à 8 000
Lifting	3 à 4 jours	8 jours. Cicatrice cachée	8 à 15 000
Paupières	1 à 2 jours	8 jours. Cicatrice cachée	4 à 8 000
Seins tombants	5 à 6 jours	15 jours. Cicatrice visible 1 an	8 à 15 000
Seins trop petits	3 à 4 jours	15 jours. Cicatrice visible ou cachée	8 à 15 000
Ventre obèse	8 jours	20 à 30 jours. Cicatrice visible 1 an	9 à 16 000
Ventre fripé	5 jours	20 jours. Cicatrice visible 1 an	9 à 16 000
Cuisses et fesses	8 à 10 jours	25 à 30 jours. Cicatrice visible 1 an	10 à 20 000

insupportable à vivre ! Il existe aussi d'excellentes esthéticiennes dont le but n'est pas exclusivement de vendre des produits de beauté. Elles peuvent aider, de loin en loin, à apprendre à se bien maquiller, à trouver une coiffure harmonisée avec son visage, à traiter sa peau sans la tartiner de faux hâle, etc.

Il y a aussi ce minimum vital de consentement à soi-même qui peut donner une sérénité à notre visage, même si quelques concessions à l'imperfection sont nécessaires... Pourquoi ne pas se dire par exemple vis-à-vis d'un ventre quelque peu défraîchi : « Cher bedon, je te sais gré de m'avoir donné mes quatre enfants, même s'ils t'ont laissé quelques plis... » Nous avons des hommages à rendre à nos corps qui ont marché dur parfois, qui ont travaillé, enfanté, joui, vieux amis de route qui méritent soins et indulgence à la fois.

IX. Le bien-être social

Le travail.

N'ayant plus d'enfants pour raison d'être ni pour raison de nous fatiguer, allons-nous rester affamées devant les reliefs de notre destin de femme ? Certes pas, si possible...

Un des souhaits les plus vifs des femmes de cinquante ans est d'éviter une solitude et une inaction prolongées auxquelles elles n'ont pas été habituées lorsque la charge familiale battait son plein.

Cela suppose de maintenir ou d'organiser sa place dans l'ensemble social au-delà du couple et des proches. Sans négliger l'attrait du groupe familial et l'importance de ses liens, il ne peut plus suffire à une femme de notre âge (comme d'ailleurs aux plus jeunes aujourd'hui) pour lui donner de façon durable et évidente le sentiment d'être utile, estimée et capable de progresser.

Il est donc important de conserver ou de retrouver d'autres groupes de relation, de vivre, de travailler, de se distraire, de se former, de lutter avec d'autres partenaires de vie sociale et de découvrir avec eux et par eux une autre manière de devenir soi-même.

Pour un bon nombre de femmes, la vie professionnelle active remplira pour quelques années encore cette fonction, en partie du moins. Que celles qui ont pu garder une place dans le monde du travail, même modeste, même si elle est à base de travaux répétitifs et fatigants, mesurent ce que cette activité représente pour elles de stimulation intellectuelle et physique et de contacts humains. Outre l'intérêt certain du salaire pour une femme, par nécessité matérielle et morale, c'est une ouverture précieuse hors du champ souvent clos de la famille et un moyen d'y apporter un air neuf, ou tout au moins différent. Que celles qui ont cette chance ne se laissent pas séduire par des propositions de retour à la maison qu'elles n'auraient pas sérieusement souhaité et préparé : une fois lâché son travail, il est de plus en plus difficile d'en retrouver un, et il est important de mesurer les risques d'un changement hâtif...

Ne doutons pas non plus de nos moyens, si nul accroc particulier n'est intervenu pour les menacer. Si notre qualification est bonne et notre pratique longue et reconnue jusqu'ici, il n'y a pas de raison de craindre une baisse d'efficacité ou de compétence que seul expliquerait notre âge. Sachons que, d'après une enquête réalisée aux USA par les Panthères Grises, la période de valeur et de rendement maximale d'une femme, son apogée, se situe entre quarante-cinq et cinquante-cinq ans, et qu'ensuite la redescente des facultés n'a rien de brutal.

Si nous avons parfois le sentiment d'une certaine perte de nos facultés mentales, difficultés de mémoire par exemple, ou fatigabilité, nous avons en revanche des facultés de remplacement qui jouent un rôle prépondérant. Ainsi, la possibilité de faire des associations plus rapides entre notions nouvelles et notions connues, d'avoir des idées plus opérantes ou plus imaginatives. Tout cela peut marcher vite et bien dans notre tête en période normale d'exercice.

Nous avons encore le capital accumulé des raisonnements acquis par automatisme, la sûreté du choix des méthodes, un sens pratique de l'organisation, de l'économie des gestes, etc.

Et une bonne forme est affaire de confiance en soi et d'entraînement : nous sommes dans une large mesure responsables du maintien de notre forme physique, intellectuelle et nerveuse. Il n'y a pas de meilleur remède contre la sclérose physique et mentale qu'un fonctionnement continu, ce que nous offre le travail professionnel.

Mais aussi, même lorsqu'on croit posséder à fond un métier, il est capital de ne pas s'en tenir aux routines, aux moyens et outils intellectuels déjà acquis, mais d'en ajouter sans cesse d'autres mieux adaptés à l'évolution des techniques, des situations et des individus. Il est utile de contester, de démystifier certains systèmes et de les réajuster aux nouveaux besoins. C'est vrai à tous les échelons et dans tous les cadres d'emploi et de responsabilité.

La loi de 1971 donne à tous les salariés la possibilité d'accroître leurs connaissances dans le cadre de la « formation permanente ». Or, les commissions de formation des entreprises s'étonnent du désintérêt progressif pour cette formation, offerte pourtant à beaucoup dans des conditions satisfaisantes, au moins dans les grandes entreprises. Étrangement, les femmes, et surtout passé quarante ans, sont celles qui usent le moins de ce droit, comme si elles ne comptaient plus sur elles-mêmes ou désespéraient de progresser.

Or, l'âge n'a pas à être un prétexte puisqu'il n'a que peu d'influence sur l'apprentissage. L'entraînement est souvent d'autant plus aisé que la détermination et les facultés d'effort sont plus assurées à la maturité.

Peut-être les femmes sont-elles lasses, sans assez d'espoir de progresser, et renoncent-elles ainsi trop facilement à ces possibilités de poursuivre leur formation. On peut aussi chercher ailleurs des raisons à ce désintérêt : on sait que, dans certaines entreprises, les femmes ne sont pas toujours encouragées à suivre ces stages de formation professionnelle, les employeurs préférant les stabiliser à leur niveau de qualification actuel. Et, dans certains stages, ne va-t-on pas goûter la saveur de l'autonomie, la prise de parole en situation de groupe pouvant se retourner parfois contre les « patrons » !

Il est important pour nous, femmes, de savoir faire respecter nos droits et de bien rester convaincues de nos facultés d'évolution, même si nous ne pensons pas nous éterniser dans la vie professionnelle.

Sachons que des entreprises, trop peu nombreuses encore, organisent, au-delà de la formation purement professionnelle, des stages de « formation générale » qui sont principalement tournés vers le développement personnel des salariés. Pourquoi ne pas user de cette possibilité, si elle nous est offerte ? Ce type de formation permet de prendre du recul par rapport à nos connaissances et à nos expériences, et favorise renouvellement et accroissement de notre pouvoir sur les problèmes de la vie.

Formation technique, formation personnelle sont des atouts que nous n'avons pas le droit de négliger pour ajouter à notre compétence, soutenir nos chances de promotion, assurer notre emploi et garder l'estime de notre milieu de travail [1].

A leur pleine maturité, les femmes ne sont-elles pas bien placées pour prendre également des responsabilités syndicales aux côtés des hommes, dans le cadre de leur vie professionnelle ?

Nous avons l'avantage de connaître, souvent de longue date, les contraintes et les problèmes spécifiques de notre profession. Si nous sommes employées depuis longtemps dans la même entreprise, nous en connaissons les réseaux de communication, les influences et les rivalités internes...

A cinquante ans, nous sommes généralement reconnues pour notre compétence, notre stabilité, nous sommes libérées de l'absentéisme dû aux enfants : tous avantages qui, si nous jouons un rôle syndical, nous rendront plus crédibles vis-à-vis de nos différents interlocuteurs.

Et, à l'intérieur des organisations traditionnelles, bien souvent figées dans leurs revendications, nous pouvons avoir

---

1. Consulter : Marie-Adine Lesterlin, *Les Femmes et la Formation continue en 100 questions*, CIF, Chotard, Paris, 1979.

une voix différente, poser des exigences originales sur le partage de l'emploi disponible, sur la gestion du temps de travail, sur les conditions de travail, sur bien d'autres questions encore...

Si nous savons qu'en France 9 % des femmes salariées participent activement à la vie syndicale, il nous a été impossible de trouver une répartition de ces femmes par tranche d'âge... Mais la réalité, nous la connaissons par de nombreux exemples rencontrés sur le terrain : ce sont les plus jeunes qui prennent ces responsabilités. Pourquoi ? Pourquoi pas des femmes de tous les âges, pourquoi pas nous, puisque nous en sommes capables ?

La retraite et le chômage.

La retraite est un repos auquel aspirent bien des travailleurs qui ont lourdement peiné au cours de leur vie professionnelle. C'est le cas de nombreuses femmes qui ont exercé des emplois fatigants, usants, loin de leur domicile, sans attrait, non valorisants... Bien libre à elles de ne pas perdre de temps dès qu'elles peuvent faire valoir leurs droits.

On imaginerait cependant que les femmes actives, qui ont été le plus souvent astreintes à une double journée de travail, aspirent plus volontiers que les hommes au repos professionnel... Eh bien, non. Les Européennes qui travaillent ne sont que 37 % à penser avec satisfaction à leur mise à la retraite, contre 41 % pour les hommes. Et, à partir de cinquante-cinq ans, cette proportion tombe à 35 %, contre 51 % pour les hommes...

Serait-ce par souci d'être sorties des péripéties de la ménopause et du départ des enfants avant d'aborder ce nouveau tournant ? Et, en effet, tel le perroquet qui ne lâche jamais un barreau de son échelle avant d'avoir saisi le suivant du bec ou de la patte, il est sage d'aller pas à pas dans les réadaptations. Si le choix est possible, il est préférable de ne pas anticiper sur l'âge normal de la retraite.

Un des cas d'hésitation qui peut se présenter pour les femmes, c'est lorsque leur conjoint est mis lui-même à la retraite (parfois involontairement anticipée). Faut-il le suivre ? Comment Monsieur supportera-t-il sa situation d'homme à la maison pendant que sa femme travaille et rapporte un salaire souvent plus important que sa pension de retraite ? Va-t-on attendre avant de s'installer dans le lieu définitif de la retraite, ou bien va-t-on vivre chacun de son côté ?

Autant de questions, avec beaucoup d'autres, qui sont maintenant abordées dans des stages de « préparation à la retraite » qui aident à voir plus clair au moment de la décision [1]. On peut participer à ces stages dans le cadre de la formation professionnelle, ou bien à titre individuel. Il est conseillé de s'y prendre quelques années avant l'échéance de l'arrêt de travail. Il est important de s'informer sur ses droits, sur les points de retraite dont on bénéficiera, de régulariser, s'il en est encore temps, certaines situations d'emploi (bien des femmes n'ont pas été attentives aux conditions de leur contrat, ont travaillé comme intérimaires, ou même comme salariées non déclarées).

La retraite du mari, même si elle a été attendue et souhaitée, peut se révéler une épreuve pour le couple, que la femme ait ou non une vie professionnelle. Il faut imaginer ce qu'est parfois pour un homme la soudaine inaction, la perte partielle d'identité qu'entraîne la perte de la casquette professionnelle, le souci et la culpabilité de voir les ressources

---

1. Pour ces stages de préparation à la retraite, voir :
– L'École des parents et des éducateurs, stages en entreprise : 5, impasse du Bon-Secours, 75011 Paris. Tél. : 43-48-00-16.
– L'INRAC : 75, avenue Franklin-Roosevelt, 75008 Paris. Tél. : 43-59-61-54.
– Culture et Liberté : 57, boulevard Garibaldi, 75015 Paris. Tél. : 47-83-22-50.

financières s'amoindrir, le désintérêt subit s'il n'a antérieurement organisé d'autres centres d'intérêt que ceux de son travail.

On s'aperçoit que les retraités qui restent actifs et bien dans leur peau sont ceux qui étaient déjà insérés dans une vie sociale plus large que celle de leur travail : quartier, école des enfants, paroisse, clubs sportifs, activités syndicales ou culturelles, et qui avaient donc quelque chose d'autre dans leur existence que le souci permanent et exclusif de leur carrière et de leur argent.

De toute façon, il n'est pas aisé de mettre soudain au repos son énergie, son agressivité, de perdre le contact du monde masculin pour être voué au tête-à-tête avec Madame... Pour certains hommes, c'est très dur, et le comportement et la compréhension d'une épouse peuvent être déterminants pour les aider à passer ce cap.

Il est important pour la femme de ne pas s'emparer de cet homme, de ne pas le « récupérer » pour se l'approprier à tous usages. L'infantiliser, le vouer à des besognes ou à des distractions pour lesquelles il ne se sent pas fait. Le plaindre à l'excès, le secouer à contretemps, exiger qu'il reste un champion sexuel s'il se sent devenir un impuissant social, ou, cas inverse, se dérober à son désir, si c'est la seule réassurance qu'il trouve pour se prouver sa dignité.

Que de nuances, de discrétion, d'encouragements et d'inventions il faudra peut-être utiliser pour rester solidaire de lui, et trouver le bon souffle de cette nouvelle phase de vie.

Mais une présence constante gênerait cette évolution vers une nouvelle autonomie. Le rêve fusionnel de toutes les activités est un des pièges de la vie des couples retraités. Mieux vaut alterner les moments de partage et les moments de liberté pour entretenir le plaisir d'être ensemble.

Une partie de ce qui vient d'être dit vaut aussi en cas de chômage d'un des deux partenaires. Pas de triomphalisme de celui qui « tient le coup », ou reste stabilisé pendant que l'autre est en attente et en déséquilibre, pas d'excès de dévouement non plus envers l'autre, qui devra en supporter le « bénéfice ». Ce sont là des situations bien difficiles à vivre, où la solidité du couple prend toute sa mesure. Et, malheureusement, à l'heure où sont écrites ces lignes, le chômage touche un nombre croissant de salariés, et en tout premier lieu les femmes. Il n'y a pas toujours là une forme de « racisme » : il faut bien reconnaître que, trop souvent sous-qualifiées, les femmes sont les premières que l'on peut exclure du processus économique...

Prendre ou reprendre un travail.

Prendre ou reprendre un travail serait, pour un certain nombre de femmes, la réponse à leur sentiment d'ennui et d'inutilité. Lorsqu'on travaille, on est mieux protégé de soi, de ses doutes, de ses inquiétudes et de sa famille. On se donne des airs... On rejoint le camp de ceux qui agissent : les hommes !

Pour d'autres, la vie professionnelle peut devenir soudain une obligation, à cause d'un veuvage, d'un divorce, qui les laissent sans ressources ou presque.

Mais si le souhait est là pour beaucoup de femmes de notre génération, un certain nombre d'obstacles de départ rendent la décision et la démarche difficiles.

Ce peut être une réticence psychologique : si leur mère n'a jamais travaillé, leur image idéale de la femme mûre serait d'être une épouse et une grand-mère « disponible ». Ou bien encore, elles n'osent pas s'orienter vers des fonctions de type masculin, alors qu'au contraire développer leur composante masculine enrichirait leur personnalité de femme. Il leur reste à s'identifier à leurs filles pour oser... elles qui ont trouvé normal de se préparer à une vie professionnelle et de se mettre au travail...

Pour d'autres, le handicap est le manque de diplômes et de qualification au départ (que valent seuls un certificat d'études, un brevet élémentaire ou même un « bac » ?). C'est un des problèmes spécifiques de notre génération : adolescentes pendant ou peu après la guerre, nos études ont souvent été bâclées, et celles qui ont dû travailler l'ont fait parfois très jeunes, dans de mauvaises conditions, et se sont empressées d'arrêter leur travail pour participer au « baby-boom », cette grande production d'enfants qui fut jusqu'ici l'essentiel de leur vie.

Pour celles qui étaient diplômées, qualifiées, et qui ont longtemps cessé de travailler, comment se sentir encore « rentables » et adaptées après une si longue interruption alors que les techniques et les méthodes ont évolué particulièrement vite depuis l'après-guerre dans presque toutes les branches ?

Enfin, bon nombre de celles qui souhaiteraient secrètement retravailler pensent que l'âge est une barrière majeure, et que cette réalité interdit même d'entreprendre toute recherche en ce sens.

Et c'est vrai, il ne faut pas se leurrer, les obstacles sont nombreux et non négligeables ; toutes les femmes de cinquante ans et plus qui le désirent ne pourront pas se caser, et pour celles qui y parviendront, cela ne se fera pas sans efforts.

Il faut voir que le handicap social rejoint le handicap de l'âge : des femmes d'origine modeste accepteront peut-être, pour des raisons financières, de faire des ménages ou de garder des enfants, alors que d'autres femmes ne pourront s'y résoudre. En revanche, le niveau culturel ambiant, l'assurance que donne l'appartenance à une classe sociale privilégiée, les « relations », donneront plus de chances à une bourgeoise. Et, dans le vaste entre-deux où nous nous situons presque toutes, il faudra pour se lancer recourir aux organismes spécialisés dans l'orientation et la pré-formation au travail.

Ceux-ci ont été créés depuis plusieurs années pour aider les femmes à reprendre courage, à trouver leur voie, à découvrir leurs aptitudes, à apprendre ou à réapprendre à travailler, ou à y renoncer !

Citons d'abord « Retravailler », organisme créé par Evelyne Sullerot en 1973, et qui a des centres d'accueil et de formation dans de nombreuses villes de France [1]. Sont offerts là des stages d'orientation professionnelle et de formation préliminaire. Les responsables de l'association disent que « toute femme *décidée* à retravailler finit par y parvenir » et que « c'est une question de temps et non une question d'âge ». Elles ajoutent que les employeurs sont d'abord attentifs à la compétence de la candidate et non à son âge. Elles constatent encore que nombre de femmes arrivent au stage avec un très grand manque de confiance en elles, notamment dans leurs facultés de raisonnement et de mémoire, alors que ces lacunes et ces faiblesses ne sont nullement confirmées lors des exercices de réapprentissage.

Enfin, à « Retravailler », une recommandation est faite aux chercheuses d'emploi : « ne pas se méprendre lors de la reprise d'un travail, savoir qu'on est une *débutante* et que c'est à soi de mettre progressivement son acquis en valeur et de faire ses preuves avec patience ».

Autre association compétente pour préparer à cette vie professionnelle tardive : l'Union féminine civique et sociale [2], qui, entre autres activités destinées aux femmes, organise des « cycles intensifs » s'adressant particulièrement aux femmes qui désirent reprendre une activité professionnelle ou un bénévolat actif. Stages réalisés dans quatre régions : Ile-de-France, Nord, Rhône-Alpes, Champagne.

---

1. « Retravailler » : 38, rue Balard, 75015 Paris. Tél. : 45-58-23-09.
2. UFCS : 6, rue Béranger, 75003 Paris. Tél. : 42-72-19-18. Nombreuses antennes en province.

Citons encore « Carrefour-Information [1] », et toujours pour l'orientation dans la région parisienne la « Consultation familiale, psychologique et d'orientation » de la Caisse d'allocations familiales de la région parisienne [2]. Sachons enfin que de récentes dispositions légales donnent des droits à l'embauche dans la fonction publique, hors des limites d'âge normales, aux veuves, aux femmes seules et aux mères ayant élevé plusieurs enfants. (S'adresser au ministère du Travail ou au ministère des Droits de la Femme et à son centre d'information [3].)

En cas de veuvage, pour connaître ses droits et rencontrer des groupes de femmes dans la même situation, s'adresser à la Fédération des associations de veuves civiles (FAVEC) [4].

Cette liste est volontairement restreinte : nous n'avons voulu citer que les associations que nous connaissons ou que nous avons pu directement rencontrer, mais les services sociaux des mairies, les agences pour l'emploi peuvent indiquer les ressources locales en matière de formation et de débouchés.

En conclusion de cette enquête, disons qu'il est prudent d'accepter d'investir ailleurs que dans le cadre professionnel son intelligence, son cœur et son énergie si les motivations que l'on a de vouloir travailler ne sont pas suffisantes et si les moyens de réapprendre le métier dont on rêve semblent limités. On ne peut faire abstraction d'une réalité économique de plus en plus dure qui réduit les chances de tout candidat à l'emploi, quels que soient son âge et son sexe. Mais peut-être faut-il avant de renoncer avoir le courage de vérifier soi-même ses limites et ses chances, et de rechercher toute forme de participation à la vie collective, salariée ou pas...

---

1. « Carrefour Information » : 98, rue Rambuteau, 75001 Paris. Tél. : 42-36-53-82.
2. CFPO : 95, rue du Cherche-Midi, 75006 Paris. Tél. : 45-48-79-10.
3. Centre d'information des Droits de la Femme. Tél. : 42-25-05-05.
4. FAVEC : 28, place Saint-Georges, 75009 Paris. Tél. : 45-26-05-42.

La vie associative.

Quels que soient ses pesanteurs ou ses attraits, la vie professionnelle sera exclue du quotidien de beaucoup de femmes. Soit par choix délibéré, soit parce qu'elles n'y ont pas trouvé leur place. Cela ne les empêche pas de s'orienter vers une vie très active, la vie collective associative.

On peut adhérer à une association pour satisfaire en commun avec d'autres un besoin ou une passion, pour se mettre au service des autres, pour s'engager de façon désintéressée dans un mouvement de solidarité. Tous les secteurs sont ouverts : social, culturel et loisir, vie civique, amélioration du cadre de vie, unions de consommateurs, etc.

Nous avons vu des femmes dépressives, vacantes, se transformer complètement en quelques semaines parce qu'elles s'étaient engagées dans la vie associative : elles ont découvert qu'on compte encore sur elles, que leur effort, leur *travail* ont de la valeur, que ce qu'elles disent et pensent est pris en considération, elles s'en trouvent soudain toutes valorisées et heureuses.

La vie associative offre un éventail varié d'activités. Les associations sont multiples. Il s'en trouve dans chaque quartier, chaque commune, dans tous les domaines d'intérêt et d'activité. On peut y adhérer comme participante, « usager de base », en toute indépendance d'engagement. On peut aussi préférer ou accepter d'y avoir des responsabilités d'organisation, de gestion, d'accueil, de créativité, etc., ce qui convient fort bien au dynamisme de nos âges.

Dans ce dernier cas, va se poser la question du *statut* de celles qui donneront gratuitement leur temps et leurs efforts au service de l'association, de ses buts et de ses usagers : elles seront des « bénévoles ».

Il est important que cette « gratuité » de « femme sans

profession » soit vécue sans honte ou malaise, ce qui, hélas, n'est pas toujours le cas... Si, dans certains milieux de province, ou pour quelques catégories d'ouvrières au métier particulièrement pénible, ce peut encore être un privilège que de « ne pas travailler » (quelle ironie des mots !), dans les grandes villes et dans la capitale l'on avoue difficilement ne pas avoir un emploi rémunéré. Nous avons rencontré le comble de ce type de culpabilité avec cette mère de famille, ayant fini d'élever huit enfants, qui n'osait signaler dans une réunion de femmes actives qu'elle occupait son temps à l'écoute bénévole de « SOS amitié » ! Comme si cette activité n'en était pas une « sérieuse », alors qu'elle donnait son temps, et bien plus, pour la vie ou contre la mort d'interlocuteurs en détresse !

Celles qui ont l'âge de sagesse peuvent s'insurger contre ce nouveau conformisme des femmes, dans un temps où certains jeunes hommes, même s'ils sont encore rares, revendiquent, avec le droit à la différence, le droit de rester à la maison, et généralement aussi d'en sortir pour avoir des activités collectives non professionnelles.

L'essentiel dans cette affaire n'est-il pas pour nous d'abord un libre choix, et ensuite une adaptation à ce choix, en nous moquant de l'opinion ? Y aura-t-il toujours des chemins à faire et à refaire en tous sens pour que les femmes se sentent libres et à leur place ?

Certes, le terme de « bénévolat », à l'ancienne, est suspect. « Il évoque un style de relation paternaliste qui n'est plus acceptable aujourd'hui. Le bénévolat socialement favorisé serait celui qui se penche sur le peuple et qui, sous l'apparence d'un dévouement désintéressé, recherche la confirmation d'une supériorité sociale et l'influence sur un milieu qui n'est pas le sien [1]. » Si ce terme ambigu de « bénévolat » nous gêne,

---

1. Document interne de l'École des parents et des éducateurs.

prenons celui plus moderne de « volontariat ». « Ce volontariat peut contribuer à la naissance d'une société nouvelle où les hommes et les femmes de la base accèdent enfin aux responsabilités qui doivent leur revenir. L'usager, jusqu'ici dans un rôle passif, prend des initiatives, milite. Il devient autonome et responsable en même temps. En reconnaissant son droit à la parole, on lui délègue un pouvoir, et c'est par là même admettre un contre-pouvoir [...]. Le droit de croire à quelque chose et d'investir en ce sens, de trouver là une signification à sa vie, est légitime. Affirmer la valeur du bénévolat apparaît dès lors comme un acte contestataire de l'ordre ambiant, assurément révolutionnaire [1]. »

Certes, le choix du type d'action [2] que l'on entend mener donne un sens ou un autre à ce bénévolat : il est bien évident que les horizons « militants » n'auront pas la même couleur que les œuvres de bienfaisance... A chacune ses orientations, avec les « gratifications » qu'elles apportent, et qui viennent compenser dans une certaine mesure l'absence de rémunération : « Que ce travail soit rémunéré ou non n'a pas à entrer en ligne de compte, car il est " gratifié " d'une manière ou d'une autre. Bien rares sont les actes véritablement gratuits [...]. La solidarité ne s'imagine pas sans plaisir réciproque, mais nous sommes si imprégnés de cette sacralisation de l'argent qu'il nous est difficile d'admettre qu'il puisse exister d'autres formes de rémunération tout aussi valables. Ce qui ne signifie pas bien entendu qu'on puisse trouver là une quelconque justification à un refus de rémunérer un travail habituellement rétribué. »

Un risque pour les « volontaires » ou les « bénévoles », c'est de se voir taxés d'amateurisme, quelle que soit leur bonne volonté. Il leur est indispensable, pour être efficaces et pris au

---

1. Document interne de l'École des parents et des éducateurs.
2. Voir la « Banque du volontariat de Paris et de la région parisienne » : 130, rue des Poissonniers, 75018 Paris. Tél. : 42-64-97-34.

sérieux, de se donner des règles de ponctualité rigoureuses. Dans la vie des groupes d'action ou de réflexion, chacun a son importance : les manquants « manquent » aux autres et troublent toujours par leur absence l'équilibre de l'ensemble ; et il leur faut ensuite rejoindre le peloton. Il y a des limites entre l'embrigadement étouffant et les éclipses injustifiées.

Il est indispensable d'acquérir la meilleure qualification possible pour les charges qu'on accepte d'assumer dans la vie associative. La formation des « bénévoles » est de plus en plus prise en considération et de mieux en mieux conduite. Les organismes de formation pour adultes professionnels ou non sont le plus souvent des associations à but non lucratif. Ils connaissent bien les besoins des usagers et pratiquent des tarifs moins élevés que les organismes commerciaux. Les grandes associations par ailleurs offrent pour la plupart à leurs éventuels collaborateurs des formations spécifiques. (A noter que la Délégation régionale du ministère des Droits de la Femme a recensé des possibilités de formation pour les femmes, avec ou sans emploi, dans les régions.)

Il est important aussi de savoir continuer à faire des démarches, d'oser encore monter en Solex ou à vélo, pour pouvoir prendre facilement les contacts nécessaires avec le voisinage et les membres du groupe choisi. Qui ne sait pas conduire peut encore apprendre (avec de l'argent et de la persévérance). Qui a son permis et une auto doit s'en servir et ne pas seulement s'en remettre à son conjugal chauffeur, qui ne pourrait, et tant mieux, la suivre toujours...

Il y a aussi, dans certaines associations, des groupes organisés pour la rencontre et l'échange entre femmes que réunissent des centres d'intérêt commun. Ainsi l'UFCS, déjà citée, ou le club « Pour mieux vivre [1] » ont, entre autres, des

---

1. Club « Pour mieux vivre » : 126, avenue Félix-Faure, 75015 Paris. Tél. : 45-57-67-89.

groupes qui réfléchissent aux problèmes de la cinquantaine. A Paris, notamment, le club « Pour mieux vivre » réunit un groupe sur le thème « La cinquantaine ou le temps de vivre ». L'objectif de ce groupe à durée limitée dans le temps est ainsi formulé : « Dans un climat de liberté d'expression, d'écoute mutuelle, et grâce à la vie de groupe, chacune peut avancer vers une réponse plus personnelle aux questions qu'elle se pose ou contribuer selon l'objectif choisi à une réalisation commune. »

Ce sont des rencontres de solidarité qui aident des femmes seules et désemparées à reprendre leur équilibre, qui procurent à d'autres une ambiance stimulante qui débouche sur tout un éventail d'activités : ainsi l'une visite les aveugles aux Quinze-Vingts, une autre a mis sur pied des cours d'alphabétisation pour immigrés. Trois suivent des cours en faculté, dont l'une en psychologie, et pensent créer un collectif de femmes pour faire une thèse sur la cinquantaine (que n'avons-nous pu bénéficier de sa recherche !).

D'autres vont régulièrement dans les musées, font du yoga ou du jogging, du bridge ou de la peinture, et la plupart sont des grands-mères ou des épouses qui ne sont pas « indignes »...

Une anecdote intéressante à ce sujet : une femme de « Pour mieux vivre » s'était lancée vers quarante-cinq ans dans des activités de volontariat très prenantes. Arrive la retraite du mari qui veut que son épouse lâche tout pour le suivre et partir « s'enterrer » en province. Elle résiste et refuse. Progressivement, le mari trouve sa voie et se lance avec ardeur dans des activités culturelles qui le font renoncer au départ et... un peu au temps de sa femme : il a appris à partager les tâches ménagères pour que l'un et l'autre soient plus libres de rejoindre leurs engagements. Happy end !

Certaines d'entre nous ne souhaitent pas la ségrégation des âges, et, dans les associations citées plus haut, ou dans d'autres encore, comme le Mouvement « Jeunes Femmes », des activités s'adressent à l'ensemble des adhérentes qui bénéficient ainsi de l'enrichissement apporté par le mélange des générations [1].

Si enfin rien n'existe là où vous résidez, ou si rien ne correspond à ce que vous souhaitez, pourquoi ne pas organiser vous-même des groupes de « convivialité » avec quelques amies, quelques voisines, pour partager vos goûts, vos connaissances, vos problèmes, vos activités. Cela peut commencer de façon tout à fait informelle, chez l'une, chez l'autre, et si cela se développe vous pourrez y intéresser l'immeuble, le quartier, la commune. Adressez-vous alors à la mairie qui, peut-être, vous trouvera un local, ou à la Délégation régionale du ministère des Droits de la Femme. L'autogestion de la vie quotidienne, par petits groupes d'affinité, se développera ainsi de plus en plus, en contrepoint du gigantisme des villes et des structures bureaucratiques.

Cherchez... Peut-être existe-t-il déjà dans votre quartier une halte d'amitié, un centre de culture simple et sympathique, un endroit pas cher pour faire du yoga, un « collectif » d'actions originales où vous pourrez trouver votre place...

Les femmes qui participent à ces activités disent y découvrir, bien au-delà d'une « occupation », une liberté neuve, une autonomie vis-à-vis de l'entourage et des idées reçues, un nouveau regard porté sur elles...

Reprendre des études.

Il faut faire une place particulière à celles qui ont le courage de reprendre des études en faculté sans avoir un projet bien arrêté sur l'usage qu'elles feront de leur savoir ou de leur diplôme. Que ce soit en cours d'emploi ou hors vie professionnelle, l'entrée des universités est ouverte à toutes en auditeur

---

1. Mouvement « Jeunes Femmes » : 26, rue Carnot, 92300 Levallois. Tél. : 47-57-67-89.

libre, ce qui permet de se retremper dans ce bain de culture et de jeunesse très spécifique. Cela peut les rapprocher de leurs enfants...

Pour les Françaises qui ont le bac, pas de limite d'âge pour s'inscrire à part entière et pour passer des examens.

Pour celles qui ne l'ont pas et veulent un diplôme, elles doivent savoir qu'il est possible dorénavant, à toutes les femmes ayant élevé au moins un enfant, de passer un examen d'entrée en faculté et de prendre leur temps pour acquérir leurs unités de valeur [1].

Sachons encore qu'au cours de ces études, la mémoire remise en route procure de bonnes surprises, et que l'expérience de vie accumulée par ces femmes parvenues à leur maturité s'avère être un capital culturel insoupçonné.

Une expérience intéressante en ce domaine est celle du Centre d'études féminines de l'université de Provence : ce centre propose aux femmes qui ont arrêté leurs études ou leur travail un lieu de réflexion théorique et d'analyse des problèmes auxquels elles sont confrontées dans le monde actuel. Les cours apportent à des femmes, dont certaines n'ont jamais eu l'occasion d'aller à l'université, des connaissances variées, puisque les intervenants sont de disciplines diverses : histoire, économie, droit, littérature, sociologie, psychologie... Autour d'un thème central choisi pour l'année (« Femmes et savoir » ou « Femmes et pouvoir » par exemple), sont apportées des informations précises. Mais celles-ci sont amplement discutées par ce public de femmes heureuses de pouvoir apporter aussi leur expérience personnelle, d'être écoutées et de découvrir ou vérifier qu'elles ont aussi des choses à dire, des opinions à défendre.

La confrontation avec un savoir universitaire leur permet de constater qu'elles sont encore en mesure d'apprendre, de

---

1. Pour tout renseignement pratique, adressez-vous à l'académie de votre ville.

comprendre, dans des domaines que certaines ont crus fermés pour elles, ou réservés aux hommes ou à des femmes plus cultivées. Les discussions qui suivent ou jalonnent les exposés leur sont l'occasion de s'apercevoir qu'elles « savent » plus qu'elles ne le croyaient ; simplement, c'est un savoir implicite, non organisé, parcellaire que les cours permettent de compléter et d'expliciter. Et il est rassurant d'oser poser des questions dans un milieu où on a le droit de ne pas tout savoir sans se sentir ridicule. Ce peut être alors la stimulation pour se décider à suivre, ultérieurement, des cours spécialisés à l'université ou ailleurs.

La vie politique.

Vie professionnelle, syndicalisme, vie associative peuvent être autant d'étapes pour accéder à la vie politique.

Celle-ci manque de femmes. Certes, des « pionnières » ont commencé à entrer dans cette citadelle masculine et y tiennent un nouveau langage, mais elles sont encore bien peu nombreuses et risquent fort d'être des otages ou d'alimenter la bonne conscience de la classe politique masculine.

Sans forcément viser très haut et s'épuiser en vaines ambitions, on peut déjà, à l'échelon de la vie municipale, trouver à s'exprimer dans des fonctions passionnantes. Et c'est un niveau auquel, sauf dans les grandes villes, il n'est pas trop ardu de parvenir. C'est là que l'on peut sans doute jouer le rôle le plus efficace pour la collectivité, et le plus immédiatement satisfaisant par rapport aux efforts que l'on y déploie...

Signalons d'ailleurs à ce sujet la loi (novembre 1980) qui vise à limiter à 80 % au maximum le nombre de personnes du même sexe sur les listes de candidats aux élections municipales, et ceci afin d'obliger à ce qu'il y ait au moins 20 % de femmes sur ces listes... Il va y avoir des places à prendre, et sans limite d'âge !

X. Le bien-être psychologique

Quelle définition en donner pour bien cerner ce bien-être ? Convenons que ce soit la capacité d'être à l'aise, avec soi, avec les autres, et d'éprouver le plus constamment possible le goût et l'énergie de vivre : vouloir vivre pour vivre est un premier pas essentiel de santé mentale, même si nous recherchons ensuite des raisons d'être au monde plus élaborées que cela.

Celles qui n'ont pas perdu pied jusqu'ici, malgré les inévitables fluctuations et problèmes de l'existence, traverseront sans doute ce mitan de la vie sans trop de mal, encore qu'à nos âges s'accumulent souvent de nombreuses difficultés qui ne tiennent pas à nous, mais à la dureté des temps actuels, à nos enfants, à nos maris, à nos vieux parents, qui viennent à leur mesure alimenter le flot de soucis ou d'angoisses. D'autres peineront autant ou plus qu'avant parce que leur structure est plus vulnérable et qu'elles ont du mal à faire face aux changements.

Pour presque toutes les femmes, la ménopause s'accompagne de la conscience, peu agréable, que cet événement a un goût de vieillissement. Tout nous pousse à éprouver ce sentiment parfois très accablant.

Quelle stratégie pouvons-nous avoir face à ce vieillissement, quels moyens employer pour le vivre mieux ?

Une stratégie face au vieillissement.

Nous avons déjà largement dénoncé les pressions perverses des sociétés occidentales qui méprisent — donc interdisent implicitement — l'inéluctable vieillissement. Malgré nos efforts pour prendre distance avec cette vision négative de l'âge, nous pouvons en subir les conséquences sociales, et en souffrir. A cela s'ajoute une réalité objective qu'il nous faut bien reconnaître : vieillir, c'est voir sa vie raccourcir, c'est devoir réviser l'image idéale de soi (ou tout simplement l'image familière : se voir avec des lunettes sur le nez !), c'est voir sa « puissance » menacée... Toutes pertes difficiles à accepter gaiement, d'autant plus que nous ne sommes pas vieilles et que ces faits sont à la fois exacts et « irréels »... Et la recherche d'une bonne adaptation ne va pas toujours de soi...

Se parler vrai.

Nous sommes toutes, un jour ou l'autre, atteintes de vague à l'âme en nous voyant et en nous sachant vieillir. Nulle d'entre nous n'échappe à ce désagréable constat qui nous trouble plus que nous ne voulons l'avouer. « Je ne veux pas vieillir », voilà honnêtement ce que nous avons toutes dans la tête.

Pourquoi chercher à le nier ? Pourquoi trop souvent devoir le taire : par pudeur, par orgueil, par peur de souligner un fait que les autres risquent d'utiliser contre nous ? Cela nous empêche de prendre notre vieillissement à bras le corps, pour ce qu'il est, sans le grossir ni le nier. Puisqu'il existe, nous sommes bien obligées de regarder avec lucidité ce que nous pouvons en faire.

Nous sommes fabriquées pour fuir instinctivement notre destruction, qu'elle soit lente et partielle, ou radicale, comme la mort. Il est normal et sain de ne pas aimer vieillir, et de résister physiquement et psychologiquement : c'est une force de survie qui nous habite. Il est normal et légitime de refuser d'aller dans cette voie plus vite et plus mal que notre destin biologique ne l'exige...

Mais si nous ne relativisons pas la disgrâce qui nous touche, nous risquons de passer à côté de tous les bénéfices que peut nous procurer notre âge actuel, et aussi de négliger nos facultés d'adaptation, toujours vigoureuses.

S'adapter, cela signifie chercher l'équilibre entre les abandons, les consentements réalistes et les luttes nécessaires pour trouver notre nouvelle place et notre identité présente. S'il nous faut larguer un certain nombre de choses ou de désirs, nous pouvons en happer d'autres au passage. Il y a des gains, il y a des pertes... Faut-il en faire une comptabilité tatillonne qui risque d'entretenir notre anxiété ?

Pour que le fait de vieillir ne soit pas une hantise, il nous faut gérer plutôt que subir, exploiter plutôt que gaspiller les bénéfices de l'heure, évoluer et progresser plutôt que fuir ou stagner, passer à la découverte d'une autre femme possible et pourtant encore soi dans l'essentiel...

Le profit des pertes.

Toute situation de changement contraint à des abandons, des pertes, des « deuils ». Dans certains cas, pas de regrets parce que les éloignements, la fin d'une tâche, une disparition libèrent le temps, l'attention, le cœur. D'autres « deuils » sont irréparables et laissent un manque sans fond avec lequel il faut vivre, avec lequel on doit et *peut* vivre ! Nul ne traverse une vie sans être confronté à des pertes. Nous mûrissons, dans tous les sens du terme, grâce à ces ruptures, ces coupures, ces mutations que chaque étape, chaque stade de notre vie, chaque événement nous amènent à traverser.

Si nous n'en prenons pas acte, nous régressons ou nous sommes malmenées. Si nous restons fixées au passé, à l'irréel, nous devenons un vestige, un zombie ou une vieille enfant immature.

Faire acte de réalisme devant le vieillissement, c'est admettre que certains aspects de la jeunesse et de la vie nous quittent. Savoir « faire son deuil » ne supprime pas magiquement les blessures, les regrets ou les nostalgies, mais permet de les accueillir comme étant le prix à payer pour s'en sortir et croire en l'avenir. Par contre, nier ces « deuils » à faire, les choses à abandonner, les rêves à transformer, en faisant « comme si », ne peut que faire reculer l'échéance et rendre plus rude l'atterrissage dans la réalité.

Pas de vieillissement prématuré certes, mais pas non plus d'aveuglement : c'est comme cela que nous pouvons mesurer exactement nos terrains de lutte, nos combats inutiles et nos chances réelles... Une nouvelle jeunesse ne va pas remplacer magiquement notre jeunesse physique en train de s'enfuir, mais nous pouvons porter nos désirs vers d'autres projets, espérer d'autres jouissances, dans d'autres registres.

Triste ? Pas forcément. *Différent*.

Une nouvelle dynamique.

A cinquante ans, nous traversons une mutation qui suspend, supprime, modifie, secoue, interroge, menace... Mais ce peut être l'occasion opportune de décaper notre personne, que l'âge n'empêche pas d'être encore flexible et disponible, d'une certaine croûte d'habitudes et de conditionnements.

Une identité renouvelée peut se trouver au bout des mues de la cinquantaine...

Sommes-nous devenues ce que nous pouvions être, sommes-nous au meilleur de nous-mêmes ? Pas toujours. Ce n'est pas parce que après l'enfance nous sommes devenues des grandes personnes, des femmes désirables, des mères fécondes, des travailleuses rentables, des épouses conformes aux lois du genre que ces « réussites » ont correspondu à nos propres aspirations, à nos véritables aptitudes.

En prenant de l'âge, notre personnalité, au lieu de se stabiliser, peut continuer à s'élaborer. Ce peut être par accroissement d'une maturité déjà bien structurée. Ce peut être, après quelques déblayages, par la redécouverte d'une identité plus libre et plus forte. Si vieillir c'est larguer une certaine image de soi, un souvenir qui a vraiment existé et qui n'est plus, c'est aussi rompre avec un leurre qui nous poursuit et ne nous ressemble pas. Ce fantôme, parfois sympathique et à son heure nécessaire, c'est notre « moi idéal ». D'où vient ce personnage ? De nos parents, grands-parents, des traditions et mœurs réunis, qui ont façonné cet enfant merveilleux de leurs rêves et de leurs conformismes. Il nous a été nécessaire en son temps, à titre provisoire, telle la carotte devant l'âne... Et nous avons lutté en vain pour ne pas décevoir leurs attentes. Mais nous arrivons au jour où nous sommes enfin capables de découvrir les véritables traits de cette figure de cire et de tenter de la briser pour devenir sereinement nous-mêmes, c'est-à-dire autres. Peut-être sommes-nous enfin libres, à cinquante ans, si nous n'en avons pas encore eu la force, d'oser casser cette image idéale, de nous séparer de ce vieux projet inaccessible ou inacceptable.

Il ne s'agit plus de pertes, de renoncements, mais de libération. Certes, la vie ne recommence pas à zéro, l'Histoire a un sens unique, mais les femmes qui ont su inaugurer une nouvelle vie sociale, professionnelle, artistique, sentimentale à partir de cette nouvelle naissance des cinquante ans ne sont pas rares.

En jetant aux orties ce « moi idéal » fomenté par les autres, nous ne nous privons pas pour autant de porter un « idéal du moi » nécessaire à notre équilibre psychologique, c'est-à-dire de garder vis-à-vis de nous-mêmes une attente, une capacité de nous aimer (et donc d'être aimée), un espoir dans nos possibilités d'effort et de progrès.

Dans ces temps où règne l'inflation de *paraître*, l'enveloppe qui fane lentement ne doit pas masquer la vitalité de *l'être* et sa richesse. Ne nous y trompons pas nous-mêmes, regardons nous aussi de l'intérieur, inventons l'art d'être mûres et bien vivantes contre vents contraires et marées basses... Non seulement nous y maintiendrons notre bien-être physique et psychologique, mais aussi nous changerons le regard des autres sur nous.

Lutter contre les préjugés de société et les systèmes « racistes » de ségrégation de l'âge et du sexe et travailler à accueillir en soi une nouvelle façon d'être font partie des stratégies nécessaires pour vieillir en paix.

Organiser sa vie.

Que nous cherchions à conserver notre équilibre, notre stabilité d'humeur, ou qu'il nous soit nécessaire de les retrouver parce qu'ils défaillent, mettons des chances supplémentaires de notre côté en observant certaines règles de vie qui sont à notre portée et qui peuvent avoir un effet direct sur notre bien-être mental.

Nous avons longuement parlé de la santé et nous savons ce qu'il en coûte physiquement de négliger le corps. Mais il y a aussi notre façon d'organiser notre vie : une façon de nous protéger, une façon de nous malmener. Nous ne savons généralement pas *nous reposer* dans les temps, même brefs et rares, que nous pouvons sauver, et non seulement détendre notre corps mais aussi notre esprit et notre système nerveux. Pourtant, dans ces moments de répit, il est important de savoir comment décharger à temps nos tensions sans accumuler ce reliquat de nervosité, rentrée ou non, qui fait de nous parfois une pile électrique survoltée ou soudain vidée.

Beaucoup de femmes qui ont une vie professionnelle prenante ne savent pas quand trouver des temps de pause pour elles-mêmes, parce qu'elles n'osent pas les soustraire du temps de la vie familiale et ne peuvent le faire pendant le temps de travail. Nous verrons plus loin qu'il s'agit moins de quantité que de qualité de temps à sauver pour récupérer, et qu'il existe certaines techniques qui permettent d'utiliser au mieux ces moments rares. A la maison, nous sommes souvent des auto-victimes du devoir, et d'y déroger peut parfois permettre à l'entourage de respirer un peu lui aussi !

Nous avons besoin d'*alternances,* et il est équilibrant de varier nos types d'activité. L'âge, les contraintes, l'habitude nous font répéter les mêmes travaux, les mêmes occupations, que ce soit par détente ou par nécessité. La prof va choisir de lire pendant ses temps libres et l'ouvrière de tricoter, alors que l'inverse serait préférable et que les deux auraient intérêt à danser ou à jouer de la flûte ou de l'accordéon !

Au Moyen Age, pour le plus grand épanouissement des hommes (et la plus grande gloire de Dieu), les moines devaient successivement prier, cultiver la terre, lire ou écrire des livres et enseigner, tout cela dans une même journée.

Que donnerait aujourd'hui l'analyse de notre emploi du temps journalier ? Avez-vous essayé ? Cela peut se faire de deux manières :

— soit en cochant de couleurs différentes sur son agenda les heures de travail, de détente, d'activités culturelles, ménagères, les temps vides, etc.

— soit en prenant quelques jours témoins, en chronométrant par exemple une semaine type et en vérifiant ensuite ce que nous faisons de notre budget-temps : temps pour soi, temps pour les autres, temps physique, temps intellectuel, temps de vie spirituelle, etc.

Ce petit exercice peut nous aider à ménager de nouveaux équilibres, plus conformes à nos besoins profonds... Les détails de notre vie peuvent, par le cumul des contraintes, ou au contraire par le souci des temps de « respiration », faire pencher la balance vers le bien ou le mal-être.

A notre âge, nous avons *besoin de ralentir* nos cadences. Si nous habitons la ville, si nous travaillons, le mouvement s'est accéléré pour nous — au-delà parfois d'un seuil normal de tolérance — mais, le plus souvent, nous nous sommes adaptées tant bien que mal à la hâte ! Nous sentons aujourd'hui que ce rythme nous fatigue plus qu'avant, physiquement, nerveusement, mentalement. C'est le moment d'en changer, si nous le pouvons, et surtout d'entreprendre des exercices de lenteur : pour accomplir une tâche, nous pouvons nous concentrer sur les choses, les gestes, et ainsi nous décentrer de ce qui nous préoccupe, nous énerve. Notre activité peut devenir réparatrice de tensions intérieures. Vieillir, c'est parfois brûler le temps, brûler les étapes...

Un choix de moyens.

A cinquante ans, que ce soit réel ou que nos fantasmes et la société viennent gonfler la chose, il y a bien un cap à passer. La ménopause peut être supportée, ses inconvénients diminués, elle ne peut pas être effacée dans sa réalité physiologique. Il est donc légitime qu'à cette période de notre vie, nous soyons encore plus attentives aux bons rapports de notre corps et de notre psychisme. Pourquoi ne pas privilégier, dans notre recherche de l'équilibre, les différentes techniques et les exercices (si besoin est, thérapeutiques) qui intègrent ce corps et lui donnent la place importante qu'il mérite ?

Dans notre jeunesse, encombrée encore du puritanisme du XIXe siècle, on nous apprenait surtout le mépris, la honte, au mieux la « maîtrise » du corps. Aujourd'hui, en contre-courant, il est sacralisé à l'excès. A nous de trouver une juste mesure dans des moyens et des méthodes qui optent pour une harmonisation, une cohérence équilibrée entre corps et psychisme, profondément solidaires l'un de l'autre.

Il est important et intéressant d'accorder à notre corps une écoute nouvelle (ce qui ne veut pas dire « s'écouter »), c'est-à-dire d'être attentives à ce que notre vie et notre caractère ont inscrit en lui. En remontant les pistes marquées sur notre corps, nous pouvons mieux nous comprendre et, peut-être, en décontractant tel muscle, telle raideur, amorcer un certain apaisement psychique. Nous ne pouvons cependant oublier que ce qui nous humanise par rapport aux animaux, c'est l'usage de la parole. Nous pouvons aussi avoir besoin de passer par la voie symbolique des mots pour accéder à nous-mêmes et à la libération de nos contraintes psychiques.

Pour concilier ces deux exigences primordiales, qui peuvent être vécues de façon conjointe ou alternée, nous pouvons chercher à aider nos corps à s'exprimer, s'apaiser, se recharger, nous pouvons aussi souhaiter trouver une écoute à notre parole lorsqu'elle aura besoin d'être inconditionnellement reçue.

Selon les goûts, les désirs et les moyens de chacune, il s'offre, notamment dans les grandes villes, nombre d'activités organisées et de possibilités de rencontrer moniteurs, « initiateurs », animateurs, psychologues, psychothérapeutes, etc. Cela peut aller de la danse comme expression corporelle aux thérapies individuelles ou de groupe. Du yoga à la relaxation,

analytique ou non. Et il y a bien d'autres voies encore...
Toutes ces propositions ont en commun de tendre à nous aider à reconquérir notre unité, notre globalité, corps et psychisme réconciliés.
Parmi bien d'autres, nous avons retenu ici quelques pistes, quelques idées dont nous savons qu'elles ont convenu à des femmes n'ayant plus vingt ans, mais cependant nulle envie de stagner dans leurs acquis ou leurs problèmes.

La danse.

Un des moyens les plus simples, les plus instinctifs, qui devrait être le plus accessible à toutes pour exprimer joie, violence, douceur ou autres sentiments, c'est la danse. Ce mouvement expressif du corps est spontané chez les enfants, mais cette spontanéité se cache ensuite bien vite sous une pudeur que l'on peut prendre pour du désintérêt. Ce retrait s'explique sans doute par l'effet sur l'enfant des regards moqueurs ou trop complaisants des adultes face à cette expression très profonde, très intime de soi que peut être une certaine façon de danser.
C'est parce que la danse peut avoir cette importance, cette force évocatoire (tous les primitifs l'utilisent, la respectent, la sacralisent) que nous pouvons y revenir comme à un moyen privilégié d'expression et d'épanouissement de la personne.
Laissons à part les danses codifiées, celles des fêtes et des bals ou la danse « classique » ou artistique qui soumet le corps à une discipline stricte des gestes dans un objectif de perfection. Non que nous ne puissions y trouver plaisir si nous aimons les pratiquer, mais à cause de leurs conventions, à cause aussi, dans la plupart des cas, d'une certaine dépendance à des partenaires, elles ne peuvent remplir le rôle libérateur que joue l'expression libre telle que nous la voudrions ici.

Cela n'exclut pas de rechercher avec des spécialistes [1] l'amélioration, l'assouplissement des gestes dont nous souhaitons qu'ils suivent ensuite notre inspiration spontanée.

Un des avantages de la danse, c'est la présence incitatrice et stimulante de la musique. Elle inspire, dépayse en nous entraînant dans le « voyage ». Elle poétise l'hésitation d'un mouvement, la pesanteur ou les maladresses, et fait envoler d'encombrantes pudeurs d'amour-propre. Elle peut faire émerger des élans enfouis, des rythmes profonds et réparateurs.

Un souvenir professionnel des plus émouvants pour l'une de nous est la danse improvisée d'une stagiaire ayant passé la quarantaine. Belle, triste et silencieuse, nul ne pouvait savoir ce que recelait cette femme qui n'arrivait pas à communiquer avec les autres membres du groupe, jusqu'au moment où l'animateur, l'interrogeant sur ce qu'elle attendait du stage, elle répondit : « Je ne peux pas le dire. » « Eh bien, danse-le », lui fut-il lancé, un peu par boutade. Et, en effet, devant un groupe ébahi, retenant son souffle, elle a spontanément « dansé sa vie », mimé ses joies, ses incertitudes, ses amours, sa mère, ses espoirs et ses angoisses. Quelle beauté, quelle vérité dans la vision de cette femme qui nous dit ensuite n'avoir jamais dansé ainsi depuis sa petite enfance.

Comme d'autres cérémonies, jeux ou rituels d'origine primitive, la danse peut avoir des effets thérapeutiques certains : « Je suis tombé sur des hommes et des femmes maniant tambours et rythmes, et j'ai découvert la disposition à la transe des Arabes et des Berbères [...]. Il y a dans les rites de transe une thérapie qui va plus loin que le psychodrame, une sorte de cure motrice par la danse, par l'extase et par le cri, par la décharge et par le mouvement [2]. »

Sans aller jusque-là, il est probable qu'un certain nombre

---

1. Fédération française de danse, d'art chorégraphique et d'expression corporelle : 12, rue Saint-Germain-l'Auxerrois, 75001 Paris.
2. Georges Lapassade, revue *Pour*, n° 41, Paris, 1975.

d'entre nous se laissent aller, lorsqu'elles sont seules et à l'abri des regards, à danser pour elles, pour le plaisir et la détente, sur n'importe quelle musique. Qu'elles ne se sentent ni anormales ni ridicules à leurs propres yeux : elles le sont moins peut-être qu'en essayant de récupérer des abdominaux par de la gymnastique à outrance !

Le yoga.

Venant d'Orient, il y a le yoga, plus paisible et individuel dans sa pratique, même s'il s'apprend parfois en groupe. Il nous invite à la recherche de notre propre équilibre physique, mental et nerveux par l'étude de la respiration, d'exercices du souffle, de la détente, en utilisant des mouvements et des postures appropriées à l'évolution de chaque individu. En Inde, on pratique le yoga et des exercices proches depuis des millénaires, dans un but philosophique et religieux. Il est certes illusoire de croire que nous pouvons, surtout sur le tard, atteindre les objectifs de sérénité absolue et de désincarnation des yogis orientaux, avec nos tempéraments et nos cultures occidentales. Mais qu'importe si nous y trouvons une détente, un accès plus aisé au sommeil, une conscience de nous-même plus unifiée et un pouvoir accru sur notre corps.

Technique silencieuse et individuelle, le yoga peut ne pas convenir à toutes, et même risquer dans certains cas d'enfermer certains problèmes profonds sous un silence apparent, mais il peut cependant être utile à beaucoup d'entre nous.

Admis désormais dans nos loisirs professionnels, le yoga est très souvent organisé par les comités d'établissement des grandes entreprises, à des heures et à des prix accessibles. Certaines mairies et associations proposent aussi des cours d'initiation à des tarifs abordables, et, si l'on y met le prix, l'on trouve à faire du yoga un peu partout [1].

1. Fédération française de yoga : 4, rue Aubriot, 75004 Paris.

Existent également des groupes d'expression corporelle qui prennent à droite et à gauche diverses inspirations, avec musique, décontraction, assouplissement, etc. L'important est d'avoir un moniteur assez bien formé pour ne pas entraîner ses clientes à dépasser leurs limites et les siennes.

Ce sont là des techniques que l'on peut, après initiation, pratiquer ensuite seule si on le désire...

Le rôle des thérapies.

Aucune de ces techniques, sous leurs formes habituelles, ne peuvent à elles seules atteindre des résultats thérapeutiques durables et profonds pour ceux ou celles qui se sentent vraiment déprimés, angoissés, et qui malgré les apports médicaux et l'observation de strictes règles de vie n'arrivent pas à remonter la pente. Il faut alors faire appel à des méthodes thérapeutiques plus poussées.

On peut aussi, sans être vraiment très déprimée, sentir qu'on maîtrise mal ses impulsions, que les sentiments deviennent excessifs, les inquiétudes envahissantes. On se sent devenir un peu malade de l'âme, comme on aurait un mal physique mystérieux et lancinant.

Enfin, sans ressentir tout ce désarroi ou ces flottements, on peut simplement être à un tournant de sa vie, curieuse soudain de mieux savoir qui on est et ce qu'on pourrait devenir encore, vouloir augmenter sa lucidité pour être mieux libre de vivre.

Pour répondre à ces diverses attentes il y a de nombreuses formes de *psychothérapies*, soit individuelles, soit de groupe. Ces soins de l'âme peuvent s'adresser aussi bien à ceux qui se sentent mal en point qu'à des bien-portants qui cherchent, avec une aide compétente, à aller plus loin dans les questions humaines qui les concernent.

Nous pouvons recourir à des thérapeutes qui utilisent

exclusivement l'échange verbal, ou à d'autres qui y adjoignent un travail sur le corps. Bien que cette deuxième pratique nous semble particulièrement intéressante à la phase de la vie qui nous intéresse ici, la première méthode peut parfois être la seule envisageable faute de choix, ou être préférée pour des raisons de convenance personnelle.

La psychanalyse.

Peut-on entreprendre une psychanalyse et se soumettre au « divan » au-delà d'un certain âge, vers cinquante ans ? Certains psychanalystes prétendent que non et s'y refusent. Ils invoquent pour cela la rigidité des structures mentales et le danger d'y toucher, ils assimilent en quelque sorte le psychisme aux artères qui se durcissent...

En fait, la capacité d'affronter ce travail d'analyse, et sa réussite, est fonction du degré de flexibilité du « moi », opposé à sa rigidité, et cela est valable à tous les âges : la cinquantaine peut fort bien ne pas nous avoir enlevé ce minimum de souplesse psychique nécessaire au travail analytique. Et il y a des gens de vingt ou trente ans qui ne pourront jamais, sans risque, faire bouger leurs barrières.

Le refus de certains analystes de prendre des clients au-delà de quarante ans est surtout le reflet de leurs propres problèmes face à l'âge et au vieillissement. Puissent-ils penser à Freud qui se sentait déjà vieux à trente ans, ce qui ne l'a pas empêché de prendre des clients âgés en analyse.

Françoise Dolto indique qu'elle poursuit avec succès l'analyse d'une femme de soixante-huit ans, et nombre d'analystes, et non des moindres, peuvent témoigner de cas semblables.

Alors, si le cœur vous en dit (et si votre portefeuille vous le permet), si encore vous ne faites pas partie de ceux pour qui, sans pour autant qu'ils soient anormaux, il y aurait risque ou temps perdu, vous pouvez tenter l'expérience avec un analyste sérieux et compétent.

Les autres types de thérapies.

Pas de limite d'âge non plus pour les autres types de thérapies dites de « face-à-face », ou pour les thérapies de groupe, si elles sont conduites par des psychanalystes, des psychologues ou des animateurs-analystes compétents et sérieux (ayant été eux-mêmes analysés), respectueux du client.

On ne peut cependant pas travailler sur soi avec n'importe quel spécialiste, même compétent, et personne, malgré sa qualification, ne saurait convenir à tout le monde. C'est pourquoi le choix de l'homme, de la femme ou du groupe à qui vous aurez envie de vous confier a une telle importance. Faute de quoi, il ne se passera pas grand-chose d'utile entre vous et eux. Et si vous hésitez : rencontrez plusieurs personnes avant de vous décider. Vous en avez, bien sûr, parfaitement le droit !

Il y a des courants idéologiques, des écoles, des chapelles qui différencient ces thérapeutes entre eux. Ils sont tous plus ou moins de lointains disciples de Freud, orthodoxes ou dissidents, et peuvent se réclamer de Jung, d'Adler, de Schultz, de Reich, de Lacan... Si vous n'êtes pas bien informée sur les différences que cela implique, vous aurez du mal à savoir auquel de ces saints vous vouer ! En fait, ce seront bien souvent les qualités humaines de ces praticiens, au-delà de leur compétence indispensable, qui feront que ce qui se passera entre vous et eux sera important et bénéfique pour vous.

Mais n'oubliez pas que, dans de telles aventures, c'est *vous* qui choisissez d'évoluer, de prendre des risques, qui espérez atteindre un mieux-être, et, en dernier ressort, l'efficacité de votre démarche va dépendre de vous, car c'est encore vous qui pourrez décider de rompre si le partenaire de travail ne vous convient pas.

Les méthodes de relaxation.

D'autres méthodes pour consolider ou pour retrouver un équilibre sont celles qui utilisent, comme moyen ou comme but, la relaxation. Elles visent, à travers une inspiration occidentale, à obtenir une partie de ce qu'offre le yoga.

Elles nous apprennent à être acteur de nos retrouvailles avec chaque recoin de notre corps : musculature, respiration, articulations. Cette centration active a pour objectif d'obtenir la conscience puis la détente de tout notre territoire physique. Parmi les méthodes élaborées de relaxation, citons la méthode de training autogène de Schultz, ou celle de Martenot, ce dernier ayant mis au point non seulement un instrument de musique original, mais également une méthode d'apprentissage facile de la musique et, par ce biais, retrouvé la nécessité de la détente du corps pour une complète disponibilité à l'art musical.

Revenons à Schultz. Il propose six exercices pratiqués successivement pendant un entraînement qui peut durer de six à vingt-quatre mois, selon notre disponibilité d'évolution, notre type nerveux et psychologique, et aussi les qualités de notre « relaxateur ». Celui-ci peut être un médecin, un psychologue, un kinésithérapeute, formé bien sûr à cette méthode et si possible participant à une association de recherche et de supervision (type Balint).

Pour mieux connaître ces thérapies du corps, le CREAS [1] organise des exposés-débats destinés au public et aux spécia-

---

1. CREAS (Collectif de recherche pour l'évolution affective et sexuelle) : 5, impasse du Bon-Secours, 75011 Paris. Tél. : 43-55-66-12.

listes ainsi que des groupes de thérapie ouverts au public.

Ce qu'on peut attendre de la relaxation ? Une détente, un relâchement de la tension musculaire dans laquelle nous vivons en permanence, même pendant notre sommeil. L'expérience de sentir alternativement le plaisir et la détente et de pouvoir les maîtriser. Enfin, l'étonnement de voir émerger, puis de pouvoir décrire, décoder, des images anciennes que ces exercices font surgir de notre passé. Mais on ne parviendra pas sans effort à retrouver au fond de soi, pour s'en débarrasser, ces vieux souvenirs qui ont pris en nous forme de nœuds psychologiques et de blocages qui encombrent notre vie affective.

Inspirée à l'origine par le training autogène de Schultz, toute une école psychanalytique, notamment autour de Michel Sapir en France, a mis au point une méthode de « relaxation analytique » qui a pour but un travail en profondeur et de longue durée, sans qu'il y ait de contre-indication motivée par l'âge. Pour mieux connaître cette approche clinique et ses applications, on peut lire *la Relaxation, son approche psychanalytique*, ouvrage collectif d'un groupe de thérapeutes [1]. Mais, attention, c'est là un livre destiné à des lecteurs familiers des théories et du langage analytiques !

Les courants thérapeutiques nouveaux.

Malgré une proximité dans ce texte qui ferait frémir d'agacement les auteurs précédents (rivalités d'écoles, conviction de détenir *la* vérité...), parlons maintenant rapidement des méthodes nouvelles qui nous viennent des États-Unis. Chacune, à notre point de vue, présente ses qualités, ses

---

1. Dunod, Paris, 1979.

limites et ses inconvénients. A nous de nous renseigner avant de choisir...

— LA BIO-ÉNERGIE, fondée par l'Américain Alexander Lowen, disciple de Reich, lui-même disciple dissident de Freud, pense que « le corps a une énergie fondamentale, la bio-énergie (ou énergie vitale) qui se manifeste dans les émotions comme dans les muscles. Chaque problème névrotique a sa contrepartie physique. Chaque tension musculaire chronique inhibe une impulsion. Les sentiments sont exprimés par le mouvement, et chaque spasme musculaire est une barrière qui bloque ou limite l'expression du sentiment [1] ».

De même que toute émotion qui ne peut s'exprimer (colère, désir, etc.) s'inscrit dans le corps sous forme d'un blocage perceptible au toucher du spécialiste. Le travail va donc consister à libérer la tension musculaire et, en conséquence, devrait libérer des séquelles des traumatismes émotionnels qui ont été à l'origine du blocage.

Cette méthode de psychothérapie utilise un certain nombre de postures et d'exercices qui commencent par provoquer des « stress », des chocs qui peuvent être très éprouvants pour le client et qui ont pour but d'attaquer la « cuirasse musculaire ».

On imagine ce qu'elle peut être chez les plus de quarante ans, et les secousses et les stimulations nécessaires pour la faire céder ! Si elles sont violentes, comme dans la bio-énergie de stricte observance, on peut craindre pour le physique ou le psychique de gens qui n'ont plus vingt ans, et que du reste la vie se charge de « stresser » plus que leur compte...

— LA GESTALT-THÉRAPIE, ou thérapie de la forme et des structures, a été conçue par l'Américain Fritz Perls, toujours dans la ligne de la recherche d'une thérapie de groupe (ou,

1. J.-M. Lemaître et L. Colin, « Groupes et formation », revue *Pour*, n° 41, Paris, 1975.

parfois, individuelle), où l'accent est mis sur ce qui se passe « ici et maintenant », et non sur le passé lointain de l'individu, et où l'on est centré sur ce que ressent le corps comme impressions immédiates, révélatrices de nos désirs les plus importants. La Gestalt donne les moyens de sortir de ce masochisme, tel que Reich le définissait : « le désir et la peur d'éclater ».

Ainsi, en centrant la personne sur l'émotion, le tonus ressenti dans la situation présente, cela révèle la relation à l'autre et, en conséquence, la relation à soi-même.

Quels sont les principes de la thérapie en Gestalt ?

Le but primordial de la démarche thérapeutique est de faire prendre conscience au sujet de ce qui se passe, de seconde en seconde, dans le contact entre lui et son environnement, de façon qu'il sorte de la confusion ou de la stéréotypie et fonctionne à partir de ses besoins réels, enfin identifiés...

Il faut donc, pour cela, arriver à ce que le sujet :

— prenne conscience des mécanismes par lesquels il se manipule inconsciemment et bloque les ajustements créateurs à l'environnement : c'est tout le travail sur ce que, en Gestalt-Thérapie, on appelle les résistances ;

— étende dans toutes les directions sa conscience présente, sa présence à soi, dans tout ce qu'il peut expérimenter dans « l'ici et maintenant » :

- prenne conscience de son corps, en sentant les différentes parties du corps, ce qu'il fait, comment il le fait, en expérimentant d'autres modes de comportement ;
- prenne conscience du monde extérieur grâce à tous ses sens (voir, entendre, toucher) ;
- prenne conscience de ses émotions, et, par là même, de ce qu'il évite de ressentir et d'affronter ;
- prenne conscience du type de parole qu'il utilise : écran entre lui et les autres, substitut de vie ou parole reliée à ses besoins et à leur satisfaction.

LE BIEN-ÊTRE PSYCHOLOGIQUE

Finalement la démarche de la Gestalt mène à la responsabilité (à l'opposé de la passivité et de la manipulation) : on découvre qu'on peut faire beaucoup de choses par soi-même et ne pas dépendre des autres.

Les techniques de la Gestalt sont multiples, car elles ne sont qu'un support vers la réalisation de cet objectif. Elles utilisent en fait trois grands types de supports :

1. *les transactions avec les autres*, verbales et non verbales : les échanges verbaux sont encouragés, mais dans un certain sens, parler de ce qui se passe, de ce qu'on ressent « ici et maintenant ». De nombreuses situations sont proposées qui permettent d'expérimenter des comportements habituellement rejetés, craints ;

2. *le rêve et les fantaisies imaginaires* : le rêve, occasion de découvrir les lacunes de sa personnalité, n'est pas interprété, mais rejoué dans le présent ;

3. *le travail corporel* : travail de centration, de méditation qui permet de se recentrer sur ce que l'on ressent, d'identifier les zones de tension, les parties vivantes de son corps, les parties bloquées. Travail aussi à partir d'exercices énergétiques puisés dans le courant reichien.

Ce qui est recherché, à travers toutes ces techniques, c'est que la personne puisse parler de son expérience, c'est une intégration permanente entre le vécu corporel, émotionnel, et la parole dans le contact avec un autre.

La Gestalt s'inscrit finalement dans un courant existentiel qui opte délibérément pour la vie et pour la liberté. Le thérapeute s'engage à accompagner ses clients dans une démarche qui les conduira à être plus vivants, plus libres de leurs choix, plus responsables de ce qui leur arrive : il fait confiance à leur possibilité de fonctionner comme un tout (esprit et corps), comme un processus dynamique capable de passer rapidement du contact au retrait, de l'activité à la passivité, de l'amour à la haine.

La Gestalt-Thérapie se pratique aussi bien en séances individuelles qu'en séances de groupe (10 à 12 personnes) qui ont lieu une fois par semaine pendant trois heures environ, ou encore en week-end ou en stage de longue durée (cinq jours environ). Aucune ne se ressemble puisque l'essentiel, pour le thérapeute, est de suivre son patient dans son expérience présente, de l'y accompagner pour l'aider à passer de la confusion à la clarté.

Dans les séances de groupe, c'est d'abord l'occasion de partager certaines de ses difficultés avec d'autres participants qui sont confrontés aux mêmes problèmes (difficultés avec le conjoint, abandon par le mari qui préfère une femme plus jeune, difficultés avec les enfants mariés ou menant des vies hors des chemins traditionnels, solitude, malaises physiques...).

C'est une expérience où l'on est présente avec son discours, ses paroles qui trouvent enfin un lieu où elles peuvent être entendues, accueillies, mais aussi avec la densité d'un corps que certaines vont apprendre à réhabiter. Beaucoup, en effet, arrivent avec l'impression de ne pas parvenir à s'exprimer par leurs gestes, ou de ne pas oser le faire ; elles se sentent raides ou bloquées dans un corps qu'elles vivent un peu comme un objet extérieur à elles et qui répond mal à leurs désirs. Par des exercices collectifs ou individuels, elles vont apprendre à se laisser aller à la détente et au plaisir d'un corps où circulent davantage les vibrations de la vie. Ce corps qui, dans la ménopause, semblait échapper, partir en morceaux, se vider de sa substance et de ses énergies, se réunifie, retrouve une force qui jusqu'alors restait bloquée dans des contractions inutiles ou des interdits qu'un travail dans le groupe peut permettre d'identifier.

Une expérience de ce type, c'est encore l'occasion de connaître la façon dont on est perçue, vécue par les autres, c'est réaliser comment on s'y prend pour prendre sa place ou ne pas la prendre, exprimer ses besoins ou laisser ceux des autres passer en premier ; bref, c'est réaliser comment l'on fonctionne. Mais c'est aussi avoir un lieu où l'on peut expérimenter un autre comportement, prendre le risque de faire autre chose que ce que l'on fait d'habitude : demander alors qu'on a l'habitude d'attendre que l'autre devine vos désirs, accepter de prendre l'attention et le temps du groupe au lieu de s'effacer devant les besoins des autres, exprimer directement de l'agressivité au lieu de l'accumuler en tensions intérieures ou de l'exprimer de façon détournée...

Bien entendu, la richesse de ces expériences dépend de ce que chacune est prête à y vivre, de l'ouverture qu'elle est disposée à faire dans sa routine. Chacune est responsable de sa démarche. Mais si nous insistons sur ce type de stage, c'est que, d'expérience, nous avons constaté combien ils convenaient à la cinquantaine. Mais ils restent, malheureusement, le privilège... ou le souhait d'un nombre bien limité d'entre nous...

L'autogestion de notre quotidien.

Pour la plupart d'entre nous, il n'y aura ni béquilles, ni aides stimulantes, ni « éclatement » dans des expériences originales. Elles feront front seules ou presque en face de l'âge, s'appliquant à apprivoiser le fait de vieillir et supportant les « stress » de la vie.

Une certaine désinvolture vis-à-vis de soi les aidera à éloigner d'elles le « totalitarisme » de l'âge. « L'antidote, c'est la foi en l'événement, telle que l'ont pratiquée Péguy ou Mounier, c'est-à-dire la foi en la possibilité que survienne quelque chose de nouveau. Quelque chose par quoi je ferai du nouveau, donc le contraire de cette nouveauté fallacieuse de la publicité et de la consommation qui veulent précisément m'épargner tout effort de me renouveler [1]. »

1. Jean-Marie Domenach, *Ce que je crois*, Grasset, Paris, 1978.

PERSPECTIVES ET PROJETS

A notre âge, nous avons les yeux ouverts, nous n'avons pas à idéaliser comme des adolescentes le corps parfait, l'être totalement satisfaisant et équilibré, l'individu complètement intégré à son milieu. Cela n'existe pas, et sans doute tant mieux. Mais nous pouvons mettre en cause certaines de nos certitudes mal vérifiées qui nous figent, certaines dépendances qui nous emprisonnent, certaines habitudes mangeuses de temps et d'énergie qui nous épuisent. La part d'économie de soi ainsi réalisée, pourquoi ne pas la mettre au service de nouveaux désirs ? Désir de mieux se connaître, désir de découvrir, d'approfondir la rencontre avec d'autres gens, d'établir avec eux un type d'échange simple, direct, vrai et chaleureux.

C'est donner un sens collectif à ce que nous sommes, à nos actes, tout en acceptant nos limites et celles des autres, en acceptant aussi qu'il y ait un peu de pertes, un peu de non-sens et de ratés, liés non pas seulement à nos propres « fautes », mais à la condition humaine qui nous fait limitées...

Souvenons-nous que nous sommes des êtres ambivalents, habités à la fois d'amour et de haine, de goût de vivre et d'instinct de mort. Nous naviguons dans le brouillard entre ces deux pôles, mais n'est-il pas passionnant d'apprendre, avec l'âge, à mieux se connaître et à aller de mieux en mieux dans le sens de la Vie ?

Elle qui nous survivra...

EN GUISE DE CONCLUSION

La relation au temps

XI. La relation au temps

La deuxième partie de ce livre a été surtout centrée sur les moyens concrets qui peuvent nous aider à bien vivre notre cinquantaine. Mais, au-delà des actions, ne pouvons-nous pas être aidées par un certain « regard » sur notre aventure personnelle ?

Avons-nous atteint le temps des soupirs ? Ou allons-nous fêter allégrement notre cinquantaine, ce sceau de l'âge fabriqué par le temps ?

Pourquoi pas ? Le passage à une nouvelle décennie frappe, il est vrai, toujours quelque peu nos imaginations. Ce rituel d'anniversaire coïncide ici pour nous avec une tranche réelle de changements. Cela peut nous pousser à ressentir avec plus d'acuité l'érosion progressive de nos vies et notre humaine finitude et laisser flotter en nous quelques nostalgies.

Mais la conscience claire de notre âge peut nous donner aussi de bonnes clés pour comprendre et gérer cette durée d'existence qui nous reste, désormais plus nettement définie, sans plus nous égarer dans l'illusion ou la dilution d'un sentiment d'éternité devant soi. « Je ne vis pas dans l'infini » — nous dit le philosophe Bachelard, en boutade — « parce que dans l'infini on n'est pas chez soi ». Quant à nous, il nous reste à nous approprier les décennies à venir pour les habiter au mieux, en laissant l'éternité se perdre dans les galaxies.

Quelques questions demeurent :

— Comment maîtriser ce temps qui nous prend dans sa

course, et faire de lui un partenaire qui nous respecte et qui nous serve et non un ennemi implacable ?
— Comment faire que chaque saison de notre vie englobe toutes les autres sans peur ni pertes ?
— Comment compenser l'inexorable fuite du temps ?

Il n'est pas facile de parler du temps, bien que nous soyons intimement liés à lui. Pour cerner son immatérialité relative, il faut le piéger dans des mots et des concepts parfois imprécis, recourir à des images floues pour saisir ses contours fugitifs, alors que lui se charge de nous marquer inexorablement de son signe.

Pour certains philosophes, le temps serait une abstraction, pour d'autres une simple convention sociale. Pour les physiciens, les mathématiciens, un fait scientifique (l'espace-temps)...

Pour nous, il est prosaïquement présent par ses effets d'usure ou de maturité, par ses instruments de mesure qui harcèlent notre vie quotidienne ou ne tournent pas assez vite au gré de notre impatience. Nous cherchons sans cesse à déjouer la rigueur de ses impératifs et de ses lois, et réussissons d'une certaine façon à y parvenir.

C'est l'idée que nous nous faisons du temps qui lui donne pour nous sa véritable existence. Ainsi, nous pouvons partager à deux une même information sur l'heure : « il est midi » ; l'un de penser « déjà midi », l'autre « il n'est que midi ! ». Le temps n'aura pas eu la même réalité pour chacun de nous. Seul le sentiment que nous attachons à la durée nous semble réel. C'est cette durée qui souligne le confort ou l'inconfort, l'intérêt ou l'ennui, le sens ou le non-sens, la stagnation, la dégradation ou le progrès. Notre subjectivité par rapport au temps vécu est la chance qui nous permet d'en casser la rigidité, de nous l'approprier et de lui donner d'autres dimensions en l'occupant à notre manière et en le goûtant dans toutes ses séquences : passé, avenir et précieux instants...

LA RELATION AU TEMPS

Quel bilan pouvons-nous faire aujourd'hui de notre relation au temps à travers notre propre histoire ? Nous avons appris depuis l'enfance cette familière partie de cache-cache entre le temps et nous, où alternativement lui ou nous perd ou gagne.

Au début de notre vie, l'ampleur du « terrain de jeu », fait d'espace et de durée conjugués, a commencé par échapper à nos yeux d'enfants, comme myopes et presbytes à la fois. Nous étions aussi démunis pour évaluer et contrôler l'instant présent que pour nous déplacer librement, prévoir et orienter notre avenir immédiat ou lointain. Notre dépendance et notre courte vue donnaient une étrange distorsion à la temporalité. Souvenons-nous des immenses plages de durée de nos enfances, marquées de quelques événements en crête, grands ou futiles, qui ponctuaient de joies, de chagrins ou d'ennuis des saisons éternelles. Nos mémoires sans étendue se perdaient en d'étranges brumes. Le futur, propriété des adultes, ne nous parvenait qu'à travers des rêves ou d'incertaines promesses. Nous flottions dans l'attente du « plus tard quand tu seras grande », cependant que la matérialité rassurante de nos familles et de nos écoles nous apprenait à conjuguer le temps présent à la première personne.

Nos expériences et nos souvenirs, apparemment vite effacés s'engrangeaient alors à notre insu : nous ne pouvions en mesurer la partie silencieuse et durable ; telle était notre perception initiale du temps.

Physiquement, durant nos sept premières années d'enfance, nous changions à toute allure. Nos corps ont dû se développer et se modifier à une vitesse que la nature ne leur imposa jamais plus ensuite : ceci remet à leur place relative les évolutions suivantes, celle de la puberté, pourtant profonde et rapide, plus encore celles de l'âge adulte, déjà plus lentes, jusqu'à la progressive involution vers la vraie vieillesse.

« Le jeune enfant, qui actualise une grande énergie en

relation avec l'intensité de son métabolisme, vieillit très vite. On peut dire que plus l'organisme est jeune, plus il vieillit vite [1]. »

Nos développements affectifs et intellectuels suivaient la même cadence. Il ne semble pas que nous ayons pris ombrage à l'époque de notre « vieillissement » ou de la perte de notre immaturité ! L'acquis, loin d'être pesant, servait à étayer les expériences suivantes.

A l'adolescence, nous avons pris une meilleure capacité d'apprécier le déroulement d'une vie humaine, et le temps a commencé à prendre une autre consistance : il devient possible de se projeter dans l'avenir, dès lors que l'on peut avoir quelque poids sur son sort personnel. Il nous fallait parfois l'occasion de plaisirs neufs et souvent interdits pour nous donner le sentiment d'exister et de disposer de nous-mêmes. L'instant et ses joies pouvaient se goûter de façon intense... mais leur perte semblait dramatiquement irrémédiable !

Certains jeunes aujourd'hui semblent saisis de vertige devant l'étendue d'existence qui s'offre à eux. Ils craignent (ô paradoxe) d'échapper aux guerres, aux accidents et aux maladies et de mourir de vieillesse ! En attendant cette perspective redoutée, leur malaise vient de ce qu'ils voient mal comment remplir tout cet espace encore vide devant eux. « Pense à ton avenir », disent à l'adolescent les adultes, branchés sur leur propre projet sur lui, et se sentant pour eux-mêmes à court de temps. Et lui de préférer laisser ce futur étranger et sans attrait dans l'indifférence et de tenter d'en faire à sa guise pour ce qui est de l'heure. Les adolescents de l'époque actuelle peuvent ainsi penser avoir « trop » d'avenir devant eux et pas assez de liberté ni d'emballement pour en disposer selon leurs désirs et leurs projets.

Ne nous trouvons-nous pas, femmes de cinquante ans, dans

---

1. Joël de Rosnay, *Le Macroscope,* Seuil, Paris, 1975.

la situation exactement inverse ? Pour nous, le futur n'est pas illimité, nous mesurons avec réalisme les confins de notre avenir et pouvons faire des hypothèses sérieuses sur ce qu'il peut nous ôter ou nous offrir. Nous pouvons mieux tolérer la marge d'incertitude ou d'erreur. L'imprévu nous est moins imprévisible, nous savons au moins qui nous sommes pour faire face aux événements. Une femme avertie n'en vaudrait-elle pas deux ou plus !

Nous allons à l'avenir avec toute la densité de notre passé déjà long ; à nous d'en recueillir les avantages. Puissions-nous éviter cependant d'infliger à ceux qui ne nous ne le demandent pas le poids de notre bagage « expérience ». Mais, en revanche, si celle-ci ne vaut guère à l'exportation, elle a constitué pour nous-mêmes un grand paquet de recettes, conseils, avertissements, que nous pouvons consulter avec confiance. A la lumière d'expériences répétées, nous pouvons avoir une lecture de plus en plus sûre de notre intuition, ce mystérieux ordinateur de notre psychisme qui sait analyser les données les plus disparates et les plus imperceptibles pour nous les restituer avec cohérence hors de la logique apparente et des informations évidentes. Pourquoi ne pas nous y fier et en tirer partie ?

Par l'expérience, nous pouvons aussi avoir repéré consciemment les situations qui produisent pour nous les mêmes effets : nos répétitions psychologiques, nos fragilités organiques, nos intolérances physiques et mentales, les partenaires ou les lieux qui nous sont favorables et stimulent le meilleur de nous-mêmes.

Nous avons pu, d'expérience, vérifier ce que nous avions su faire ou être, avec les résultats à long terme de notre « métier » de la vie, et étayer sur cet acquis une image sereine de nous-mêmes. Il n'est pas vain d'avoir, avec le temps, su apprendre et pratiquer un métier, élever des enfants, réaliser des œuvres importantes ou modestes. Quoi qu'il en soit advenu, ce qui fut accompli laisse des traces, demeure et poursuit probablement son chemin, même hors de nous. « Par son action chaque homme fait passer une partie de lui-même dans l'univers. Il remplit un réservoir où quelque chose s'accumule [1]. »

L'expérience passée cela n'est pas seulement le cumul quantitatif d'un certain nombre de pratiques qui permettent de répéter avec plus d'adresse et de clairvoyance les suivantes... L'expérience, c'est la capacité de prévoir, de saisir, d'éprouver avec une acuité de plus en plus fine l'instant vécu dans toutes ses dimensions.

Cela peut être du domaine intellectuel où toutes les données antérieures s'organisent, se sélectionnent, se restituent plus facilement et peuvent s'interpréter avec de plus en plus de justesse.

Cela peut être du domaine matériel où le chemin le plus court, le plus précis, le plus efficace des gestes est trouvé aussi bien par l'intelligence que par le corps.

Cela peut être du domaine de la vie affective et sexuelle où s'est développée la perception de l'approche de l'émotion et de sa présence, où la crainte de l'après envahit moins le champ que le souci de ne rien perdre de l'instant. La sensibilité, la sensualité sont des aptitudes qui se développent avec le temps, se perfectionnent dans leur expression et leur réception et ne se gaspillent plus à se découvrir et à se reconnaître : elles savent ce qu'elles ne sont pas et ce qu'elles sont.

Cela peut être aussi l'exploitation à plein rendement de toutes les aptitudes qui n'auront été ni ignorées, ni méprisées, ni abandonnées sous le prétexte de l'usure de l'âge.

Ce dernier, enfin, peut nous apprendre à tranformer les frustrations et les renoncements non en aigreurs mais en report de nos énergies et de nos attentes là où elles ne peuvent être ni refusées, ni interdites.

Le temps peut aussi nous avoir apporté une nouvelle

1. Joël de Rosnay, *Le Macroscope*, op. cit.

autonomie par rapport à certains rôles et charges familiales. Nous nous sommes acquittés de ce que nous devions à nos enfants de plus urgent et de plus contraignant. Après le temps des « fusions », celles des débuts d'un couple, ou celles de la relation avec les jeunes enfants, voici le temps de la différenciation entre ces partenaires et nous, le temps de l'action plus autonome, plus gratuite...

Nous pouvons assumer les responsabilités qui demeurent avec plus de « métier », de recul, et peut-être avons-nous appris la capacité de dire oui ou non ou peut-être à ceux qui dépendent encore de nous. Nous savons qu'à nous laisser dévorer nous ne pourrons un jour plus rien pour personne. Il ne s'agit pas là de nous soustraire à toutes les obligations ni d'échapper magiquement aux aléas de la vie, mais d'avoir, avec le temps, pris la force et l'art de ne pas nous y détruire.

Nous aurons peut-être à nous mesurer à l'impossibilité d'un projet personnel (est-ce là vraiment le fait de notre âge ?), mais sachons que ce n'est qu'une portion de l'avenir qui nous échappe. Ne confondons pas alors tout et partie. Un renoncement, voire un deuil, ne signifient pas abandon de tout. Nous savons qu'à moins d'en mourir, le temps console tôt ou tard (ce qui n'est pas l'oubli) et nous apporte de nouvelles propositions. C'est cela encore un des dons du temps : le passé nous a donné expérience, patience et espoir. C'est en gardant ce passé comme un bien précieux qu'on fait croître le présent. Et n'oublions pas non plus que « le futur n'est jamais la reproduction du passé, et ce que nous découvrirons dans le passé n'aura jamais la capacité d'interdire ou de permettre entièrement le futur [1] ». Le champ reste toujours libre des possibles tant que la vie est présente.

Ce que contient aussi ce passé, c'est le foisonnement de nos souvenirs. « Il y a dans les souvenirs une sorte de magie à

---

1. *La Condition féminine,* ouvrage collectif, CERM, Paris, 1978.

laquelle on est sensible à tout âge. » La liberté de la mémoire est d'être parfois infidèle, subjective, mais « le sens d'un événement passé est toujours révocable », fût-il triste ou heureux. Les jeux de l'imagination sont infinis, et tous les tris sont souhaitables s'ils nous aident à mieux vivre le présent. S'il est un bien précieux et inaliénable, c'est celui du champ libre de nos rêves et de nos fantasmes. Dans notre tête, nous n'avons ni âge ni contraintes pour rêver. Nous sommes à l'abri des ridicules et des interdits, et pouvons sans témoin nous promener où bon nous semble dans le temps : transcender le temps est une des fonctions les plus fascinantes et riches de l'esprit. Mais le réel lui-même est là pour nous encourager à vivre le futur : « A chaque instant, je peux savoir par ce qu'il advient, et qui l'instant d'avant n'était pas, qu'il existe du possible [1] ».

Le temps contient des promesses... Quel jardinier regrette de voir s'écouler les jours et les nuits qui font sortir de terre ses semis ? Il n'est pas obsédé par les rides que creuse sur sa peau ce soleil qui réapparaît chaque matin mais qui est favorable à ses plantes et donne intérêt à la marche du temps.

> « Tu as peur de vieillir
> mais les vieux, eux,
> sont les seuls à savoir
> que la course du temps
> dresse les grands arbres et fait les bons vins
> et que les ans qui passent rendent épais l'humain [2]. »

L'âge.

Nous devons au temps qui passe de nous marquer par l'âge qu'il nous donne. Mais réalisons-nous toujours bien où nous en sommes de notre âge ?

---

1. Jean Lescure, *Introduction à la poétique de Bachelard* (dans Bachelard, *L'Intuition de l'instant*, Gonthier, Paris, 1932).
2. J.C. Ld. A., revue *Vieillir*, Paris, mai 1978.

« L'âge s'empare de nous par surprise », dit Goethe... Cette rencontre troublante peut survenir soudain, sans être forcément liée à telle ou telle décennie. Ce peut être un sentiment de vieillesse soudaine qui pèse sur les épaules d'une jeune mère de vingt-cinq ans. Ou le constat d'une maturité que peut éprouver une ouvrière de vingt ans par rapport à des jeunes de son âge sans responsabilité. Qui de nous ne s'est déjà sentie vieille avant la trentaine et ne s'est guérie par la suite de cette impression ? Ces expériences, généralement fugitives, s'effacent à l'occasion d'un changement de situation, de partenaire, de santé, et nous reprenons l'âge de notre identité « civile » oubliée dans les coulisses.

Mais l'âge qui fait choc, c'est l'âge de *réalité*, celui sur lequel on ne peut se méprendre, et dont, de surcroît, on nous a bien fait entendre qu'il était « le mauvais âge » ! L'effet en sera d'autant plus dur si nous n'avions jusqu'ici ni le temps ni le goût de le voir venir et de le regarder en face. Nous risquons alors de ne plus coïncider avec l'image illusoire ou distraite de nous-mêmes dont nous nous accommodions.

Si certaines femmes choisissent de se leurrer et refusent de s'avouer qu'elles prennent de l'âge, pour la plupart des autres c'est un oubli d'elles-mêmes qui les a empêchées de réaliser que les ans s'ajoutaient aux ans, de plus en plus vite... Qu'ont-elles fait de leur temps, pour perdre de vue qu'il faisait discrètement son chemin en elles et hors d'elles ? Comment ont-elles pu se laisser surprendre pour se réveiller aujourd'hui, troublées par une cinquantaine souvent fort juvénile ?

Le lot de la plupart des femmes est qu'elles ont émietté leur temps. Elles l'ont distribué sans en garder assez pour elles : elles ont souhaité la durée de leurs amours, de leurs couples, et y ont investi du temps d'attention à leur partenaire, elles ont travaillé à l'épanouissement de leurs enfants, du berceau à l'autonomie, et y ont consacré beaucoup d'heures de vie, sans s'en rendre compte, parce que cela allait de soi... Nombreuses sont celles qui y ont ajouté des contraintes professionnelles, et leurs métiers se sont joints à leurs familles pour dévorer leur temps disponible. Elles y ont certes aussi trouvé leur compte, mais non la libre disposition du temps qui permet d'organiser sa vie et son avenir, de gérer ses programmes et ses projets.

Et c'est ainsi que tâches et attaches ont pu masquer l'arrivée du temps.

Mais une fois que l'âge est là, avec nos cinquante printemps et quelques autres qui vont s'ajouter bien vite, comment allons-nous réagir ? C'est que nous ne sommes ni libres ni égales devant l'âge !

Certaines prennent la chose allégrement ; pour elles, cela n'a vraiment pas d'importance et « honni soit qui mal y pense », c'est « la belle âge », avec ses récoltes et ses fruits. Ces sereines, ces optimistes, sont souvent des femmes qui n'avaient guère d'atouts au départ de la vie, ni physiques, ni intellectuels, ni sociaux, et qui ont su par elles-mêmes réaliser une réussite. Elles se sentent sans regrets pour une jeunesse qui fut plus pauvre que leur maturité. Pour elles, la cinquantaine, c'est le bilan positif d'une vie qui n'en espérait pas tant. Peu importe l'âge pourvu que la santé (force de travail) puisse durer...

D'autres femmes se sont vues si lourdement chargées de travail, d'enfants, de soucis, qu'elles pensaient ne pas s'en remettre et, à leur grande surprise, non seulement elles ont tenu le coup, mais elles s'y sont forgé une personnalité, une valeur, et même y ont embelli.

Certaines, par contre, avantagées physiquement dès le départ, et qui travaillent dans des professions qui glorifient et exploitent l'aspect « jeune et séduisante », craignent qu'avec le déclin progressif de l'âge elles ne perdent leur travail, et, avec lui, l'image qu'elles ont d'elles-mêmes. Il en est ainsi dans les métiers de mode, de coiffure, pour les hôtesses, les modèles, certaines vendeuses, les actrices, mis à part celles qui acceptent de changer de rôle en changeant d'âge et dont la personnalité s'affirme avec le temps.

Mais pour le gros de la troupe des autres femmes que nous sommes, ni belles ni laides, ni géniales ni idiotes, et qui vieillissons à petits pas certains, il serait faux de jouer vraiment les indifférentes ou de nous croire forcément résignées. Il y a des jours où cela ne nous fait pas plaisir de nous regarder dans la glace et d'autres où nous ne trouvons pas trop moches, ou même plutôt bien. Nous balançons entre mélancolie et sérénité selon les heures et les jours, les gens et les choses, ce qui se passe en surface apparente et à l'intérieur de notre corps et de notre tête. Notre plus cher désir, et notre effort, est de prouver, et de nous prouver à nous-mêmes, que nous pouvons encore très fort aujourd'hui être aimante et aimée, utile et vivante et que nous ferons, si on nous y encourage, tout pour que notre âge demeure, à sa manière aussi, un âge de grâce.

Nous savons, parce que nous sommes lucides et pouvons avoir de l'humour, que certains jours nous serons des « mémés » pour les « minettes »... et des « grands-mères » sans intérêt pour d'inconscients « vieux beaux ». Mais nous savons aussi que nos maris, nos amants, nos amis nous appelleront encore longtemps, avec tendresse et conviction, « ma belle » ou « ma jolie »... L'amour est aveugle, dit-on, et croyons-y ! Ne dégoûtons pas ceux qui nous trouvent toujours à leur goût et attachons moins d'importance à la vérité de nos rides qu'à la vérité des sentiments que nous suscitons !

Libre à nous d'user parfois de quelque artifice, si cela nous amuse ou nous rassure ou plaît au partenaire comme signe d'attention à son désir. Mais n'attachons à ces coquetteries ni trop ni trop peu d'importance, et n'en soyons pas dupes ! Nous sommes à l'âge où la démesure en matière d'apparence ne pardonne pas et le ridicule tue plus sûrement les vieilles que les jeunes... Nous ne rattraperons pas ainsi les succès envolés !

Tel que l'a imaginé avec réalisme et lucidité le romancier « Émile Ajar », voici le regard de tendresse consternée que peut avoir un adolescent sur une vieille femme trop fardée qu'il aime pourtant bien :

« La seule chose qui était pénible, c'est que Mademoiselle Cora avait mis trop de produit sur son visage. Je pense que c'était à cause de ses habitudes théâtrales et pas du tout pour lutter contre son âge, mais j'étais embêté. Avec cette façon qu'elle s'était maquillée avec du rouge à lèvres gras et épais qu'elle mouillait tout le temps avec sa langue, le noir, le bleu, le blanc, surtout le bleu et le blanc sur les paupières et avec chaque œil couvert personnellement de mascara, on risquait de se tromper sur ma profession ; ça m'a irrité de sa part.

» Et puis je me suis dit que ça doit être difficile pour une femme qui ne se ressemble plus et qui est devenue autre insidieusement et si peu à peu qu'elle oublie et n'arrive pas à en tenir compte. Mademoiselle Cora a gardé son habitude d'être jeune et si elle s'est maquillée trop, c'est comme les gens qui n'ont pas le souci du temps qu'il fait et qui s'habillent en hiver comme au printemps et attrapent la crève [1]... »

Lorsque des liens amoureux se défont, n'est-ce pas user d'un alibi douteux que d'attribuer à l'âge de la femme et à sa ménopause la crise du couple, comme cela se produit trop souvent. Ce n'est là que prétexte pour qu'éclate un conflit latent, fomenté pour bien d'autres causes et parfois depuis fort longtemps : il faut au couple un bouc émissaire pour ne pas mettre en cause le système entier de la relation des deux partenaires, et ce sont l'âge de la femme et son vieillissement qui en font office.

Deux femmes interrogées par un homme de leur âge sur la cinquantaine et la sexualité lui ont répondu :

« Que croyez-vous qu'il se produise entre l'avant et l'après

---

1. Émile Ajar, *L'Angoisse du roi Salomon*, Mercure de France, Paris, 1979.

cinquante ans ? Un changement radical ? Un abandon définitif ? Il n'en est rien, c'est comme avant, si avant cela allait bien. Notre désir et nos possibilités de faire l'amour sont intacts. Nous pouvons avoir des aventures, être amoureuses d'un mari ou d'un autre homme avec la même ardeur...

— Mais pour vous qui êtes un homme, qu'est-ce que cela fait d'avoir cinquante ans ?

— Cela n'est pas si facile..., répond l'homme !

— Vous voyez bien... Voilà une différence à reconnaître : pour nous cela ne change rien, et pour vous c'est inquiétant... Voilà au moins une inégalité en notre faveur... »

Ce que le temps a donné à notre vie, c'est de voir nos enfants devenus adultes. C'est la maison qui, par notre travail, s'est construite ou n'a pas croulé. Ce sont les amours et les amitiés que la durée n'a pas usés mais au contraire fortifiés. Ce sont nos goûts, nos styles, notre culture qui se sont personnalisés. Laquelle d'entre nous ne se sent pas plus dense, plus solide, tout au moins plus lucide qu'il y a vingt ans ? Alors, allons-nous renier notre âge ?

Plus que des mensonges ou de l'ostentation vis-à-vis des autres, l'important est d'être à l'aise avec ce que nous sommes devenues années après années... Peu importe le millésime qui nous date !

Que veut dire « être de son temps » ? Ce que nous confondons parfois avec « rester jeunes » ou être capables de communiquer avec les générations suivantes. Il semblerait qu'il s'agisse là de nous conformer et d'adhérer aux modes, à la culture, aux valeurs, aux comportements de masse du temps présent.

Allons-nous dès lors, à notre âge, renier les tranches précédentes de nos vies avec leurs bagages, avec ce qui nous aura à l'époque marquées, séduites, aidées ?

Allons-nous, aujourd'hui, nous identifier aux mouvements ambiants jusqu'à nous y dé-naturer et nous y dé-culturer ? Pourquoi ne pas nous sentir assez sûres de nous pour sélectionner en chaque vague successive ce qui nous semble le plus cohérent avec nous-mêmes, ce à quoi nous pouvons tenir le plus sincèrement et le plus librement possible ?

On peut être « réac » ou « rétro » par conformisme et pusillanimité, être le caméléon passif de toutes les propositions de l'heure, fussent-elles absurdes, ridicules ou scandaleuses ! Sachons que nous sommes arrivées à un âge où notre meilleur atout sera d'avoir coïncidé avec ce que nous pouvions devenir et d'avoir construit notre personnalité propre et originale en toute fidélité avec nous-mêmes.

Si le cap de la cinquantaine nous effraie quelque peu et occasionne quelques secousses, nos aînées nous disent pour la plupart que les années qui suivent sont plus douces et plus paisibles. Simone de Beauvoir, qui parlait de son vieillissement de façon dramatique aux alentours de la cinquantaine, nous dit maintenant : « La première chose qui me frappe, si je considère les dix années qui se sont écoulées depuis que j'ai achevé *la Force des choses*, c'est que je n'ai pas l'impression d'avoir vieilli [1]. »

Cette espérance future est là pour nous accompagner, certes, mais l'important demeure pour nous de ne pas gâcher mais plutôt de gagner cette séquence de vie dont nous mesurons l'extrême importance.

La différence d'âge.

La « différence d'âge » qui peut exister entre des individus destinés à vivre ensemble pour des raisons familiales, sentimentales ou professionnelles est un fait banal qui, de tout temps, a été le plus souvent bien toléré, voire institutionnalisé en réservant à chacun son rôle.

---

1. Simone de Beauvoir, *Tout compte fait*, Gallimard, Paris, 1972.

Mais il semble y avoir aujourd'hui un consensus sur l'élimination des plus âgés, comme si, de façon de plus en plus précoce, les adultes au-delà de quarante ans étaient atteints de déchéance sur tous les plans et devaient s'effacer au profit des générations montantes.

On creuse ainsi un gouffre entre les générations d'adultes en les isolant les unes des autres, les plus âgés de plus en plus tôt interdits de travail (par des mises à la retraite anticipées) ou interdits de vie amoureuse (jugée intempestive ou ridicule). Ce clivage contre nature risque d'être plus destructeur pour les uns et les autres que ce fameux « fossé des générations » quelque peu fictif entre adolescents et adultes, tant les premiers restent dépendants des seconds, qu'ils apprécient ou non la situation : il y a là, de toute façon, un lien.

Il ne faudrait pas croire que ces hommes et ces femmes écartés des centres actifs de vie vont laisser s'endormir leurs énergies. Ils constituent une force capable de s'organiser en contre-pouvoir, dans de grandes ou de petites structures : partis, associations, clubs, etc. Ils peuvent représenter un électorat poussé à faire des choix inattendus en faveur de ceux qui défendraient leur place au soleil. Et il est important, pour les hommes et les femmes de la cinquantaine, de rester solidaires dans cette épreuve, conséquence injuste de leur âge. Nous ne voulons pas être des exclus du futur.

Les difficultés de la différence d'âge peuvent être également vécues au sein de couples mariés. Si elles sont parfois le fait d'un réel décalage d'âge, qui devient plus visible avec le temps, elles peuvent aussi surgir entre partenaires d'âge égal qui ne vieillissent pas à la même cadence.

Autrefois, le sexe masculin, sûr de lui et des faveurs de la nature à son égard, restait plus longtemps fringant que l'autre. Il est vrai d'ailleurs que la fécondité des hommes, trop souvent confondue chez eux avec l'ardeur sexuelle, peut théoriquement se prolonger jusqu'à un grand âge. Faut-il encore qu'aucun doute ne vienne se glisser dans leur tête, ni s'ajouter à d'autres impuissances, entraînant alors toutes les désaffections...

Mais il semble aujourd'hui que les chances se soient inversées et qu'à âge égal, moralement et sexuellement, les femmes restent plus toniques que leurs contemporains. À cinquante ans, beaucoup d'entre nous accèdent à une certaine liberté matérielle après le départ des enfants ; à une indépendance psychologique, fruit de notre maturité et aussi bénéfice des luttes des femmes pour les femmes...

Les femmes de notre génération, qui ont souvent eu un éveil sexuel tardif, très censuré à l'époque de l'adolescence, qui ont souvent été soumises à l'initiation de partenaires plus âgés qu'elles, souhaitent combler ce retard et ne sont pas prêtes à renoncer à des désirs que l'âge n'éteint pas pour elles.

Le vieillissement et la durée du couple peuvent ne pas produire les mêmes effets sur l'un et sur l'autre partenaires, et le décalage d'âge entre eux peut accentuer cette différence : l'un peut renoncer ou se détourner ailleurs, l'autre peut espérer stimuler son partenaire et partager avec lui les plaisirs qu'il attend.

Les hommes, souvent plus fragiles que nous, même physiquement malgré nos « misères » de ménopause, ne suivent plus aussi volontiers nos ardeurs, nos envies de sorties, de rencontres, d'engagements, nos efforts sportifs ou culturels. Ils sont las, peut-être désabusés. Nous risquons d'en pâtir les premières si nous finissons de les user par notre incompréhension ou nos impatiences.

Nous n'avons nul désir de jubiler devant notre avantage, parce que c'est *avec* eux (et non plus à travers eux) que nous avons envie de vivre et de partager une partie de nos centres d'intérêt. S'ils sont aujourd'hui si ombrageux par rapport à leur image d'hommes, c'est que leur éducation ne leur permettait guère l'erreur ou la faiblesse et que, dès l'adolescence, l'attente des femmes à leur égard était qu'ils soient plus forts, plus cultivés, plus intelligents qu'elles. La moindre faille, et c'était pour eux perdre la face et les femmes, croyaient-ils ! Alors, maintenant, nous pouvons être conscientes du poids qui fut mis sur leurs épaules. Aimons-les assez pour qu'ils puissent s'aimer tels qu'ils sont, c'est-à-dire plus vulnérables et limités qu'ils ne voudraient, mais peut-être plus accessibles à la faiblesse des autres.

Souhaitons-les simplement assez solides encore pour tolérer notre force, notre endurance et nos désirs de femme. Faisons cesser, si nous tenons à eux, le malentendu de nos attentes et de nos offres, et tentons de nous expliquer sur nos différences et nos complémentarités, faute de quoi nous perdons les uns et les autres à rechercher auprès de partenaires plus jeunes ce que nous pouvons encore réciproquement nous donner.

Que se passe-t-il autour de nous, dans nos liens avec la génération qui nous suit ? La reconnaissons-nous comme celle que nous avons produite ?

Si les jeunes adultes nous semblent parfois étranges et étrangers, ce clivage entre eux et nous est bien souvent dû à notre propre intolérance : comment supportons-nous leurs idées nouvelles, leur liberté vis-à-vis du travail, de la « fidélité », de « l'éducation », de ce que nous appelons « les valeurs ». Que pensons-nous de leur désinvolture ?

Pourtant, à notre âge, pourquoi ne pas apprécier que les femmes sachent maintenant prendre dès leur jeunesse cette part d'autonomie que nous découvrons aujourd'hui pour nous ? Par rapport à leurs enfants notamment (nos petits-enfants), elles ont modifié la distance entre elles et eux : les enfants sont plus proches par leur liberté de gestes, de paroles, d'expression, de contestation, et plus éloignés aussi car elles osent s'en séparer en les confiant aux haltes-garderies et aux crèches sans pour autant se sentir coupables. Les petits ne se portent pas plus mal si leur mère travaille et si leur père fait (parfois !) la vaisselle ou leur toilette. Il est faux de croire que cela va nuire aux enfants, il n'y en a aucune preuve...

Que de gains encore avec le temps, dans cette éducation (qui n'est pas « laxiste » : les jeunes parents savent dire non et ne se laissent pas envahir par leur progéniture), gains sur les pudeurs excessives, gains sur la hiérarchie rigide entre parents et enfants qui ne garantissait même pas le respect profond des uns vis-à-vis des autres, gains sur les préjugés de classe ou de race (on accepte les relations des enfants avec des petits copains de tous milieux sociaux et de toutes situations familiales : enfants de divorcés ou de parents célibataires, hier souvent mis au ban des relations « convenables »).

Si nos enfants, nos filles, ont pu évoluer vers ces nouvelles manières d'être une femme, peut-être est-ce parce que nous-mêmes portions en nous, même secrètement, un avant-goût, un désir de renouvellement du sort des femmes. Nos enfants ne nous sont pas tombés du ciel, nous avons poussé dans le sens de cette différence, ne renions pas maintenant les fruits de cette évolution dans laquelle nous avons eu toute notre part.

Attention de ne pas oublier aussi que notre âge peut faire d'avance peur à nos cadettes qui, dès trente ans, redoutent de vieillir. C'est nous qui serons pour elles les témoins possibles de la valeur de chaque étape. (Nous avons eu la surprise, en préparant ce livre, de constater que notre travail intéressait déjà des femmes bien plus jeunes que nous.)

Temps perdu, temps gagné.

C'est un phénomène des temps modernes, qui peut plus particulièrement nous atteindre autour des cinquante ans, que la difficulté d'équilibrer selon nos souhaits les temps actifs et les temps de halte, les moments pleins et les moments vides, de ménager des alternances dans nos emplois du temps.

Sommes-nous vraiment dupes de nos étonnements lorsque

nous disons, avec une nostalgie soupirante : « comme le temps passe » ? Oui, cela coule imperturbablement, et nous n'allons pas stopper le sablier, quels que soient nos artifices. Mais n'avons-nous pas l'art parfois de gâcher le contenu du temps donné ?

Sommes-nous les femmes de la hâte, non seulement de celle qui nous est imposée par les circonstances, mais aussi de celle que nous laissons s'installer par inorganisation ou impuissance à résister aux sollicitations ? Quelle anxiété souvent parce que nous nous sentons plus ou moins coincées entre le bâclage, le remords et l'essoufflement ! N'avons-nous pas pourtant constaté, nous aussi, qu'il n'y a rien qui ne perde de son urgence avec le temps ! Nous participons sans résistance à cette fièvre, cette boulimie générale d'action et de consommation développées puis attisées par toute notre société.

« Nous manquons constamment de temps pour jouir des objets que nous achetons. Car à chaque bien est attachée une durée minimale de consommation [...], d'où la recherche de moyens permettant de gagner du temps sur les activités " chronophagiques ". On rogne sur le sommeil, l'hygiène, la durée des repas, le temps de réflexion, les déplacements, la vie familiale et les sports. Il faut allonger la durée de son travail pour s'acheter des machines à gagner du temps ou pour se payer le temps des autres [1]... »

Et nous pouvons être impliquées dans ce jeu soit directement, par notre participation à la vie professionnelle, soit par mari interposé, pour qui nous colmatons à la maison son manque de présence, de patience, de disponibilité.

Nous touchons aujourd'hui les limites du système, avec l'usure nerveuse et organique qui se trouve au bout du compte. Vers quoi allons-nous orienter la machine emballée de nos précipitations le jour de la retraite ou du chômage imposés ?

---

1. Joël de Rosnay, *Le Macroscope, op. cit.*

L'équilibre entre notre vie personnelle et notre vie professionnelle est pour beaucoup d'entre nous à réviser, à réinventer, serait-ce au prix d'une résistance aux tyrannies de certains postes ou de certains employeurs. Nous sommes trop loin de la supposée « allergie au travail » des générations qui nous suivent... En dehors des temps d'obligations incompressibles, nous devons de mieux en mieux nous dégager du projet que d'autres ont formé pour nos propres existences. L'école, la vie professionnelle et les urgences familiales ne nous ont guère appris à inventer notre vie, les routes étaient tracées d'avance et les sentiers fantaisistes peu admis. Il nous faut maintenant découvrir, si ce n'est déjà fait, le champ de nos activités et de nos intérêts qui correspond le mieux à nos choix et à nos aptitudes personnels, et nous battre s'il le faut pour les faire respecter.

Il est une autre cause à la frénésie dévoreuse de temps, c'est le besoin de prouver aux autres et de se prouver à soi-même son importance, son utilité. Avons-nous le snobisme de l'agenda rempli plusieurs semaines à l'avance ? Et que cherchons-nous à travers cela ? Que fuyons-nous ? Nous-mêmes, les soucis, l'ennui ? Tout cela ne se gomme pas par l'agitation !

A la décharge des femmes toujours pressées et toujours « prises », elles ont reçu toute une éducation où il était interdit de « perdre son temps ». A l'école d'abord, mais aussi au travail, à la maison, voire en vacances. Flâner, rêver était toujours plus ou moins coupable, puisque ces parenthèses de liberté échappaient à tout contrôle d'autrui...

Mais sommes-nous conscientes de l'effet pénible que nous produisons aux moins occupées, en leur offrant le spectacle de la saturation permanente de notre temps ? Elles se sentent « hors jeu », d'autant plus inutiles et encombrantes, et n'osent prétendre emprunter quelque parcelle de notre temps si précieux puisque si rare à obtenir.

Les jeunes se plaignent énormément du manque de disponibilité des adultes en temps comme en écoute, ils ne trouvent pas nos activités si importantes ni si intéressantes qu'ils doivent leur être sacrifiés.

Et, de leur côté, les personnes âgées attendent aussi un peu de temps pour elles, avec tristesse et résignation...

Pour nous-mêmes, adultes du plein temps de la vie, prenons-nous conscience de la crispation physique et mentale et de la fatigue qu'entraîne cette hâte permanente ? Que d'insomnies, de maux de tête, de mauvaises digestions ont pour cause une mauvaise gestion de notre temps. La vie sous pression amène l'agressivité, parfois la dépression, et de toute façon cette mauvaise humeur chronique caractéristique de trop de femmes de notre âge. Sommes-nous assez conscientes de cette aliénation ?

Pouvons-nous apprendre à ralentir, à varier nos cadences, à nous ménager des vides dans nos emplois du temps, ou des pleins qui aient un sens, respectent nos goûts, nos besoins d'alternance, nos rythmes biologiques ? Nous pouvons aspirer à des rencontres de sérénité, mais aussi les prévoir. Les femmes ont généralement assez le « sens du devoir » pour que le nécessaire soit fait sans rajouter ce rien de trop qui dépasse les limites et non seulement les épuise, mais avec elles tout leur entourage saturé de leur dévouement.

« Il faut réapprendre à perdre son temps pour mieux savoir l'économiser collectivement. Dans notre civilisation de la hâte et du gaspillage, la contemplation d'un paysage, la conversation avec un enfant, la pratique d'un sport ou simplement la méditation semblent une perte de temps. Mais combien d'idées fécondes, de réflexions créatrices et d'hypothèses nouvelles sont nées de tels instants [...]. C'est l'action créatrice individuelle qui permet de compenser l'écoulement du temps, car toute œuvre originale est analogue à une réserve de temps [1]. »

---

1. Joël de Rosnay, *Le Macroscope*, *op. cit.*

La cinquantaine est l'âge d'or de la prise de conscience de l'avenir. C'est le moment idéal pour peser sur ce qui peut en déterminer l'orientation ultérieure :

— Préservation du capital santé. On sait où porter ses soins et sa prudence.

— Connaissance de nos limites, mais aussi de nos aptitudes. Découverte de l'émergence de dons jusqu'ici négligés ou méconnus.

C'est le moment de choisir sa juste mesure, et à la fois de consentir et de lutter face à son vieillissement, sans s'y anéantir. C'est le temps de faire le point et de réajuster ses choix philosophiques et politiques en évitant de se laisser prendre par un scepticisme paralysant ou par une répétition obtuse des choix passés. Il n'y a pas de projet d'avenir sans utopie...

C'est l'âge de penser à notre mort : cela ne nous fera pas mourir, elle est de toute façon inscrite dans nos gènes. Une vision globale de notre vie peut maintenant nous être accessible, le passé dessine l'avenir et nous voyons mieux le déroulement cohérent de notre existence. Nous pouvons chercher à orienter notre fin vers un terme digne et humain, qu'il soit rapproché ou très lointain, sans laisser la médecine ou les superstitions s'approprier notre approche de la mort : c'est lorsqu'on possède toutes ses facultés qu'on peut signifier ses souhaits et convictions à son entourage.

Cette vision réaliste de notre ultime destin n'est pas contradictoire avec une invite à savoir vivre au présent. Bien mieux que lors de l'enfance ou de la jeunesse, nous pouvons apprécier le prix de l'instant s'il est heureux et serein.

Si les lendemains nous préoccupent et nous menacent, du moins nous pouvons apprendre à nous dire avec conviction qu'« à chaque jour suffit sa peine ». Il est toujours des temps d'attente et de pause où nous ne pouvons plus modifier ce qui doit advenir, alors « rompons »... Ce n'est pas une démission mais une façon de se libérer de l'impuissance ou de l'angoisse pour prendre ce que le présent offre de répit, de paix ou de plaisir... Et, à notre âge, pourquoi gâcher le bien-être ou le plaisir quand il s'offre ? Nous en connaissons le caractère fragile et éphémère, et nous savons aussi mieux le reconnaître. Il est déjà là, très simple, très immédiat, lorsqu'après une journée fatigante nous nous glissons dans nos draps, libérées de nos vêtements et de nos travaux. C'est le moment où revient à nous notre corps de jouissance, celui de la détente, du contact frais et douillet avec le lit, le corps chaud d'un partenaire, celui du choix entre lecture et sommeil... Ce peut être aussi celui où le corps s'absente dans une apesanteur. Nous pouvons planer alors, hors du temps et hors d'âge, pensées et fantaisies libres de parcourir tous les espaces... Plaisir d'instants de transition qui glissent doucement dans le sommeil...

Et aussi jouissances du bain, de l'orgasme, du soleil un moment sur la peau ou dans le regard. Sont plaisirs simples un mets apprécié, le baiser au vol ou appuyé sur la peau d'un enfant. Plaisir de pétrir la terre, semer, cueillir, flâner au jardin. S'étonner heureusement devant un être, un art, une idée, des événements. Se surprendre à créer et en jouir. Déguster un silence attendu, une solitude souhaitée. Et bien d'autres choses que nous savons...

Tout sans doute n'est pas bonheur, comme d'aucunes le prétendent [1]. Nous n'avons pas toutes cette aptitude au même degré et pour les mêmes raisons... Mais il est bon, pour nous et pour les autres, de savoir saisir au passage le simple sentiment de vivre, subtil ou intense, selon, à grande ou modeste mesure dans ses variations.

C'est un art d'exister qui peut être un des privilèges de notre âge. Malgré les rudes réalités des temps et les lointains incertains, entretenons comme les biens les plus précieux notre liberté et notre goût de la vie.

---

1. Comtesse de Paris, *Tout m'est bonheur,* Laffont, Paris, 1978.

LA RELATION AU TEMPS

Puissent les femmes en évolution permanente que nous sommes, mieux que nous n'avons su le réaliser dans notre passé, nous approprier notre avenir.

Éléments de bibliographie
pour approfondir quelques problèmes

Très accessible : ★
Assez difficile : ★★
Difficile : ★★★

Corps et santé.

- ★ Dr Edmond Schuller, *Les Insomnies et le Sommeil,* Laffont, Paris, 1976.
- ★ Dr André Rouveix, *L'Anti-âge,* Olivier Orban, Paris, 1980.
- ★ Dr A.-F. Creff et Léone Bérard, *Gastronomie de la diététique,* Laffont, Paris, 1977.
- ★ Pierre Fluchaire, *La Révolution du sommeil,* Laffont, Paris, 1984.
- ★★ « Guérir pour normaliser », revue *Autrement,* n° 4, Paris, 1975.
- ★ Dr Bruno de Lignières, *La Ménopause,* Hachette, Paris, 1979.
- ★ Stella et Joël de Rosnay, *La Malbouffe,* Olivier Orban, Paris, 1979 ; Seuil, coll. « Points Actuels », Paris, 1981.
- ★ Dr Barbara Edelstein, *Maigrir au féminin,* Albin Michel, Paris, 1977.
- ★ Thérèse Bertherat et Carol Bernstein, *Le corps a ses raisons. Auto-guérison et anti-gymnastique,* Seuil, Paris, 1976.
- ★ Paule Paillet et André Gaté, *Changer de corps,* Inter Éditions, Paris, 1980.

BIBLIOGRAPHIE

Psychologie, groupes, thérapies.

- ★ Eric Fromm, *L'Art d'aimer,* Épi, Paris, 1968.
- ★★★ Ouvrage collectif, *La Relaxation, son approche psychanalytique,* collection « Inconscient et culture », Dunod, Paris, 1979.
- ★★ Georges Lapassade, *La Bio-Énergie,* Editions universitaires, Paris, 1974.
- ★★ Fritz Perls, *Rêves et Existence en Gestalt-Thérapie,* Épi, Paris, 1972.
- ★★★ Roger Gentis, *Leçons du corps,* Flammarion, Paris, 1980.
- ★ Christiane Olivier, *Les Enfants de Jocaste, L'empreinte de la mer,* collection « Femmes », Denoël-Gonthier, Paris, 1980.

Femmes et société.

- ★ Bénédicte Lavoisier, *Mon corps, ton corps, leur corps (Les femmes et la publicité),* Seghers, Paris, 1978.
- ★ Anne-Marie Dardigna, *La Presse « féminine ». Fonction idéologique,* Maspero, Paris, 1974.
- ★★★ Évelyne Sullerot, *Le Fait féminin,* Fayard, Paris, 1978.
- ★★ Ouvrage collectif sous la direction du CERM, *La Condition féminine,* Éditions sociales, Paris, 1978.
- ★ Guide des associations féminines, CNIDF, 5, rue Bayard, 75008 Paris.
- ★ Odette Thibault, *Debout les femmes,* Chroniques sociales, Paris, 1980.
- ★ Évelyne Le Garrec, *Un lit à soi,* collection « Libre à elles », Seuil, Paris, 1979, et « Points Actuels », 1981.
- ★ Évelyne Le Garrec, *Des femmes qui s'aiment*, collection « Libre à elles », Seuil, Paris, 1984.

Sexualité.

- ★ Marie-Françoise Hans et Gilles Lapouge, *Les Femmes, la Pornographie, l'Érotisme,* collection « Libre à elles », Seuil, Paris, 1978, et « Points Actuels », 1980.

BIBLIOGRAPHIE

★★ Shere Hite, *Rapport Hite,* Laffont, Paris, 1977.
★ Pierre Hanry, *Pour la libération de la femme,* Buchet-Chastel, Paris, 1973.

Droit.

★ Odile Dhavernas, *Droit des femmes, Pouvoir des hommes,* Seuil, Paris, 1978.

Vie familiale.

★★★ Jean Lemaire, *Le Couple, sa vie, sa mort,* Payot, Paris, 1979.
★★ Louis Roussel, *La Famille après le mariage des enfants (Étude des relations entre générations),* PUF, 1977.

Documents audiovisuels.

. Cassettes de relaxation : Dr Suzanne Képès, *Être mieux par la relaxation,* 3 cassettes (disponibles dans les grandes librairies au rayon « santé »).
. Film en vidéo VHS : Dr Suzanne Képès et Éric Duvivier, *Le Praticien et la Femme de cinquante ans,* Laboratoires Delagrange, 1, avenue Pierre-Brossolette, 91380 Chilly-Mazarin. Tél. : 69-34-38-45.

Associations pour la santé.

. AMEV (Association médicale et multidisciplinaire pour l'étude des conditions de vie et de santé), 6, boulevard de Grenelle, 75015 Paris.
. International Health Foundation, 69, rue du Montparnasse, 75006 Paris.
. Club du sommeil et du rêve, animé par Pierre Fluchaire, 3, rue Anatole-de-la-Forge, 75017 Paris. Tél. : 43-80-11-68.

Table

Introduction 7

1. Bilan et constats

I. UN BILAN 15

Que furent, dans le passé, les femmes de cinquante ans ?, 16. – Qui sont-elles aujourd'hui, que font-elles, quel avenir pour elles ?, 18. – Rencontre avec quelques femmes qui en représentent beaucoup d'autres, 21.

II. LES ÉVÉNEMENTS PHYSIOLOGIQUES 25

Les premiers signes de la ménopause, 26. – Comprendre les événements et saisir les mécanismes pour prévoir des mesures de sécurité, 27. – Comment fonctionne le corps d'une femme tout au long de sa vie, 28. – Comparaison entre puberté et ménopause, 38. – Les étapes de la ménopause et leur durée, 39.

III. IMAGE SOCIALE DE LA FEMME DE CINQUANTE ANS 43

Mal définie ou remisée dans l'organigramme d'une société de production et de consommation, 44. – Des idées préconçues sur le sort et les rôles qui nous attendent, 45. — Jeunesse et corps idéal, réalité et publicité, 46. — Modèles et valeurs d'une génération de transition, entre les « années folles » et le XXIe siècle, 52. — Une parabole pour illustrer certaines de ces situations, 54.

IV. UNE IDENTITÉ RENOUVELÉE 57

Grandes mutations et crises d'identité possibles, 57. — Des causes diverses à un sentiment d'étrangeté, 61. — Un point d'inquiétude ou de sécurité : le rapport à soi-même, 62. — Certaines difficultés, certaines limites, aboutissent à une certaine solitude, 66. — Mais le sexe faible serait-il le plus fort, 69.

V. LE PRIX DE LA RELATION AUX AUTRES 71

Les femmes de cinquante ans, charnière importante des réseaux affectifs, 71. — Le couple à l'épreuve de situations nouvelles, 72. — Le célibat et la longue solitude, 74. — Le temps où les grands enfants quittent la maison, 75. — L'âge de devenir les nouveaux parents de ses propres enfants, 78.

VI. LA RELATION AUX MÉDECINS 84

Lorsqu'on aborde la cinquantaine, ni les ignorer, ni tout en attendre, 84. — Certains d'entre eux redoutent les femmes de cinquante ans, 86. — Avec les autres un contrat réciproque de confiance et une cogestion de sa santé, 87. — Quelques pratiques et praticiens qu'il vaut mieux ne pas rencontrer sur sa route, 86.

VII. VIE SEXUELLE ET SENTIMENTALE 91

Tout cela va-t-il changer, s'éteindre ou se ranimer ?, 91. — Quelques obstacles, dont certains sont de taille, 93. — L'importance des partenaires, 97. — Une révolte contre les préjugés, 99. — Quelques quêtes du désir, mais brefs ou cachés en sont les plaisirs, 102. — De nouveaux accords pour couples de longue durée, 106.

2. Perspectives et projets

VIII. LE BIEN-ÊTRE DU CORPS 117

L'air et le mouvement, la gymnastique, 118. — Des alternances dans nos activités, 119. — Pauses, lenteur et fantaisie, 121. — Quelques mouvements de gymnastique quotidienne, 122.

Le sommeil, 130. — Les causes de l'insomnie, des nuits blanches à la dépression, 130. — Histoire naturelle du sommeil, 133. — Tableau descriptif du sommeil normal, 136. — A chacun sa nuit : traitements des insomnies opiniâtres, 136. — Fonction et message des rêves, 137.

La nourriture, les régimes, 139. — Le poids rêvé : conditionnements, préjugés et confort, 139. — Les préalables d'une mise au régime, 140. — Effets des aliments sur le poids et la santé, 142. — Les menus « basses calories », 143. — Quelques trucs pour prendre du poids, 146. — Attention au sucre !, 147. — Les procédés dangereux, 148. — Echelle mobile pour calcul du poids, 150.

Les médicaments, bénéfices et limites. 152, — Pourquoi un traitement, 153. — Mode d'action du traitement hormonal, 154. — Les avantages du traitement, 155. — Les contre-indications, 158. — Quand et comment traiter, 160. — Quand arrêter le traitement, 163. — Les différents schémas de traitement, 163. — Appellations des médicaments hormonaux, 165. — Les traitements non hormonaux de la ménopause, 167. — Des consultations hospitalières, 171.

La chirurgie esthétique, 172. — Le pourquoi et le comment des tentations, 174. — Beaucoup de réserves, parce que..., 175. — Trier sur le volet son chirurgien éventuel, 177. — Tableau des coûts divers d'une opération, 179.

IX. LE BIEN-ÊTRE SOCIAL 181

Le travail, sauvegarde contre l'isolement et le vieillissement, 181. — La retraite (même lointaine) à préparer, et peut-être la dure expérience du chômage, 185. — Retravailler, courage et formation, 188. — La vie associative, 192. — Reprendre des études, 197. — Vie politique, places à prendre, 199.

X. LE BIEN-ÊTRE PSYCHOLOGIQUE 200

Une stratégie face au vieillissement, 201. — Se parler vrai, 201. — Le profit des pertes, 202. — Une nouvelle dynamique, 203.

Organiser sa vie, 205.

Un choix de moyens, 207. — La danse comme expression libérante, 209. — Le yoga, 211. — Le rôle des thérapies pour bien et mal-portants, 212. — La psychanalyse, 213. — Les autres types de thérapies, 214. — Les méthodes de relaxation, 215. — Les courants thérapeutiques nouveaux, 216. — La Bio-Énergie, 217. — La Gestalt-Thérapie, 217. — L'autogestion de notre quotidien, 221.

En guise de conclusion

XI. LA RELATION AU TEMPS 225

Avons-nous encore envie de fêter nos anniversaires ?, 225. — Au fait, qu'est-ce que le temps ?, 226. — Dons du temps et bon usage de l'expérience, 229. — « L'âge s'empare de nous par surprise », 233. — « Être de son temps », qu'est-ce à dire ?, 237. — Relations humaines avec différence d'âge : les risques et les profits, 238. — Temps perdu, temps gagné, 242.

BIBLIOGRAPHIE 249

IMPRIMERIE HÉRISSEY À ÉVREUX (EURE)
DÉPÔT LÉGAL NOVEMBRE 1986. N° 9386 (40628)

Collection Points

SÉRIE ACTUELS

A1. Lettres de prison, *par Gabrielle Russier*
A2. J'étais un drogué, *par Guy Champagne*
A3. Les Dossiers noirs de la police française, *par Denis Langlois*
A4. Do It, *par Jerry Rubin*
A5. Les Industriels de la fraude fiscale, *par Jean Cosson*
A6. Entretiens avec Allende, *par Régis Debray* (épuisé)
A7. De la Chine, *par Maria-Antonietta Macciocchi*
A8. Après la drogue, *par Guy Champagne*
A9. Les Grandes Manœuvres de l'opium
    par Catherine Lamour et Michel Lamberti
A10. Les Dossiers noirs de la justice française, *par Denis Langlois*
A11. Le Dossier confidentiel de l'euthanasie
    par Igor Barrère et Étienne Lalou
A12. Discours américains, *par Alexandre Soljénitsyne*
A13. Les Exclus, *par René Lenoir*
A14. Souvenirs obscurs d'un Juif polonais né en France
    par Pierre Goldman
A15. Le Mandarin aux pieds nus, *par Alexandre Minkowski*
A16. Une Suisse au-dessus de tout soupçon, *par Jean Ziegler*
A17. La Fabrication des mâles
    par Georges Falconnet et Nadine Lefaucheur
A18. Rock babies, *par Raoul Hoffmann et Jean-Marie Leduc*
A19. La nostalgie n'est plus ce qu'elle était, *par Simone Signoret*
A20. L'Allergie au travail, *par Jean Rousselet*
A21. Deuxième Retour de Chine
    par Claudie et Jacques Broyelle et Évelyne Tschirhart
A22. Je suis comme une truie qui doute, *par Claude Duneton*
A23. Travailler deux heures par jour, *par Adret*
A24. Le rugby, c'est un monde, *par Jean Lacouture*
A25. La Plus Haute des solitudes, *par Tahar Ben Jelloun*
A26. Le Nouveau Désordre amoureux
    par Pascal Bruckner et Alain Finkielkraut
A27. Voyage inachevé, *par Yehudi Menuhin*
A28. Le communisme est-il soluble dans l'alcool ?
    par Antoine et Philippe Meyer
A29. Sciences de la vie et Société
    par François Gros, François Jacob et Pierre Royer
A30. Anti-manuel de français
    par Claude Duneton et Jean-Pierre Pagliano
A31. Cet enfant qui se drogue, c'est le mien, *par Jacques Guillon*

A32. Les Femmes, la Pornographie, l'Érotisme
    par Marie-Françoise Hans et Gilles Lapouge
A33. Parole d'homme, *par Roger Garaudy*
A34. Nouveau Guide des médicaments, *par le Dr Henri Pradal*
A35. Rue du Prolétaire rouge, *par Nina et Jean Kéhayan*
A36. Main basse sur l'Afrique, *par Jean Ziegler*
A37. Un voyage vers l'Asie, *par Jean-Claude Guillebaud*
A38. Appel aux vivants, *par Roger Garaudy*
A39. Quand vient le souvenir, *par Saul Friedländer*
A40. La Marijuana, *par Solomon H. Snyder*
A41. Un lit à soi, *par Évelyne Le Garrec*
A42. Le lendemain, elle était souriante…
    par Simone Signoret
A43. La Volonté de guérir, *par Norman Cousins*
A44. Les Nouvelles Sectes, *par Alain Woodrow*
A45. Cent Ans de chanson française
    *par Chantal Brunschwig, Louis-Jean Calvet
    et Jean-Claude Klein*
A46. La Malbouffe, *par Stella et Joël de Rosnay*
A47. Médecin de la liberté, *par Paul Milliez*
A48. Un Juif pas très catholique, *par Alexandre Minkowski*
A49. Un voyage en Océanie, *par Jean-Claude Guillebaud*
A50. Au coin de la rue, l'aventure
    par Pascal Bruckner et Alain Finkielkraut
A51. John Reed, *par Robert Rosenstone*
A52. Le Tabouret de Piotr, *par Jean Kéhayan*
A53. Le temps qui tue, le temps qui guérit
    par le Dr Fernand Attali
A54. La Lumière médicale, *par Norbert Bensaïd*
A55. Californie (Le Nouvel Age)
    par Sylvie Crossman et Edouard Fenwick
A56. La Politique du mâle, *par Kate Millett*
A57. Contraception, Grossesse, IVG
    par Pierrette Bello, Catherine Dolto, Aline Schiffmann
A58. Marthe, *anonyme*
A59. Pour un nouveau-né sans risque
    par Alexandre Minkowski
A60. La vie, tu parles, *par Libération*
A61. Les Bons Vins et les Autres
    par Pierre-Marie Doutrelant
A62. Comment peut-on être breton ?
    par Morvan Lebesque
A63. Les Français, *par Theodore Zeldin*
A64. La Naissance d'une famille, *par T. Berry Brazelton*
A65. Hospitalité française, *par Tahar Ben Jelloun*

A66. L'Enfant à tout prix
     par Geneviève Delaisi de Parseval et Alain Janaud
A67. La Rouge Différence, *par F. Edmonde-Morin*
A68. Regard sur les Françaises, *par Michèle Sarde*
A69. A hurler le soir au fond des collèges
     par Claude Duneton avec la collaboration de Frédéric Pagès
A70. L'Avenir en face, *par Alain Minc*
A71. Je t'aime d'amitié, *par la revue « Autrement »*
A72. Couples !, *par la revue « Autrement »*
A73. Le Sanglot de l'homme blanc, *par Pascal Bruckner*
A74. Le guide du BCBG
     par Thierry Mantoux
A75. Ils partiront dans l'ivresse, *par Lucie Aubrac*
A76. Tant qu'il y aura des profs
     par Hervé Hamon et Patrick Rotman
A77. Femmes à 50 ans, *par Michèle Thiriet et Suzanne Képès*

Collection Points

1. Histoire du surréalisme, *par Maurice Nadeau*
2. Une théorie scientifique de la culture
   par Bronislaw Malinowski
3. Malraux, Camus, Sartre, Bernanos, *par Emmanuel Mounier*
4. L'Homme unidimensionnel, *par Herbert Marcuse* (épuisé)
5. Écrits I, *par Jacques Lacan*
6. Le Phénomène humain, *par Pierre Teilhard de Chardin*
7. Les Cols blancs, *par C. Wright Mills*
8. Stendhal, Flaubert, *par Jean-Pierre Richard*
9. La Nature dé-naturée, *par Jean Dorst*
10. Mythologies, *par Roland Barthes*
11. Le Nouveau Théâtre américain, *par Franck Jotterand* (épuisé)
12. Morphologie du conte, *par Vladimir Propp*
13. L'Action sociale, *par Guy Rocher*
14. L'Organisation sociale, *par Guy Rocher*
15. Le Changement social, *par Guy Rocher*
16. Les Étapes de la croissance économique, *par W. W. Rostow*
17. Essais de linguistique générale
    par Roman Jakobson (épuisé)
18. La Philosophie critique de l'histoire, *par Raymond Aron*
19. Essais de sociologie, *par Marcel Mauss*
20. La Part maudite, *par Georges Bataille* (épuisé)
21. Écrits II, *par Jacques Lacan*
22. Éros et Civilisation, *par Herbert Marcuse* (épuisé)
23. Histoire du roman français depuis 1918
    par Claude-Edmonde Magny
24. L'Écriture et l'Expérience des limites, *par Philippe Sollers*
25. La Charte d'Athènes, *par Le Corbusier*
26. Peau noire, Masques blancs, *par Frantz Fanon*
27. Anthropologie, *par Edward Sapir*
28. Le Phénomène bureaucratique, *par Michel Crozier*
29. Vers une civilisation du loisir ?, *par Joffre Dumazedier*
30. Pour une bibliothèque scientifique, *par François Russo* (épuisé)
31. Lecture de Brecht, *par Bernard Dort*
32. Ville et Révolution, *par Anatole Kopp*
33. Mise en scène de Phèdre, *par Jean-Louis Barrault*
34. Les Stars, *par Edgar Morin*
35. Le Degré zéro de l'écriture, *suivi de* Nouveaux Essais critiques
    par Roland Barthes
36. Libérer l'avenir, *par Ivan Illich*
37. Structure et Fonction dans la société primitive
    par A. R. Radcliffe-Brown

38. Les Droits de l'écrivain, *par Alexandre Soljénitsyne*
39. Le Retour du tragique, *par Jean-Marie Domenach*
41. La Concurrence capitaliste
    par Jean Cartell et Pierre-Yves Cossé (épuisé)
42. Mise en scène d'Othello, *par Constantin Stanislavski*
43. Le Hasard et la Nécessité, *par Jacques Monod*
44. Le Structuralisme en linguistique, *par Oswald Ducrot*
45. Le Structuralisme : Poétique, *par Tzvetan Todorov*
46. Le Structuralisme en anthropologie, *par Dan Sperber*
47. Le Structuralisme en psychanalyse, *par Moustafa Safouan*
48. Le Structuralisme : Philosophie, *par François Wahl*
49. Le Cas Dominique, *par Françoise Dolto*
51. Trois Essais sur le comportement animal et humain
    par Konrad Lorenz
52. Le Droit à la ville, *suivi de* Espace et Politique
    par Henri Lefebvre
53. Poèmes, *par Léopold Sédar Senghor*
54. Les Élégies de Duino, *suivi de* les Sonnets à Orphée
    par Rainer Maria Rilke (édition bilingue)
55. Pour la sociologie, *par Alain Touraine*
56. Traité du caractère, *par Emmanuel Mounier*
57. L'Enfant, sa « maladie » et les autres, *par Maud Mannoni*
58. Langage et Connaissance, *par Adam Schaff*
59. Une saison au Congo, *par Aimé Césaire*
61. Psychanalyser, *par Serge Leclaire*
63. Mort de la famille, *par David Cooper*
64. A quoi sert la Bourse ?, *par Jean-Claude Leconte* (épuisé)
65. La Convivialité, *par Ivan Illich*
66. L'Idéologie structuraliste, *par Henri Lefebvre*
67. La Vérité des prix, *par Hubert Lévy-Lambert* (épuisé)
68. Pour Gramsci, *par Maria-Antonietta Macciocchi*
69. Psychanalyse et Pédiatrie, *par Françoise Dolto*
70. S/Z, *par Roland Barthes*
71. Poésie et Profondeur, *par Jean-Pierre Richard*
72. Le Sauvage et l'Ordinateur, *par Jean-Marie Domenach*
73. Introduction à la littérature fantastique
    par Tzvetan Todorov
74. Figures I, *par Gérard Genette*
75. Dix Grandes Notions de la sociologie, *par Jean Cazeneuve*
76. Mary Barnes, un voyage à travers la folie
    par Mary Barnes et Joseph Berke
77. L'Homme et la Mort, *par Edgar Morin*
78. Poétique du récit, *par Roland Barthes, Wayne Booth
    Wolfgang Kayser et Philippe Hamon*
79. Les Libérateurs de l'amour, *par Alexandrian*

80. Le Macroscope, *par Joël de Rosnay*
81. Délivrance, *par Maurice Clavel et Philippe Sollers*
82. Système de la peinture, *par Marcelin Pleynet*
83. Pour comprendre les média, *par M. McLuhan*
84. L'Invasion pharmaceutique
    par Jean-Pierre Dupuy et Serge Karsenty
85. Huit Questions de poétique, *par Roman Jakobson*
86. Lectures du désir, *par Raymond Jean*
87. Le Traître, *par André Gorz*
88. Psychiatrie et Anti-Psychiatrie, *par David Cooper*
89. La Dimension cachée, *par Edward T. Hall*
90. Les Vivants et la Mort, *par Jean Ziegler*
91. L'Unité de l'homme, *par le Centre Royaumont*
    1. Le primate et l'homme,
    par E. Morin et M. Piattelli-Palmarini
92. L'Unité de l'homme, *par le Centre Royaumont*
    2. Le cerveau humain, *par E. Morin et M. Piattelli-Palmarini*
93. L'Unité de l'homme, *par le Centre Royaumont*
    3. Pour une anthropologie fondamentale
    par E. Morin et M. Piattelli-Palmarini
94. Pensées, *par Blaise Pascal*
95. L'Exil intérieur, *par Roland Jaccard*
96. Semeiotiké, recherches pour une sémanalyse
    par Julia Kristeva
97. Sur Racine, *par Roland Barthes*
98. Structures syntaxiques, *par Noam Chomsky*
99. Le Psychiatre, son « fou » et la psychanalyse
    par Maud Mannoni
100. L'Écriture et la Différence, *par Jacques Derrida*
101. Le Pouvoir africain, *par Jean Ziegler*
102. Une logique de la communication
     par P. Watzlawick, J. Helmick Beavin, Don D. Jackson
103. Sémantique de la poésie, *par T. Todorov, W. Empson*
     J. Cohen, G. Hartman et F. Rigolot
104. De la France, *par Maria-Antonietta Macciocchi*
105. Small is beautiful, *par E. F. Schumacher*
106. Figures II, *par Gérard Genette*
107. L'Œuvre ouverte, *par Umberto Eco*
108. L'Urbanisme, *par Françoise Choay*
109. Le Paradigme perdu, *par Edgar Morin*
110. Dictionnaire encyclopédique des sciences du langage
     par Oswald Ducrot et Tzvetan Todorov
111. L'Évangile au risque de la psychanalyse (tome 1)
     par Françoise Dolto
112. Un enfant dans l'asile, *par Jean Sandretto*

113. Recherche de Proust, *ouvrage collectif*
114. La Question homosexuelle, *par Marc Oraison*
115. De la psychose paranoïaque dans ses rapports avec la personnalité, *par Jacques Lacan*
116. Sade, Fourier, Loyola, *par Roland Barthes*
117. Une société sans école, *par Ivan Illich*
118. Mauvaises Pensées d'un travailleur social *par Jean Marie Geng*
120. Poétique de la prose, *par Tzvetan Todorov*
121. Théorie d'ensemble, *par Tel Quel*
122. Némésis médicale, *par Ivan Illich*
123. La Méthode
    1. La Nature de la Nature, *par Edgar Morin*
124. Le Désir et la Perversion, *ouvrage collectif*
125. Le langage, cet inconnu, *par Julia Kristeva*
126. On tue un enfant, *par Serge Leclaire*
127. Essais critiques, *par Roland Barthes*
128. Le Je-ne-sais-quoi et le Presque-rien
    1. La manière et l'occasion, *par Vladimir Jankélévitch*
129. L'Analyse structurale du récit, Communications 8 *ouvrage collectif*
130. Changements, Paradoxes et Psychothérapie *par P. Watzlawick, J. Weakland et R. Fisch*
131. Onze Études sur la poésie moderne *par Jean-Pierre Richard*
132. L'Enfant arriéré et sa mère, *par Maud Mannoni*
133. La Prairie perdue (Le Roman américain) *par Jacques Cabau*
134. Le Je-ne-sais-quoi et le Presque-rien
    2. La méconnaissance, *par Vladimir Jankélévitch*
135. Le Plaisir du texte, *par Roland Barthes*
136. La Nouvelle Communication, *ouvrage collectif*
137. Le Vif du sujet, *par Edgar Morin*
138. Théories du langage, Théories de l'apprentissage *par le Centre Royaumont*
139. Baudelaire, la Femme et Dieu *par Pierre Emmanuel*
140. Autisme et Psychose de l'enfant, *par Frances Tustin*
141. Le Harem et les Cousins, *par Germaine Tillion*
142. Littérature et Réalité, *ouvrage collectif*
143. La Rumeur d'Orléans, *par Edgar Morin*
144. Partage des femmes, *par Eugénie Lemoine-Luccioni*
145. L'Évangile au risque de la psychanalyse (tome 2) *par Françoise Dolto*
146. Rhétorique générale, *par le Groupe* μ

147. Système de la Mode, *par Roland Barthes*
148. Démasquer le réel, *par Serge Leclaire*
149. Le Juif imaginaire, *par Alain Finkielkraut*
150. Travail de Flaubert, *ouvrage collectif*
151. Journal de Californie, *par Edgar Morin*
152. Pouvoirs de l'horreur, *par Julia Kristeva*
153. Introduction à la philosophie de l'histoire de Hegel
     par Jean Hyppolite
154. La Foi au risque de la psychanalyse
     par Françoise Dolto et Gérard Sévérin
155. Un lieu pour vivre, *par Maud Mannoni*
156. Scandale de la vérité, *suivi de*
     Nous autres Français, *par Georges Bernanos*
157. Enquête sur les idées contemporaines
     par Jean-Marie Domenach
158. L'Affaire Jésus, *par Henri Guillemin*
159. Paroles d'étranger, *par Elie Wiesel*
160. Le Langage silencieux, *par Edward T. Hall*
161. La Rive gauche, *par Herbert R. Lottman*
162. La Réalité de la réalité, *par Paul Watzlawick*
163. Les Chemins de la vie, *par Joël de Rosnay*
164. Dandies, *par Roger Kempf*
165. Histoire personnelle de la France, *par François George*
166. La Puissance et la Fragilité, *par Jean Hamburger*
167. Le Traité du sablier, *par Ernst Jünger*
168. Pensée de Rousseau, *ouvrage collectif*
169. La Violence du calme, *par Viviane Forrester*
170. Pour sortir du XXe siècle, *par Edgar Morin*
171. La Communication, Hermès I
     par Michel Serres
172. Sexualités occidentales, Communications 35
     ouvrage collectif
173. Lettre aux Anglais, *par Georges Bernanos*
174. La Révolution du langage poétique
     par Julia Kristeva
175. La Méthode
     2. La Vie de la Vie, *par Edgar Morin*
176. Théories du symbole, *par Tzvetan Todorov*
177. Mémoires d'un névropathe
     par Daniel Paul Schreber
178. Les Indes, *par Édouard Glissant*
179. Clefs pour l'Imaginaire ou l'Autre Scène
     par Octave Mannoni
180. La Sociologie des organisations, *par Philippe Bernoux*
181. Théorie des genres, *ouvrage collectif*

182. Le Je-ne-sais-quoi et le Presque-rien
    3. La volonté de vouloir, *par Vladimir Jankélévitch*
183. Le Traité du rebelle, *par Ernst Jünger*
184. Un homme en trop, *par Claude Lefort*
185. Théâtres, *par Bernard Dort*
186. Le Langage du changement, *par Paul Watzlawick*

Collection Points

SÉRIE ROMAN

- R1. Le Tambour, *par Günter Grass*
- R2. Le Dernier des Justes, *par André Schwarz-Bart*
- R3. Le Guépard, *par Giuseppe Tomasi di Lampedusa*
- R4. La Côte sauvage, *par Jean-René Huguenin*
- R5. Acid Test, *par Tom Wolfe*
- R6. Je vivrai l'amour des autres, *par Jean Cayrol*
- R7. Les Cahiers de Malte Laurids Brigge
  par Rainer Maria Rilke
- R8. Moha le fou, Moha le sage, *par Tahar Ben Jelloun*
- R9. L'Horloger du Cherche-Midi, *par Luc Estang*
- R10. Le Baron perché, *par Italo Calvino*
- R11. Les Bienheureux de La Désolation, *par Hervé Bazin*
- R12. Salut Galarneau !, *par Jacques Godbout*
- R13. Cela s'appelle l'aurore, *par Emmanuel Roblès*
- R14. Les Désarrois de l'élève Törless, *par Robert Musil*
- R15. Pluie et Vent sur Télumée Miracle
  par Simone Schwarz-Bart
- R16. La Traque, *par Herbert Lieberman*
- R17. L'Imprécateur, *par René-Victor Pilhes*
- R18. Cent Ans de solitude, *par Gabriel Garcia Marquez*
- R19. Moi d'abord, *par Katherine Pancol*
- R20. Un jour, *par Maurice Genevoix*
- R21. Un pas d'homme, *par Marie Susini*
- R22. La Grimace, *par Heinrich Böll*
- R23. L'Age du tendre, *par Marie Chaix*
- R24. Une tempête, *par Aimé Césaire*
- R25. Moustiques, *par William Faulkner*
- R26. La Fantaisie du voyageur, *par François-Régis Bastide*
- R27. Le Turbot, *par Günter Grass*
- R28. Le Parc, *par Philippe Sollers*
- R29. Ti Jean L'horizon, *par Simone Schwarz-Bart*
- R30. Affaires étrangères, *par Jean-Marc Roberts*
- R31. Nedjma, *par Kateb Yacine*
- R32. Le Vertige, *par Evguénia Guinzbourg*
- R33. La Motte rouge, *par Maurice Genevoix*
- R34. Les Buddenbrook, *par Thomas Mann*
- R35. Grand Reportage, *par Michèle Manceaux*
- R36. Isaac le mystérieux (Le ver et le solitaire)
  par Jerome Charyn
- R37. Le Passage, *par Jean Reverzy*

R38. Chesapeake, *par James A. Michener*
R39. Le Testament d'un poète juif assassiné, *par Elie Wiesel*
R40. Candido, *par Leonardo Sciascia*
R41. Le Voyage à Paimpol, *par Dorothée Letessier*
R42. L'Honneur perdu de Katharina Blum, *par Heinrich Böll*
R43. Le Pays sous l'écorce, *par Jacques Lacarrière*
R44. Le Monde selon Garp, *par John Irving*
R45. Les Trois Jours du cavalier, *par Nicole Ciravégna*
R46. Nécropolis, *par Herbert Lieberman*
R47. Fort Saganne, *par Louis Gardel*
R48. La Ligne 12, *par Raymond Jean*
R49. Les Années de chien, *par Günter Grass*
R50. La Réclusion solitaire, *par Tahar Ben Jelloun*
R51. Senilità, *par Italo Svevo*
R52. Trente mille jours, *par Maurice Genevoix*
R53. Cabinet Portrait, *par Jean-Luc Benoziglio*
R54. Saison violente, *par Emmanuel Roblès*
R55. Une comédie française, *par Erik Orsenna*
R56. Le Pain nu, *par Mohamed Choukri*
R57. Sarah et le Lieutenant français, *par John Fowles*
R58. Le Dernier Viking, *par Patrick Grainville*
R59. La Mort de la phalène, *par Virginia Woolf*
R60. L'Homme sans qualités, tome 1, *par Robert Musil*
R61. L'Homme sans qualités, tome 2, *par Robert Musil*
R62. L'Enfant de la mer de Chine, *par Didier Decoin*
R63. Le Professeur et la Sirène
     par Giuseppe Tomasi di Lampedusa
R64. Le Grand Hiver, *par Ismaïl Kadaré*
R65. Le Cœur du voyage, *par Pierre Moustiers*
R66. Le Tunnel, *par Ernesto Sabato*
R67. Kamouraska, *par Anne Hébert*
R68. Machenka, *par Vladimir Nabokov*
R69. Le Fils du pauvre, *par Mouloud Feraoun*
R70. Cités à la dérive, *par Stratis Tsirkas*
R71. Place des Angoisses, *par Jean Reverzy*
R72. Le Dernier Chasseur, *par Charles Fox*
R73. Pourquoi pas Venise, *par Michèle Manceaux*
R74. Portrait de groupe avec dame, *par Heinrich Böll*
R75. Lunes de fiel, *par Pascal Bruckner*
R76. Le Canard de bois (Les Fils de la Liberté, I)
     par Louis Caron
R77. Jubilee, *par Margaret Walker*
R78. Le Médecin de Cordoue, *par Herbert Le Porrier*
R79. Givre et Sang, *par John Cowper Powys*
R80. La Barbare, *par Katherine Pancol*

R81. Si par une nuit d'hiver un voyageur, *par Italo Calvino*
R82. Gerardo Laïn, *par Michel del Castillo*
R83. Un amour infini, *par Scott Spencer*
R84. Une enquête au pays, *par Driss Chraïbi*
R85. Le Diable sans porte (*tome 1* : Ah, mes aïeux !)
par Claude Duneton
R86. La Prière de l'absent, *par Tahar Ben Jelloun*
R87. Venise en hiver, *par Emmanuel Roblès*
R88. La Nuit du Décret, *par Michel del Castillo*
R89. Alejandra, *par Ernesto Sabato*
R90. Plein Soleil, *par Marie Susini*
R91. Les Enfants de fortune, *par Jean-Marc Roberts*
R92. Protection encombrante, *par Heinrich Böll*
R93. Lettre d'excuse, *par Raphaële Billetdoux*
R94. Le Voyage indiscret, *par Katherine Mansfield*
R95. La Noire, *par Jean Cayrol*
R96. L'Obsédé (L'Amateur), *par John Fowles*
R97. Siloé, *par Paul Gadenne*
R98. Portrait de l'artiste en jeune chien, *par Dylan Thomas*
R99. L'Autre, *par Julien Green*
R100. Histoires pragoises, *par Rainer Maria Rilke*
R101. Bélibaste, *par Henri Gougaud*
R102. Le Ciel de la Kolyma (Le Vertige, II)
par Evguénia Guinzbourg
R103. La Mulâtresse Solitude, *par Simone Schwarz-Bart*
R104. L'Homme du Nil, *par Stratis Tsirkas*
R105. La Rhubarbe, *par René-Victor Pilhes*
R106. Gibier de potence, *par Kurt Vonnegut*
R107. Memory Lane, *par Patrick Modiano*
dessins de Pierre Le Tan
R108. L'Affreux Pastis de la rue des Merles
par Carlo Emilio Gadda
R109. La Fontaine obscure, *par Raymond Jean*
R110. L'Hôtel New Hampshire, *par John Irving*
R111. Les Immémoriaux, *par Victor Segalen*
R112. Cœur de lièvre, *par John Updike*
R113. Le Temps d'un royaume, *par Rose Vincent*
R114. Poisson-chat, *par Jerome Charyn*
R115. Abraham de Brooklyn, *par Didier Decoin*
R116. Trois Femmes, *suivi de* Noces, *par Robert Musil*
R117. Les Enfants du sabbat, *par Anne Hébert*
R118. La Palmeraie, *par François-Régis Bastide*
R119. Maria Republica, *par Agustin Gomez-Arcos*
R120. La Joie, *par Georges Bernanos*
R121. Incognito, *par Petru Dumitriu*

R122. Les Forteresses noires, *par Patrick Grainville*
R123. L'Ange des ténèbres, *par Ernesto Sabato*
R124. La Fiera, *par Marie Susini*
R125. La Marche de Radetzky, *par Joseph Roth*
R126. Le vent souffle où il veut, *par Paul-André Lesort*
R127. Si j'étais vous..., *par Julien Green*
R128. Le Mendiant de Jérusalem, *par Elie Wiesel*
R129. Mortelle, *par Christopher Frank*
R130. La France m'épuise, *par Jean-Louis Curtis*
R131. Le Chevalier inexistant, *par Italo Calvino*
R132. Dialogues des Carmélites, *par Georges Bernanos*
R133. L'Étrusque, *par Mika Waltari*
R134. La Rencontre des hommes, *par Benigno Cacérès*
R135. Le Petit Monde de Don Camillo, *par Giovanni Guareschi*
R136. Le Masque de Dimitrios, *par Eric Ambler*
R137. L'Ami de Vincent, *par Jean-Marc Roberts*
R138. Un homme au singulier, *par Christopher Isherwood*
R139. La Maison du désir, *par France Huser*
R140. Moi et ma cheminée, *par Herman Melville*
R141. Les Fous de Bassan, *par Anne Hébert*
R142. Les Stigmates, *par Luc Estang*
R143. Le Chat et la Souris, *par Günter Grass*
R144. Loïca, *par Dorothée Letessier*
R145. Paradiso, *par José Lezama Lima*
R146. Passage de Milan, *par Michel Butor*
R147. Anonymus, *par Michèle Manceaux*
R148. La Femme du dimanche
       par Carlo Fruttero et Franco Lucentini
R149. L'Amour monstre, *par Louis Pauwels*
R150. L'Arbre à soleils, *par Henri Gougaud*
R151. Traité du zen et de l'entretien des motocyclettes
       par Robert M. Pirsig
R152. L'Enfant du cinquième Nord, *par Pierre Billon*
R153. N'envoyez plus de roses, *par Eric Ambler*
R154. Les Trois Vies de Babe Ozouf, *par Didier Decoin*
R155. Le Vert Paradis, *par André Brincourt*
R156. Varouna, *par Julien Green*
R157. L'Incendie de Los Angeles, *par Nathanaël West*
R158. Les Belles de Tunis, *par Nine Moati*
R159. Vertes Demeures, *par William Henry Hudson*
R160. Les Grandes Vacances, *par Francis Ambrière*
R161. Ceux de 14, *par Maurice Genevoix*
R162. Les Villes invisibles, *par Italo Calvino*
R163. L'Agent secret, *par Graham Greene*
R164. La Lézarde, *par Édouard Glissant*

R165. Le Grand Escroc, *par Herman Melville*
R166. Lettre à un ami perdu, *par Patrick Besson*
R167. Evaristo Carriego, *par Jorge Luis Borges*
R168. La Guitare, *par Michel del Castillo*
R169. Épitaphe pour un espion, *par Eric Ambler*
R170. Fin de saison au Palazzo Pedrotti
par Frédéric Vitoux
R171. Jeunes Années. Autobiographie 1, *par Julien Green*
R172. Jeunes Années. Autobiographie 2, *par Julien Green*
R173. Les Égarés, *par Frédérick Tristan*
R174. Une affaire de famille, *par Christian Giudicelli*
R175. Le Testament amoureux, *par Rezvani*
R176. C'était cela notre amour, *par Marie Susini*
R177. Souvenirs du triangle d'or, *par Alain Robbe-Grillet*
R178. Les Lauriers du lac de Constance, *par Marie Chaix*
R179. Plan B, *par Chester Himes*
R180. Le Sommeil agité, *par Jean-Marc Roberts*
R181. Roman Roi, *par Renaud Camus*
R182. Vingt Ans et des poussières
par Didier van Cauwelaert
R183. Le Château des destins croisés
par Italo Calvino
R184. Le Vent de la nuit, *par Michel del Castillo*
R185. Une curieuse solitude, *par Philippe Sollers*
R186. Les Trafiquants d'armes, *par Eric Ambler*
R187. Un printemps froid, *par Danièle Sallenave*
R188. Mickey l'Ange, *par Geneviève Dormann*
R189. Histoire de la mer, *par Jean Cayrol*
R190. Senso, *par Camillo Boito*
R191. Sous le soleil de Satan, *par Georges Bernanos*
R192. Niembsch ou l'immobilité, *par Peter Härtling*
R193. Prends garde à la douceur des choses
par Raphaële Billetdoux
R194. L'Agneau carnivore, *par Agustin Gomez-Arcos*
R195. L'Imposture, *par Georges Bernanos*
R196. Ararat, *par D. M. Thomas*
R197. La Croisière de l'angoisse, *par Eric Ambler*
R198. Léviathan, *par Julien Green*
R199. Sarnia, *par Gerald Basil Edwards*
R200. Le Colleur d'affiches, *par Michel del Castillo*
R201. Un mariage poids moyen, *par John Irving*
R202. John l'Enfer, *par Didier Decoin*
— R203. Les Chambres de bois, *par Anne Hébert*
R204. Mémoires d'un jeune homme rangé, *par Tristan Bernard*
R205. Le Sourire du Chat, *par François Maspero*

R206. L'Inquisiteur, *par Henri Gougaud*
R207. La Nuit américaine, *par Christopher Frank*
R208. Jeunesse dans une ville normande
    par Jacques-Pierre Amette
R209. Fantôme d'une puce, *par Michel Braudeau*
R210. L'Avenir radieux, *par Alexandre Zinoviev*
R211. Constance D., *par Christian Combaz*
R212. Épaves, *par Julien Green*
R213. La Leçon du maître, *par Henry James*
R214. Récit des temps perdus, *par Aris Fakinos*
R215. La Fosse aux chiens, *par John Cowper Powys*
R216. Les Portes de la forêt, *par Elie Wiesel*
R217. L'Affaire Deltchev, *par Eric Ambler*
R218. Les amandiers sont morts de leurs blessures
    par Tahar Ben Jelloun
R219. L'Admiroir, *par Anny Duperey*
R220. Les Grands Cimetières sous la lune, *par Georges Bernanos*
R221. La Créature, *par Étienne Barilier*
R222. Un Anglais sous les tropiques, *par William Boyd*
R223. La Gloire de Dina, *par Michel del Castillo*
R224. Poisson d'amour, *par Didier van Cauwelaert*
R225. Les Yeux fermés, *par Marie Susini*
R226. Cobra, *par Severo Sarduy*
R227. Cavalerie rouge, *par Isaac Babel*
R228. Tous les soleils, *par Bertrand Visage*
R229. Pétersbourg, *par Andréi Biély*
R230. Récits d'un jeune médecin, *par Mikhaïl Boulgakov*
R231. La Maison des prophètes, *par Nicolas Saudray*
R232. Trois Heures du matin à New York
    par Herbert Lieberman
R233. La Mère du printemps, *par Driss Chraibi*
R234. Adrienne Mesurat, *par Julien Green*
R235. Jusqu'à la mort, *par Amos Oz*
R236. Les Envoûtés, *par Witold Gombrowicz*
R237. Frontière des ténèbres, *par Eric Ambler*
R238. Les Deux Sacrements, *par Heinrich Böll*
R239. Cherchant qui dévorer, *par Luc Estang*
R240. Le Tournant, *par Klaus Mann*
R241. Aurélia, *par France Huser*
R242. Le Sixième Hiver, *par Douglas Orgill et John Gribbin*
R243. Naissance d'un spectre, *par Frédérick Tristan*
R244. Lorelei, *par Maurice Genevoix*
R245. Le Bois de la nuit, *par Djuna Barnes*
R246. La Caverne céleste, *par Patrick Grainville*
R247. L'Alliance, tome 1, *par James A. Michener*

R248. L'Alliance, tome 2, *par James A. Michener*
R249. Juliette, chemin des Cerisiers, *par Marie Chaix*
R250. Le Baiser de la femme-araignée, *par Manuel Puig*
R251. Le Vésuve, *par Emmanuel Roblès*
R252. Comme neige au soleil, *par William Boyd*
R253. Palomar, *par Italo Calvino*
R254. Le Visionnaire, *par Julien Green*
R255. La Revanche, *par Henry James*
R256. Les Années-lumière, *par Rezvani*
R257. La Crypte des capucins, *par Joseph Roth*
R258. La Femme publique, *par Dominique Garnier*
R259. Maggie Cassidy, *par Jack Kerouac*
R260. Mélancolie Nord, *par Michel Rio*
R261. Énergie du désespoir, *par Eric Ambler*

Collection Points

SÉRIE POINT-VIRGULE

V1. Manuel de savoir-vivre à l'usage des rustres et des malpolis
par Pierre Desproges
V2. Petit Fictionnaire illustré
par Alain Finkielkraut
V3. Quand j'avais cinq ans, je m'ai tué
par Howard Buten
V4. Lettres à sa fille (1877-1902)
par Calamity Jane
V5. Café Panique, *par Roland Topor*
V6. Le Jardin de ciment, *par Ian McEwan*
V7. L'Âge-déraison, *par Daniel Rondeau*
V8. Juliette a-t-elle un grand Cui ?
par Hélène Ray
V9. T'es pas mort !, *par Antonio Skarmeta*
V10. Petite Fille rouge avec un couteau
par Myrielle Marc
V11. Manuel à l'usage des enfants qui ont des parents difficiles
par Jeanne Van den Brouck
V12. Le A nouveau est arrivé
par Pierre Ziegelmeyer et Jean-Benoît Thirion
V13. Comment faire l'enfant (17 leçons pour ne pas grandir)
par Delia Ephron
V14. Zig-Zag, *par Alain Cahen*
V15. Plumards, de cheval
par Groucho Marx
V16. Bleu, je veux, *par Gisèle Bienne*
V17. Moi et les Autres, *par Albert Jacquard*
V18. Au vrai chic anatomique, *par Frédéric Pagès*
V19. Le Petit Pater illustré, *par Jacques Pater*
V20. Cherche souris pour garder chat, *par Hélène Ray*
V21. Un enfant dans la guerre, *par Saïd Ferdi*
V22. La Danse du coucou, *par Aidan Chambers*
V23. Mémoires d'un amant lamentable
par Groucho Marx
V24. Le Cœur sous le rouleau compresseur
par Howard Buten
V25. Le Cinéma américain des années cinquante
par Olivier-René Veillon
V26. Voilà un baiser, *par Anne Perry-Bouquet*
V27. Le Cycliste de San Cristobal, *par Antonio Skarmeta*

V28. Tchao l'enfance, craignos l'amour, *par Delia Ephron*
V29. Mémoires capitales, *par Groucho Marx*
V30. Dieu, Shakespeare et Moi, *par Woody Allen*
V31. Dictionnaire superflu à l'usage de l'élite et des bien nantis
   par Pierre Desproges
V32. Je t'aime, je te tue, *par Morgan Sportès*
V33. Rock-Vinyl (Pour une discothèque du rock)
   par Jean-Marie Leduc
V34. Le Manuel du parfait petit masochiste
   par Dan Greenburg
V35. L'Oiseau Canadèche, *par Jim Dodge*
V36. Des sous et des hommes, *par Jean-Marie Albertini*
V37. De l'univers à nous, *par Robert Clarke*
V38. Pour en finir une bonne fois pour toutes avec la culture
   par Woody Allen
V39. Le Gone du Chaâba, *par Azouz Begag*
V40. Le Cinéma américain des années trente
   par Olivier-René Veillon
V41. Mistral gagnant, chansons et dessins, *par Renaud*
V42. Les Aventures d'Adrain Mole, 15 ans, *par Sue Townsend*
V43. Le Palais des claques, *par Pascal Bruckner*
V44. La Cuisine cannibale, *par Roland Topor*
V45. Le Livre d'étoile, *par Gil Ben Aych*
V46. Les Dingues du nonsense, *par Robert Benayoun*
V47. Le Grand Cerf-volant, *par Gilles Vigneault*

Collection Points

SÉRIE SCIENCES

dirigée par Jean-Marc Lévy-Leblond

S1. La Recherche en biologie moléculaire, *ouvrage collectif*
S2. Des astres, de la vie et des hommes, *par Robert Jastrow*
S3. (Auto) critique de la science
    par Alain Jaubert et Jean-Marc Lévy-Leblond
S4. Le Dossier électronucléaire
    par le syndicat CFDT de l'Énergie atomique
S5. Une révolution dans les sciences de la Terre, *par A. Hallam*
S6. Jeux avec l'infini, *par Rózsa Péter*
S7. La Recherche en astrophysique, *ouvrage collectif*
S8. La Recherche en neurobiologie, *ouvrage collectif*
S9. La Science chinoise et l'Occident, *par Joseph Needham*
S10. Les Origines de la vie, *par Joël de Rosnay*
S11. Échec et Maths, *par Stella Baruk*
S12. L'Oreille et le Langage, *par Alexandre Tomatis*
S13. Les Énergies du soleil, *par Pierre Audibert
     en collaboration avec Danielle Rouard*
S14. Cosmic Connection ou l'Appel des étoiles, *par Carl Sagan*
S15. Les Ingénieurs de la Renaissance, *par Bertrand Gille*
S16. La Vie de la cellule à l'homme, *par Max de Ceccatty*
S17. La Recherche en éthologie, *ouvrage collectif*
S18. Le Darwinisme aujourd'hui, *ouvrage collectif*
S19. Albert Einstein, créateur et rebelle, *par Banesh Hoffmann*
S20. Les Trois Premières Minutes de l'univers
     par Steven Weinberg
S21. Les Nombres et leurs mystères, *par André Warusfel*
S22. La Recherche sur les énergies nouvelles, *ouvrage collectif*
S23. La Nature de la physique, *par Richard Feynman*
S24. La Matière aujourd'hui, *ouvrage collectif*
S25. La Recherche sur les grandes maladies, *ouvrage collectif*
S26. L'Étrange Histoire des Quanta
     par Banesh Hoffmann, Michel Paty
S27. Éloge de la différence, *par Albert Jacquard*
S28. La Lumière, *par Bernard Maitte*
S29. Penser les mathématiques, *ouvrage collectif*
S30. La Recherche sur le cancer, *ouvrage collectif*
S31. L'Énergie verte, *par Laurent Piermont*
S32. Naissance de l'Homme, *par Robert Clarke*
S33. Recherche et Technologie, *Actes du Colloque national*

- S34. La Recherche en physique nucléaire, *ouvrage collectif*
- S35. Marie Curie, *par Robert Reid*
- S36. L'Espace et le Temps aujourd'hui, *ouvrage collectif*
- S37. La Recherche en histoire des sciences, *ouvrage collectif*
- S38. Petite Logique des forces, *par Paul Sandori*
- S39. L'Esprit de sel, *par Jean-Marc Lévy-Leblond*
- S40. Le Dossier de l'énergie
  par le Groupe confédéral énergie de la CFDT
- S41. Comprendre notre cerveau, *par Jacques-Michel Robert*
- S42. La Radioactivité artificielle
  par Monique Bordry et Pierre Radvanyi
- S43. Darwin et les Grandes Énigmes de la vie
  par Stephen Jay Gould
- S44. Au péril de la science ?, *par Albert Jacquard*
- S45. La Recherche sur la génétique et l'hérédité
  ouvrage collectif
- S46. Le Monde quantique, *ouvrage collectif*
- S47. De Thalès à Einstein, *par Jean Rosmorduc*
- S48. Le Fil du temps, *par André Leroi-Gourhan*
- S49. Une histoire des mathématiques
  par Amy Dahan-Dalmedico et Jeanne Peiffer
- S50. Les Structures du hasard, *par Jean-Louis Boursin*
- S51. Entre le cristal et la fumée, *par Henri Atlan*

Collection Points

SÉRIE SAGESSES

Sa1. Paroles des anciens. Apophtegmes des Pères du désert
  par Jean-Claude Guy
Sa2. Pratique de la voie tibétaine, *par Chögyam Trungpa*
Sa3. Célébration hassidique, *par Elie Wiesel*
Sa4. La Foi d'un incroyant, *par Francis Jeanson*
Sa5. Le Bouddhisme tantrique du Tibet
  par John Blofeld
Sa6. Le Mémorial des saints, *par Farid-ud-Din' Attar*
Sa7. Comprendre l'Islam, *par Frithjof Schuon*
Sa8. Esprit zen, Esprit neuf, *par Shunryu Suzuki*
Sa9. La Bhagavad Gîtâ, *traduction et commentaires
  par Anne-Marie Esnoul et Olivier Lacombe*
Sa10. Qu'est-ce que le soufisme ?
  par Martin Lings
Sa11. La Philosophie éternelle, *par Aldous Huxley*
Sa12. Le Nuage d'inconnaissance
  traduit de l'anglais par Armel Guerne
Sa13. L'Enseignement du Bouddha, *par Walpola Rahula*
Sa14. Récits d'un pèlerin russe, *traduit par Jean Laloy*
Sa15. Le Nouveau Testament
  traduit par Émile Osty et Joseph Trinquet
Sa16. La Voie et sa vertu, *par Lao-tzeu*
Sa17. L'Imitation de Jésus-Christ
  traduit par Lamennais
Sa18. Le Mythe de la liberté, *par Chögyam Trungpa*
Sa19. Le Pèlerin russe, trois récits inédits
Sa20. Petite Philocalie de la prière du cœur
  traduit et présenté par Jean Gouillard
Sa21. Le Zohar, *extraits choisis et présentés
  par Gershom G. Scholem*
Sa22. Les Pères apostoliques
  traduction et introduction par France Quéré
Sa23. Vie et Enseignement de Tierno Bokar
  par Amadou Hampaté Bâ
Sa24. Entretiens de Confucius
Sa25. Sept Upanishads, *par Jean Varenne*
Sa26. Méditation et Action, *par Chögyam Trungpa*
Sa27. Œuvres de saint François d'Assise
Sa28. Règles des moines
  introduction et présentation par Jean-Pie Lapierre

Sa29. Exercices spirituels, *par saint Ignace de Loyola*
traduction et commentaires par Jean-Claude Guy
Sa30. La Quête du Graal
présenté et établi par Albert Béguin et Yves Bonnefoy
Sa31. Confessions de saint Augustin
traduction par Louis de Mondadon
Sa32. Les Prédestinés, *par Georges Bernanos*
Sa33. Les Hommes ivres de Dieu, *par Jacques Lacarrière*
Sa34. Évangiles apocryphes, *par France Quéré*
Sa35. La Nuit obscure, *par saint Jean de la Croix*
traduction du P. Grégoire de Saint Joseph
Sa36. Découverte de l'Islam, *par Roger Du Pasquier*